学术前沿研究
辽宁省教育厅高校科技专著出版基金资助

中国当代都市小说的现代审美阐释

巫晓燕◎著

北京师范大学出版集团
BEIJING NORMAL UNIVERSITY PUBLISHING GROUP
北京师范大学出版社

图书在版编目(CIP)数据

中国当代都市小说的现代审美阐释/巫晓燕著.—北京：北京师范大学出版社，2011.6
ISBN 978-7-303-12913-3

Ⅰ.①中… Ⅱ.①巫… Ⅲ.①现代小说－小说研究－中国 Ⅳ.①I207.42

中国版本图书馆CIP数据核字（2011）第090021号

营销中心电话 010-58802181 58808006
北师大出版社高等教育分社网 http://gaojiao.bnup.com.cn
电子信箱 beishida168@126.com

出版发行：北京师范大学出版社 www.bnup.com.cn
北京新街口外大街19号
邮政编码：100875
印　　刷：北京京师印务有限公司
经　　销：全国新华书店
开　　本：155 mm × 235 mm
印　　张：11.25
字　　数：168千字
版　　次：2011年6月第1版
印　　次：2011年6月第1次印刷
定　　价：29.00元

策划编辑：杨　帆　　责任编辑：杨　帆
美术编辑：毛　佳　　装帧设计：天泽润
责任校对：李　菡　　责任印制：李　啸

目　录

绪论

审美现代性与都市小说的内涵

第一节　审美现代性的理论探求

显然，谈审美现代性离不开对现代性的理解，而现代性本身则是一个相当复杂的概念系统，作为一个从西方引入的概念，它具有文化的、人本的、艺术的、美学的多重内涵。在这里我们所谈及的现代性是指以人为本位的价值系统和情感趋向，是关于人对现实生存的感知和呈示。这个角度的现代性有两个层面，一为感性层面，一为理性层面。两者互相渗透而又彼此区别。感性层面的现代性，体现为一种世俗精神，它强调人的自然属性，肯定享乐欲望，这种感性主义与中世纪宗教禁欲主义相对立，而与现代市场经济相适应。感性层面的现代性是人的感性的解放，它成为现代性的基础部分。在理性层面上，现代性体现为一种现代理性精神，这是对中世纪非理性的宗教迷狂的反拨。理性现代性包括科学主义和人本主义两方面。科学主义反对宗教蒙昧，不承认有超自然的现象，认为自然和社会都符合规律，相信科学可以掌握世界和人类命运。人本主义反对中世纪神本主义，肯定人的价值的至上性，相信人的理性本质，对人类前途充满乐观。如果说现代性表现为主体的确立和理性化的最终形成，并最终对人及其理性予以高度的肯定的话，那么，我们必须同时看到，审美现代性作为现代性构成的有机组成部分，是在美学与艺术领域对人的灵性、本能与情感需求的强调，实际上既是从感性生命的角度对人的主体性的直接肯定，又包含对现代科技文明与理性进步观念的怀疑和否定。简单地说，审美现代性在逻辑上肯定是属于现代性的一部分，但同时它又秉承了现代性的两重特性，并更多地具有否定性的含义。审美现代性既包含着对主体性的捍卫，又包含着对理性化的反抗。

西方早期的审美现代性展示了自觉的人文理想和自由的世界观。随着资本主义文明和产业形态的日益强大，城市和商品市场的日益膨胀，最终将文学艺术逼出了神圣殿堂，成为感性消费的代偿品。这样，感性的价值开始压过了理性的价值，美主要带给人们的不再是灵魂的升华，而是生命过程的纯粹快乐。对审美现代性来说，最核心的意义就是“上帝之死”后人类如何安身立命即如何找到新的终极关怀，刘小枫认为：“为感性个体生命的此岸的定位，是关键性的重点：审美性乃是为了个体生命在失去彼岸支撑后得到此岸的支撑。”①审美现代性就是要在新的价值系统中、在感性中找到足够生存的理由和自我满足。概要地讲，现代性的审美性的实质包含三项诉求：一是为感性正名，重新设立感性的生存论和价值论地位，夺取本体位置；二是艺术替代传统的宗教形式，以至于称其为一种新的宗教和伦理，赋予艺术以解放的宗教功能；三是游戏式的人生心态，即对世界的所谓的审美态度。② 现代生活、现代文明努力争取的是迅速地物质化、精致化和人工化，而不是自然、纯朴、本真的原生态。这种变化恰恰不是因为疏离了神性，而是因为疏离了纯朴的自然和人性本我。在高度规范化的体制建构出的理性生活节奏中，个体的生命跃动不过是其中跳荡的符码，生命的庄严和完整性（首先表现为感性生活的完整与尊严）遭到近乎肢解的命运。回想人类几百年的历史，人类确实在自然科学及其技术运用方面取得了长足的进步，这无疑是人类几千年来渴望的实现，因为人类似乎已经获得了控制自然、征服自然的力量，但是这一切并没有增加人们对生活所期待的令人愉悦的

① 刘小枫：《现代性社会伦理绪论》，301页，上海，上海三联书店，1998。

② 同上书，300～307页。

满足，并没有使人们感到更多的快乐，这或许说明了一个道理：征服自然能力的增长并未导致人类快乐和幸福的增长。西方许多思想家、美学家开始思索这一问题。席勒指出了人性的分裂：感性（本能）冲动和形式（道德）冲动的分裂，并倡导以游戏（审美）冲动来协调这一分裂的审美现代性方案；马克思揭示了劳动乃至人性的异化问题，马尔库塞道出了技术的逻各斯如何成为人的枷锁，对此，马尔库塞提出解放“新感性”（其本质就是审美的本质）来抵制工具理性，“审美的天地是一个生活世界，依靠它，自由的需要和潜能，找寻着自身的解放……在这个新的社会环境中，人类所拥有的非攻击性的、爱欲的和感受的潜能，与自由的意识和谐共处，致力于自然与人类的和平共处。在为达到此目的而对社会的重新建构中，整个现实都会被赋予表现着新目标的形式，这种新形式的基本的美学性质，会使现实变成一件艺术作品”①。审美的现代性由此产生出一个重要的主题，便是以审美的个体感性反抗现代化进程的异化。审美的现代性，即是寻求重构审美主体的现代性，以审美之力重新激起对生命的直接存在和快乐幸福的渴望，从而使人再次回到主观性和个体性。个体性中生命的意识和价值又集中体现为主体的昂奋。倭铿说：“没有一种完全发展了的个体意识，没有一种强有力的异变与孤绝，生命是不可能达到其最高境界的。”②进一步来讲，个体的充分张扬，感性的真实回归就是释放美学中所包蕴的可替代宗教的那部分内容。

以审美来替代宗教，是指审美所具有的超越和否定品格，可以实现把主体从现代社会的工具理性的牢笼中解放出来的救赎作用。在现代条件下，日常生活已经被理论的和实践的理性主义所支配，科层制和目的理性制约着人们的生活和行为，因此，理性主义的压力将现代生活变得刻板、千篇一律。正是在这里，审美有一种独特的功能，即救赎的功能，而这正是审美现代性的意义。正如韦伯所言：“生活的理智化和理性化的发展改变了这一情境。因为在这些状况下，艺术便成了一个越来

---

① 李小兵译：《审美之维：马尔库塞美学论文集》，113页，上海，上海三联书店，1989。

② 倭铿：《审美个体主义之体系》，见刘小枫：《人类困境中的审美精神》，190页，上海，东方出版中心，1994。

越自觉地把握到的有独立价值的世界，这些价值本身就是存在的。不论怎么来解释，艺术都承担了一种世俗救赎功能。它提供了一种从日常生活的千篇一律中解脱出来的救赎，尤其是从理论的和实践的理性主义那不断增长的压力中解脱出来的救赎。”①审美的这一现代性品质彰显出重要的人道主义内涵，它是对人的“异化”“拜物化”“工具化”状态的反叛，是恢复马克思所说“合乎人性的生活”的必经之途。因为在现代商品社会，或者说现代文明社会中，人的感性的本真的快乐原则受到了空前的压抑，理性的、规范的和工具的生存状态成为普遍景观，审美现代性的意义正是要通过回归感性纠正理性过度畸形发展所造成的人性失衡。

所谓审美主义，是审美现代性的终极诉求，是以游戏的心态对传统的事物进行颠倒，以一种实验主义的态度来摸索走出现代困境的道路，并以为只有如此才可能从根本上解决现代社会文化的危机。正如伽达默尔所说的：“凡是由艺术所统治的地方，美的法则在起作用，而且实在的界限被突破。这就是‘理想王国’，这个理想王国反对一切限制，也反对国家和社会所给予的道德约束。”②在审美主义者看来，审美意识就是感受活动的中心，由这个出发，一切被视为艺术的东西同时就成了衡量一切的标准，这就是审美现代性的秘密之所在，从这个意义上说，审美现代性倾向“是最深刻、最真实地了解我们时代艺术状况和人类处境的倾向，它确保我们在一个似乎没有赐给我们艺术的时代里获得有价值的艺术”③。

我们说“中国审美的现代性”，是指在中国现代化的总体历史进程中，在美学思想维度上发生的现代性的变异。西方的美学现代性中的一些基本矛盾和主题，如理性与感性、精神与身体、人文与科学、价值与工具、个体与大众、自然与文明等等，也都以特殊的形式面貌存在于中国美学之中。当然有很多理论工作者在不断深入地探讨中国审美现代性的内涵与存在意义，比较有影响的如刘小枫主编的《人类困境中的审美精神》《现代性社会理论绪论》等著作；周宪的《现代性的张力》《审美现代性的四个层面》《审美现代性的三个矛盾命题》等论著或文章；吴予敏的

---

① [德]马克思·韦伯：《新教伦理与资本主义精神》，342页，北京，三联书店，1987。
② [德]伽达默尔：《真理与方法》，106页，上海，译文出版社，1999。
③ [英]布雷德里、麦克法兰：《现代主义》，63页，上海，上海外语教育出版社，1992。

《美学与现代性》以及张辉的《审美现代性批判》等著作；陶东风的《审美现代性：西方与中国》以及杨春时的《论审美现代性》等文章，他们从不同的高度、不同的层面分析了审美现代性这一理论命题，并形成自身独到的看法和观点，如果说对审美现代性在中国的命题有共识性一面的话，即可以简单地概括为主体存在的审美实现问题，是中国或中国人是否能通过审美方式获得有价值的生存或精神拯救的问题。[①] 近半个世纪以来，中国采取了苏联的模式，以强大的国家机器，平抑内部和外部的压力，建立起国家计划的经济体制，强制性地聚集社会资源推进现代化。为了保证这一过程的顺利进行，中国社会在结构上进行了重组，生产资料通过社会主义改造高度集中，实行了几千年的私有财产制度几乎绝迹。此外，强大的政治力量足以对十几亿人口的大国进行有效的政治动员。在这一体制中，国家意识形态包含了关于社会共同理想、价值观与道德观、认识论与思想方法以及审美方式的全部经典权威模式。这一高度集中的经济政治文化体制，为了利用政治动员有效地激发社会动力，利用高度集权的行政力量管理社会，需要对社会有机体的细胞和结构进行彻底更改。与此相适应，在审美领域就需要极强大的感召力和理想图式的建构，艺术已经远远不是梁启超当年启蒙大众的精神工具，而是对全民的精神改造。这一时期所提出的集体主义、国家主义、民族主义、超功利的价值观，使个体生命的感知形式与它的关于生命意义的设定分离开来，个体欲望失去了道德上的合理性，社会进步依赖于由思想教育和政治动员所引发的精神的向善和奉献，而个人奋斗则被视为瓦解的因素。在文艺界倡导个性、主题、艺术特殊性的种种理论主张，也都被当做挑战政治权力的“边缘话语”，与此同时，在这样的社会模式中所能掀起的全民政治运动和经济大跃进的突击运动是空前惊人的，但是却难以维系住社会的活力，也难以避免全社会运行的整体倾斜。个人欲望的合理性和合法性自然不能以法律形式加以保障，从而造成了巨大的物质资源和人力资源的浪费，最终又导致了整个社会的活力丧失，而整个集体的活力丧失，恰恰是每一个体和家庭活力丧失的必然结果。这种制度上的弊端在全球一体化和科技进步所带来的新的文明转型的关键时

① 吴予敏：《美学与现代性》，206页，北京，人民出版社，2001。

刻，越来越显得是一个桎梏。从20世纪70年代末开始的变革，又一次将中国推向了新的历史阶段。经济乃至社会文化的全面转型已是大势所趋。正是从这个角度上，我们看到审美的现代性的复苏，再一次将个体生存的审美实现作为中心，而维护审美统一的意识形态的话语则褪去了它的神圣性。随着市场化程度的提高，国门的打开，文化碰撞的加剧，市场竞争的日趋激烈，个体的选择自由和他为这个自由所承受的风险都大大地增加了。人们的欲望开始复苏，生命开始寻求创造，感官文化开始流行，商业所带来的普遍的功利主义，逐步渗透于社会各个层面。特别是最近十年中国社会产生的巨大变化带来了一系列新的矛盾。在20世纪80年代，我们社会的主要矛盾是传统与现代、中学与西化、社会与主体、保守与改革、计划与市场，等等。而在20世纪90年代，矛盾已经转变为自由与秩序、发展与稳定、效率与公平、利益与权力、城市与乡村、富裕与贫困、理性与欲望、个体与社会、效益与风险等一系列新的问题。也就是说，价值选择和行为模式趋于多元化了，与此同时，浮现在人们心理意识表层的审美趣味和审美观念也必然地多元化了，斑驳复杂的美学景观出现了。美学在20世纪80年代里的思想论辩，就是社会意识形态裂变的特殊表现。新奇、主体性、异化与人的复归、对传统的批判与反思，构成一套挑战性的话语开始在文学艺术领域流行。这是同解脱旧体制的桎梏，重新恢复社会内在活力的现实生活的进程相一致的。进入20世纪90年代，改革进一步深化，市场机制逐步建立，统一的审美精神话语已不复存在，实用主义与乌托邦构成了奇特的精神联盟，受到权力话语抑制的人文主义的声音，被淹没在市场的嘈杂喧嚣之中。面对着商业文明、大众媒介、大众文化、感官娱乐、生态环境、东西方对话等一系列新的问题，审美现代性的文化意义在当代中国得以彰显。

这里需要说明的是，现代性作为对人类文明的一个衡量尺度，一个关于现代化社会中的文化根性和精神状况的范畴，对于东方和西方都具有普适性。但是，因为社会发展的基础和文化传统的背景，以及进步的程度的不平衡，在东方和西方，现代性所涵指的问题又是十分不同的。现代性的观察和分析，既要从全球着眼，也要从特定文化、社会范畴着眼。进一步说，这里我们所说的中国审美的现代性，也是指在中国当代社会的审美领域表现的现代性。在中国，以批判社会现代化与启蒙现代性为特点的审美现代性本身就是现代化过程的产物，如果没有艺术与审美领域的独立自治，那么，审美现代性的生长将是不可能的。在这个意义上说，中国的审美现代性的生成首先依赖于社会的现代化或启蒙现代性的充分实现，且还要依赖于社会文化各个领域的相对分离，这决定了对于改革开放以前的中国“社会主义”现代性的批判，包括从审美现代性角度的批判，是不可能的。而且审美主义，或者说为艺术而艺术作为审美现代性的重要内容在中国的境遇也是不同于西方的，在中国为艺术而艺术或对于艺术自主性的强调在很大程度上是对于“左”倾实用主义文艺观而不是市侩现代性的反抗。只有在审美活动日趋多元化的 20 世纪 80 年代中期以来，中国的审美现代性的批判意义才充分显现。特别是进入 20 世纪 90 年代，中国美学的基本问题是同社会生活进程直接或间接联系着的，在中国的现实社会中个体生存的美的形式和价值，较之美的本质的抽象思辨更加引人关注。中国现代社会与传统社会的重要区别，在于传统社会中社会形象与个体自我意向高度融合。因为社会交往行为的重要、固定，个体成长的环境与他未来谋求生存发展的环境没有本质的不同，自我意向与社会形象之间的张力较小，从而个体在二者之间面临的调适压力也较小，那么，就会形成社会伦理价值与社会审美价值的高度统一。在中国现代社会中，个体的成长环境与他的生存发展环境有较大的差距，后者晦明未清，变化难测，结构复杂。我们知道，社会形象是根据不同的社会关系的性质和功能决定的，社会变化发展越是复杂迅速，社会形象也就越是风格迥异，类型繁多。当个体抱持着固有的自我意向进入社会，就被迫面临对社会形象的识别和适应的压力，自我意向与社会形象之间的张力结构给个体生存带来很大的挑战与困扰。因此，在当代中国社会里，人们已经难于仅仅依凭内心的审美理想去塑造自我，也难于仅仅依凭社会意识形态标举的统一规范的形象塑造自己，这二者都是具有非常深刻的文化根源和社会根源的预定模式。人们真正在生活中呈现的社会形象，是按照社会与自我双重规则来设计和扮演的，然而，往往是社会形象压过了主我，并且限定了主我，也就是社会实现原则在很大程度上压过了自我实现的价值原则，这是当代中国人生存懵懂和心灵困扰的原因，是典型的现代病症。因此，探讨审美的现代性问题在当代中国社会具有积极的人本意义。

综上所述，本文对审美现代性的内涵的理解和切入，是基于两个立足点：审美现代性作为现代性的一部分，有肯定社会现代化的一面，表现为从感性生命的角度对主体性的直接肯定，但更多的是否定性的一面，表现为以审美感性对抗技术理性与工具理性。

第二节　现代化与都市化

在某种意义上，对于作为一种审美意识形态的文学来说，都市与乡村是其最主要的描写、反映对象。当人类从蒙昧时代走出，并日益向文明时代迈进之后，乡村与都市便成为人类最为主要的栖居之地、生存空间。从古至今，都市的文学作品同描写乡村的一样不计其数。早在汉代，班固的《两都赋》、张衡的《二京赋》便对长安与洛阳作了铺张扬厉的描绘，左思的《三都赋》则更详尽地展示了古代京都的繁华。此后，在唐传奇、宋话本、元杂剧、明代拟话本以及明清小说中，描写都市的作品不绝如缕。在近现代，这类作品更多。施蛰存、穆时英、刘呐欧等新感觉派以及张爱玲、苏青等的小说，为我们展现了现代上海充满殖民色彩的光怪陆离的都市生活，北京四合院的古朴的生活也在老舍的笔下得到了生动的描绘。因此，文学在瞩目乡村的同时，也一直在理解、描绘着都市的形象，探寻着都市的脉搏，勾画着都市的灵魂。然而，对于文学来说，无论是描写城市还是乡村，它的终极目的并不在于城市乡村本身，而在于生存其中的人。文学是人学，对于人性深度的追寻与探索是文学永无止境的追求，是文学永恒的主题。因此，就一般意义而言，都市、乡村只是人们的生存空间、活动场所，是一个大的环境背景。但是，并非任何空间、任何环境都具有相同的意义，对人物具有相同的作用。环境在某种意义上来说，并非是一种死的存在物，它具有巨大的能动作用，制约着生存于其中的人们的一切。特定的生存空间、生存场所，产生着与其相一致的生存方式、生活方式。在不同的环境、场景下，人性复杂性展示的深度与广度是不同的。因此，都市与乡村虽然只是人物活动的舞台，但是两者对于以探索、表现人性的深度与广度为其目的的文学来说，显然具有不同的意义。在都市小说的研究中，明确都市这一生存空间对于文学的重要性，以及相对乡村而显示出的独特性，无疑是首要的。都市之与文学的重要性主要表现在两方面：一是都市生存空间本身的独特性，使得都市生活方式与乡村生活方式相比，更有利于文学对于复杂人性的展示；二是都市的发展，都市随历史的变迁而发生的巨大变化，客观地使文学贴近都市，并最终将都市作为重要的反映对象。

都市在数量上的发展程度，对于都市小说的形成与发展同样有巨大的影响，在某种程度上甚至具有直接的制约作用。都市在量上的增长，表现为一个持续不断的都市化过程。都市化表现为两个方面，一个是单指都市本身的人口、规模等发展的程度，另一个则是新都市的出现，两者共同构成都市在量上的增长。就都市发展的历史进程而言，在古典时期，都市化的进程是十分缓慢的。进入近代以后，都市化进入迅速发展的时期，在当代则掀起都市化加速发展的浪潮。都市化的这种历程决定了都市小说从无到有，从小到大，从星星点点到蔚为大观的文学进程。在都市形成的初期，都市化进程缓慢，就单个都市而言，它的发展极不充分，规模极其有限，一个新都市的形成也需要极其漫长的时间。由于都市本身发展的不充分，使得都市生活质上的属性并不显著，都市生活与乡村生活之间并没有多大的差异，两者基本上存在着同构性。都市在某种意义上只是统治者休息、发号施令的地方。因此，我们在我国最早的诗歌总集《诗经》中，很难看到属于我们所谓的都市文学的作品，勉强称得上涉及都市的只是一些庙堂祭歌、宫廷诗歌等。都市生活本质属性的微弱，使得都市文学作品难以产生。而在古典时期，都市已经得到了较为充分的发展，都市生活已与乡村生活存在着十分显著的差异，都市的本质属性已经得到了一定程度的展开。因此也只有在这种条件下，才能出现前所提及的《两都赋》《三都赋》等作品。然而，尽管在古典时期，都市本身的发展已较为充分，但是就都市的总量来说，仍然极其有限。在无垠的乡村大地上，都市寥若晨星。这种总量的有限性，使得都市生活在整个社会生活中所占的比重极其微小，影响甚微，就整个社会生活来看，仍然是乡村生活占据着主导地位。对于众多的文人来说，他们最熟悉、体验最为深刻的是乡村生活而不是都市生活。乡村是他们的生长之地，耳濡目染，了然于胸。而一旦他们进入都市，也立刻成为高高在上的官僚，成为统治阶级的一部分，与日常的城市生活相脱离。因此，文人对于都市生活体验的机会是十分有限的，他们难于体验到真正属于都市的都市生活，接触不到都市的灵魂。也正因为如此，虽然都市已经作为一个内涵丰富的客体而存在，但是并不能被众多的文人所认识并加以表现。这种状况使得都市在古典时期的文学作品中只能是偶露峥嵘，成为乡村文学的一个点缀而已。从另一个层面来说，古典时期，都市与乡村是完全处于两个空间两个时间之内，但由于交通和通讯手段的落后，两者之间的交流极其有限。因此，在两个空间之间的相互认识上，存在着显著的差异。就乡村对于都市的认识来说，还存在着极大的困难。由于乡村地域广阔，都市极其稀少，都市与乡村之间存在的巨大的空间距离，更形成一个极大的限制，使得在古代，许多人一辈子也没有进过都市。因此，乡村对于都市的认识普遍是模糊的，大多是一种虚幻性的想象。而都市对于乡村的认识来说是根本不存在任何困难的，都市本身便处于乡村的汪洋大海之中，出了都市便是乡村。在某种意义上说，都市与乡村距离遥远，而乡村却就睡在都市的身旁。除此之外，人们还源源不断地从乡村涌向都市，给都市带来无穷无尽的乡村的信息。因此，在人们的意识中，乡村形象是清晰的、透彻的、切实的，而都市形象则是朦胧的、模糊的、虚幻的。

这诸种原因决定了，在古典时期乡村意象成为整个文学的审美中心，它的形象无处不在，占据着绝对主导地位。因此，在特定的意义上，我们可以说这时的都市是从属于乡村的。古典时期都市的形象是收敛的，而乡村形象则是扩张的。古典时期的都市，在经济上对于农村具有极大的依赖性，它的生存完全依靠对于农村的剥削。在都市与乡村之间，存在着乡村向都市的单方面“输入”，都市完全是一个被动的接纳者，它向乡村的输入极其有限。而乡村在向都市输入一切的同时，也在不断地强化着自己的形象，这是乡村形象的一种无声的扩张。都市的这种从属、被动地位的改变，都市生活对整个社会生活产生重大影响是从近代工业革命开始的。工业革命的一个直接的后果，便是推动了近代城市的飞速发展，促使了现代都市形象的形成。它使得都市的形象发生了巨大的变化，使得都市意象与乡村意象的关系也发生了根本性的转变。

科技发展的突飞猛进，发明创造的层出不穷，使得都市迅速改变了自己的性质，成为一个完全意义上的经济实体，可以生产除了粮食以外的所有东西，从而使得都市从一个完全被动的接纳者变成了一个规模庞大的输出者。从此，在都市与乡村之间，由乡村向都市的单方面的输入，变成了两者之间的相互输入。而在这种输入中，都市越来越占据着主导地位，乡村则从单向的输入者渐渐变成了一个接纳者。随着这种输送关系的改变，乡村形象开始逐渐收敛，而都市在把自己生产的工业品、商业品源源不断地输向乡村的同时，便也开始了都市形象向乡村的大规模的扩张。这种扩张是空前的，进入现代以后更是无孔不入。借助于电话、广播、电视、传真、网络、报纸等现代发达的通讯手段和传播媒介，都市把自己鲜明的画面、洪亮的声音传达到世界上每一个角落。汽车、火车、飞机等现代化的交通工具，使得都市与乡村之间巨大的空间障碍也不复存在。都市不再只是一种想象，而是一个有声有色的庞大的存在物。在如此局面下，任何人的生活也无法不受到都市的影响，都市意象已经无所不在。因此，从近代工业革命开始的遍及全世界的城市化浪潮，不仅仅只是都市规模急剧膨胀，都市数量这种有形的实体急剧增加，最为根本的，是无孔不入、无处不在的都市意象和都市意识成为都市化的一个重要的组成部分。从此，都市开始大踏步地走入文学。

都市化对都市小说影响的这一历史进程，基本上是就西方而言的。在我国，古典时期的情形与西方是基本相同的。进入近代以后，由于封建王朝长期实行闭关锁国的政策以及列强的入侵，致使我国沦为半殖民地半封建社会，从而使我国与整个世界范围内的都市化浪潮相脱离。因此，当近代西方进入都市迅速发展时期的时候，我国的都市仍然处于蛰伏的状态，只有被列强强行租界的一些沿海都市如上海得到了一定程度的发展。然而这种发展仍然是畸形的，充满殖民地色彩的，我们可以在新感觉派笔下看到这种展现。在近代以至现代，在西方所出现的都市生活对于乡村生活的冲击，都市的全面扩张，在我国并不存在。这种实际情况决定了我国近现代文学中，都市文学仍然是极其有限的。

进入当代以后，这种状况在很长一段时期内也并没有多大的改变。其原因是多方面的。新中国成立以后，迫于当时帝国主义包围封锁的压力，我们国家所采取的基本上仍然是闭关锁国的政策，对外的交往极其有限。除了苏联等一些社会主义国家之外，对于发达的资本主义国家缺乏基本的了解，这极大地限制了人们的视野，与发达国家交往的有限性，使我国都市的发展失去了外在的动力。另外，在对待都市的观念上，人们仍然存在着一定的误区。由于都市长期以来都是反动统治的堡垒，因此人们习惯于把都市看做是腐朽没落的生活方式的策源地，对于都市以及都市生活并非充满着喜爱之情。加之中国革命所采取的农村包围城市的策略，对于农村的长期依赖，使人们对农村及农村生活富有深情，在内心深处更加看重农村而不是都市。种种因素导致人们对于城市的重要性认识不足。而国家在此时也采取了抑制都市发展的政策，一方面通过户籍对都市人口进行严格的控制，使得乡村向城市的人口自由流动不再可能；另一方面又从 20 世纪 50 年代开始，几次人为将都市人口向乡村输送，“上山下乡，支援农村，支援边疆，到祖国最贫困的地方去”一直是那个时代最时髦的话语，最时尚的观念。城市人口向乡村的大规模输送，削弱了城市建设的力量，制约了城市的发展，这众多的因素，导致在新中国成立后的近三十年间我国城市的发展极其有限。

不仅如此，就都市生活来说，也显然缺乏城市生活所特有的特性。十年动乱自不必说，不仅城市，整个社会都陷入一片混乱之中。就新中国成立后的十七年间而言，频繁的政治运动也使得都市生活完全政治化，丰富复杂的都市生活被整齐划一的政治生活所取代，都市生活的丰富性、复杂性不复存在。而出于同样的原因，此时的乡村生活也完全政治化了。因此，此时的城市生活与乡村已没有什么本质的不同，都市与都市生活也失去了其本原上的意义。

中国的现代都市化进程直到 20 世纪 80 年代才正式开始，比西方从 19 世纪便已大规模开始的现代都市化进程晚了将近一个半世纪。20 世纪 70 年代末实行的改革开放政策给中国带来了生机，给中国城市的发展带来了新的契机，从此中国城市开始步入了发展的快车道。20 世纪 80 年代以来，中国城市的发展极其迅速，特别是进入 20 世纪 90 年代之后，这种发展可以说是日新月异。“城市是一片巨大的生长地带，仿佛有一种不可抗拒的力量，在城市内部聚集，使它一天比一天长高，并向四周延伸。”①自称为从事“城市地理学”“城市病理学”研究的邱华栋为

① 邱华栋：《蝇眼》，长春，长春出版社，1998。

我们如此描绘20世纪90年代城市蓬勃发展的鲜明生动的面貌。不仅邱华栋，几乎所有的人都能像他那样，感受到都市在20世纪90年代所带来的巨大冲击力，感觉到它的剧烈变化，它所蕴涵的无穷的能量以及不可抑制的生命力。一个新的时代——“都市时代”终于在20世纪90年代到来了，而且其势头是如此的迅猛，已远远地超出了人们的想象。1990年我国城市只有467个，而到1995年则增加到640个，1999年更达到668个，都市以每年几十个的惊人速度在增长着。[①] 新的都市在不断涌现，而旧有的都市则以同样惊人的速度在扩大着规模，如地衣般向四周生长蔓延，如大树般向高空延伸，越长越大，越长越高。如北京，“1982年时，北京二环路沿线可见大片农田，而到今下，即使在四环路外延也极少发现农田存在”[②]。在20世纪90年代有限的几年间，北京魔术般耸立出的高楼大厦令80年代末出国的人也大吃一惊。随着新都市的不断涌现，都市规模的不断扩大，都市人口也在急剧增加。1990年全国都市人口1.1825亿，到1999年则已经增加到2.3亿。[③] 都市数目的迅速增加，都市的急剧膨胀，中心都市辐射能力的日益增强，使得都市带也在20世纪90年代逐步形成并扩大。在辽东半岛、山东半岛、京津唐、长江三角洲、珠江三角洲已经形成五大城市群；沿京广、津沪—沪杭、京哈、陇海—兰新、焦枝—枝柳—湘贵、浙赣、湘黔—贵昆、宝成—成昆等铁路线也逐步形成连带状态的城市带。1990年随着上海浦东新区的开发，芜湖、九江、武汉、黄石、岳阳、重庆、合肥、南昌、长沙、成都等城市的开放，形成了以上海浦东开发区为龙头的沿长江黄金水道的城市带。

改革开放不仅使中国的城市获得了巨大的发展，而且使都市生活从政治化走出，经济生活成为整个社会生活的中心，计划经济向市场经济的转变，市场经济的实行催生了都市的活力，使得都市日渐恢复了它的本来面目，都市生活不再整齐划一，变得越来越丰富多彩，日益走向复杂化。类似于西方的城市向农村的大规模扩张也从此时才在我国正式开始，都市生活在20世纪80年代开始日渐成为整个社会生活的中心，并

---

① 靳润成主编：《中国城市化之路》，195页，上海，学林出版社，1999。

② 李洁非：《城市文学之崛起：社会和文学背景》，载《当代作家评论》，1998(3)。

③ 靳润成主编：《中国城市化之路》，195页，上海，学林出版社，1999。

在20世纪90年代占据主导地位。在此种局面下，当代都市文学在20世纪80年代开始崭露头角，出现了大量的反映都市改革生活的改革小说，如《乔厂长上任记》《沉重的翅膀》等。与此同时，由于关注城市又衍生出众多的市井小说，如《美食家》《小贩世家》等。此后，都市小说日益向纵深处发展，并在20世纪90年代形成了对都市生活的全面观照，涌现出众多的作者、作品，特别是20世纪90年代逐步成长起来的"新生代"作家，如鲁羊、韩东、朱文、何顿、邱华栋，等等，他们把笔触伸向了都市的每一个角落，对其进行全方位的扫描。由此，整个文坛的局面也随之逐渐改变，形成了都市文学与乡村文学并行的格局。

中外都市文学存在着的实际状态表明，都市本身在量上的发展程度对于都市文学有着极大的制约作用。虽然在共时性上，都市更有利于文学，为文学提供了永恒的挖掘不尽的宝藏。但是，都市与文学关系的密切程度却又直接取决于都市本身的发展状况。从前文的论述中可以看出，在历史性的维度上，文学与都市之间的关系存在着一个由疏到密的发展变化的过程。在都市产生的初期，乃至于整个古典时期，文学与都市之间的关系是疏远的，而近代以来，都市与文学的关系则越来越密切。文学与都市之间关系的这种演变过程在西方文学中甚为清晰，在我国则存在着某种程度的滞后性。

第三节　都市小说及其审美现代性品质

关于都市小说这个概念，从20世纪80年代以来就存在多种意见和看法，有的认为应该将其独立为一个概念，有的对此持怀疑的态度，有的认为完全有必要对其进行概念性的梳理，有的则认为其作为一个定义的可能性较小。20世纪80年代曾镇南就认为，"都市文学"是一个很宽泛的概念，不可能也不必要对其进行严格的界说。① 雷达也承认"都市文学"是一个不得已而用之的概念，经不起穷根究底的推敲和质询②。20世纪90年代，王干对于"城市文学"定义的必要性和可能性上存在的

① 曾镇南：《"都市文学"琐谈》，载《芳草》，1987(12)。
② 雷达：《关于城市与文学的独白》，载《天津文学》，1986(10)。

困惑，进行了明确的理论阐述。他认为，当代文学研究本身便存在着命名、定义的困难。当代文学的发展呈多元态势，且存在着极强的“覆盖率”，而命名是以一元方式进行的，这就造成了某种不确定性。都市文学是一个正在生长着的新概念，对其进行定义的必要性、可能性及局限性都是难以回答的[①]。诸如此类的反对意见还有很多，然而，更为明确的反对意见来自于作家。如汪曾祺认为，提“城市文学”是理论先行，为时过早；王安忆则认为，对都市文学做一个界定是痛苦的，它从不有意考虑写城市还是写农村，城市农村只是作为人物活动的一个舞台、场景而存在的[②]。这种否定态度的存在，说明对都市文学进行明确的定义确实存在着一定的困难。但是，对于都市文学的研究来说，对其进行概念的梳理又是必要的，无论是从理论本身还是从创作来说都是如此。最主要的原因在于，当代中国都市文学取得了巨大的发展，成为一个丰厚的存在。而且都市文学还将继续蓬勃发展，不断地补充着、生长着、诞生着新的因素。因此，如同对所有的新生事物一样，对它的任何定义必然存在着这样那样的不足，局限性是难免的。

对都市文学的另一个争议，主要是如何确认其内涵。最初人们多是从题材层面来探讨和定义都市文学，但是从 20 世纪 80 年代后期开始，超越于题材之上的都市意识、现代意识被提到了重要位置，并且形成了较为明晰的认识，例如在 1990 年第 1 期的《当代文坛》上，戎东贵、陆跃文二人发表了《新时期都市文学的发展和走向》一文，就提出：“我们所说的都市文学并不等同于题材意义上的表现都市生活状况的文学，而必须用现代意识观照现代都市生活，反映都市生活流向和价值观念变迁，刻画现代都市人格和心态，具有都市审美风貌和艺术表现特征的文学。”这种以现代审美意识、现代都市意识来观照都市文学的观点在 1990 年之后的几年内都是都市文学的讨论热点。到了 1995 年，司徒杰、钟晓毅二人在《广州文艺》第 2 期上发表的《圆梦都市文学》一文，可以说比较明晰地分析了都市文学的内涵：“都市文学所书写的题材理所当然地应该是都市生活。这是我们界定‘都市文学’这一概念的起点线。

---

① 王干：《老游女金：90 年代城市文学的四种叙述形态》，载《广州文艺》，1998(9)。

② 金用：《激战秦淮状元楼——'94 中国城市文学国际学术研讨会话题》，载《贵州日报》，1994-08-31。

也就是说，都市文学首先应该是‘都市的’文学，以期在题材上和‘乡土的’文学区别开来。但‘都市的’文学不一定就是都市文学——逆命题不成立……在理解‘都市文学’这一概念的时候，我们并不能把它仅仅看做是‘都市的’文学，以期只在题材上和‘乡土的’文学相对应，而应更多地把它理解为现代都市意识观照下的文学，以期在文化的称谓上和建立在自然经济基础上的传统意识观照下的文学相区别。”这也正是本选题的出发点，在中国日新月异的当代文化背景下，以现代审美意识和审美精神为视点来探讨当代中国都市小说。由此我们进一步发现审美现代性这一理论命题同本选题的理论思路是基本相契合的，并且相对来说，审美现代性是一个更为成熟、更具有思辨力量的理论形态。

此外，这里还需要廓清与都市文学概念相近的城市文学和都市文学之间的关系。简单地说，都市文学与城市文学之间存在着细微的概念上的差异，两者间有着纵向扩展的关系。看似两者并存，内涵等同，但事实上，前者更富于现代意识，更能体现当下性。在城市文学概念提出的初期，人们的本来意图是用它来指称当代的城市文学，这种初衷从这一概念产生的背景便可以隐约地看出。20 世纪 80 年代初期，改革的中心逐步由农村转向城市，城市生活日益成为整个社会关注的焦点，在此种局面下，改革文学作品和市井文学作品大量涌现，城市与文学的密切关系得到了极为清晰的呈现，人们越来越觉得对其存在着理论总结的必要。然而，这一概念产生之后，它本身所具有的张力，使它不仅包含当代，而且包含古代、近代、现代各个时期的描写城市生活的作品，其外延超出了当时赋予它的本意。但是，人们的初衷并没有因此而有所改变，而且继续强化了这一概念的当代指向。我们可以看到，人们始终强调“现代”对于城市文学的重要性，因为城市离不开现代意识，而现代意识又催生了城市意识。“现代意识其实不过是城市意识的变种，是被自觉意识到了的经过抽象与升华的城市意识。城市是现代意识的发源地。对于城市文学来说，梳理独立的城市意识，就是梳理自觉的现代意识。”①由此看来，这种强烈的突破题材的意向，其实质只是表明了人们把这一概念限定在当代城市文学上的意愿。这种意愿在 20 世纪 90 年代

① 曾凡：《现代文明的自我意识——对城市文学的一种理解》，载《文艺报》，1987-08-01。

表现得更为激烈，一个十分明显的现象是，从1994年左右，人们开始谈论起“真正的”城市文学问题。如“前些年出现的反映商品经济和金融活动的商战小说，去年出现的主要描写白领阶层的新市民小说，都是城市化在文学的反映，已经构成了一个有别于新时期文学中的改革文学等描写城市题材的真正意义上的城市文学。”①“90年代之后，特别是近几年间，一大批感觉敏锐的青年作家，才真正以城市人的身份感受城市、理解城市、表现城市，才有了本来意义上的城市小说。”②“90年代以前中国是没有真正的城市文学的，有的只是反城市文学和拟城市文学。”③可以看到，无论是真正意义、本来意义还是真正的城市文学，都把着眼点放在了20世纪90年代以来的城市文学上。也就是说，城市文学与现代意识更加切近，并直指当下。然而，具有深长意味的是，《特区文学》与《上海文学》于1994年几乎同时打出了“新都市文学”和“新市民小说”的旗号，极力倡导对于当下城市生活的关注与描写。这时我们回顾前面那些论者所谓的“真正的”城市文学，也主要指的是“新都市文学”和“新市民小说”中的作品。因此，当人们极力把城市文学限定在当下的时候，《特区文学》与《上海文学》却已经为他们重新命了名。这样出现了城市文学与都市文学的混用，但事实是，城市文学的外延要大于都市文学，而都市文学则更具有“现代”意义。人们现在已经很少用都市来称呼古代的城市，我们现在说都市已经是明白无误地指向现代的大城市。因此，人们所说的现代意识应该是都市文学的应有之意，而并非普遍地适用于所有的城市文学。我们可否这样理解，都市文学是城市文学一个狭义的内涵，它所强调的是城市文学的现代性特征，现代审美意识是其应有的内涵，而基于商品和物化在现代城市的统治地位，因此它的核心应该是商品和物的理念。借用李洁非所言：“在真正的城市文学中，必须包含物的和商品的理念，人的命名和他们彼此的冲突、压迫，不论表面上看起来是不是采取了人格化形式，必须在其背后抽取出和归结到物、商品的属性。”④李洁非所言的“真正的城市文学”，在我们看来用都市文学来指称更为恰切，

① 邹平：《城市化与转型期文学》，载《上海文学》，1995(5)。
② 段崇轩：《乡村与城市：趋向二元并存的文学格局》，载《文艺报》，1996-09-20。
③ 葛红兵：《在主流和非主流之间》，载《广州文艺》，1998(5)。
④ 李洁非：《城市文化之崛起：社会和文学背景》，载《当代作家评论》，1998(3)。

其理由在于“都市”正是一个比“城市”更能接近商品、工业化和市场经济这些富有现代化内涵的称谓。除此之外，都市文学这一称谓在审美领域比城市文学也更接近现代性审美旨趣，蕴藏着更丰富的审美现代性品质。例如我们常说当代都市小说，就是因为“都市小说”这一语词本身就承载着当代中国人在现代化历程中的心性特点、精神氛围和审美趣味的变化，并折射着当代中国审美文化的现代品格和现代性意向。

正是基于以上对都市文学的理解，我们发现了审美现代性这个独特的视角对于都市文学的重要意义。其原因在于，都市本身就是现代化的产物，而且由于中国的现代化进程的独特性，使得中国都市的生成比较集中于当代中国，即改革开放以来的几十年间，而伴随都市而生的都市文学也是在这一过程中逐步走向成熟的。如前所述，当代中国的审美现代性也是现代化的产物，并且也是随着现代化的发展而彰显其意义的，所以它既包含着对于中国现代化过程中张扬人性的肯定，也包含着对于中国现代化历程中不可回避的技术主义和工具理性的反驳。如果从这个视角透视中国当代都市文学，我们会发现都市文学本身也蕴涵着从肯定现代化到反思现代化的过程。因为它记录着中国人走向现代化的每一个脚步，展示了当代国人精神世界的剧烈动荡，中国社会物质景观的巨大变迁以及审美风尚的频繁更迭。其中最为重要的是，当代都市文学始终围绕着两个重要主题：高扬都市人的主体意识，反思物质主义和商品意识日益至上对都市人的侵蚀。诚然，都市文学不是一个简单的两面体，也不是从一个视角就可以理清的简单文学现象，我们只是希望能通过审美现代性这样一个切入点，来丰富对都市文学的理解和研究，揭示都市文学存在的巨大价值和意义。需说明的是，根据本书的研究范围，并考虑阅读视野的局限，我们选择了都市文学中一个重要的组成部分——都市小说为研究对象，虽然，都市小说并不能指代都市文学，但是它却具有都市文学的各种鲜明特征。在以下的研究中，我们将以审美现代性作为理论支撑，以当代都市小说作为史论依据展开研讨，从当代都市小说的现代性文化背景、审美意识、审美形式以及审美精神等几个层面来论述，以期获得新视角下的新收获。

第一章

中国当代都市小说缘起的现代文化背景

当我们眼下开始把“都市小说”当做一个新鲜话题、新鲜现象加以谈论时，我们无法否认，它首先来自于社会现实，而不是来自文学“内部”，是历史的变迁造就了这一文学事实，而不是从文学史当中衍生了这一题材——诚然有许多文学题材是文学内部演化延续的结果，但我们看到对中国都市小说而言却不是这样，它完完全全是社会史进化造成的。进入20世纪90年代，当市场经济在中国全面实行时，感觉上几乎是在一夜之间，都市小说一下子成为当代文学的主流，特别是此时走上文坛的所谓“新生代”作家，差不多清一色地以都市为他们的写作对象，尽管他们的写作如同中国的城市化进程本身一样，仍处在初步的阶段。但是，从中国的社会发展趋向来预测，新生的都市小说绝不可能昙花一现，它是一座可以深挖的宝藏，从这里，未来二十年内，将产生出可以代表自己时代的作家——如果我们确信目前中国的社会变革在其几千年历史上具有根本性的划时代意义的话。

第一节　中国当代都市化的进程

如前所述，都市小说的兴盛离不开中国当代城市发展的脚步，特别是改革开放以来中国都市的大繁荣为都市小说的大繁荣提供了必不可少的外在环境和动力。当然最为重要的是都市化的进程与现代化之间构成的双向同构的关系还深刻地影响着都市小说的各种内部要素，诸如审美趣味、审美取向以及作品的审美形式和内容。与都市化进程同步推进的还有社会结构的变化，而社会结构变化又直接导致了中国市民阶层的出现，这无疑为都市小说的繁荣提供了最重要的存在因素——读者群。

所谓都市化是由传统的农村社会向现代社会转变的历史过程，是人口都市化和都市现代化的统一。从本质上说，都市化意味着更多的人由从事较低效率的农业劳动转变为从事较高效率的第二、第三产业劳动，由传统的、保守的生产生活方式转变为积极的、富于开拓进取的生产生活方式，由低消费群体转变为高消费群体。都市化具有如下五个方面的内涵：(1)都市化是城市人口比重不断提高的过程。(2)都市化是产业结构转变的过程。(3)都市化是居民消费水平不断提高的过程。(4)都市化是一个城市文明不断发展并向广大农村渗透和传播的过程。(5)都市化过程是人的整体素质不断提高的过程。因此，都市化绝不仅仅是乡村人口进入城市，而是乡村人口都市化和都市现代化的统一，是经济发展和社会进步的综合体现。乡村人口都市化与都市经济现代化、基础结构现代化以及城乡一体化共同构成都市化的丰富内涵。如果说乡村人口都市化是都市化进程中量的增加的过程，是都市化的初级阶段，那么，都市现代化和城乡一体化是都市进程中总的提高的过程，是都市化的高级阶段。从这个层面来讲，中国的都市化水平还很低。中国的都市化历程具有明显的阶段性——以1978年改革开放为分界线，中国的都市化历程明显分为前后两个阶段：1978年以前都市化的停滞和低速增长阶段、1978年以后都市化的迅速推进阶段。从总体上看，1978年以前中国都市化水平低，波动大，进程缓慢。主要原因是：(1)工业化道路的选择。新中国成立后选择了优先发展重工业的道路，长期过分倾斜于重工业的产业政策，致使技术装备水平较低、劳动密集型的轻工业，特别是第三产业发展缓慢，工业化过程中非农业对农村劳动力的吸纳十分有限。(2)与重工业化道路相适应的一整套管理制度，特别是严格的户籍管理制度在都市与乡村之间形成了一条无形的鸿沟，把农村居民长期拒之于工业化进程之外，都市化进程也因此受到严重阻碍。1978年以后，随着中国改革开放的不断深入，社会经济进入了前所未有的高速发展时期，都市化也进入了一个崭新的发展阶段。都市化是经济发展的必然结果和空间表现形式。因此，在正常情况下，经济的发展必然带来都市化水平的提高。这一时期我国的都市化水平，由1978年的17.9％提高到1999年的30.9％。我国城镇人口增长占总人口增长的比重，由1980年的55％提高到1988年的57％、进而提高到1995年的69％。[①] 20世纪90年代中期以来，我国每年有1000万左右的农村人口进入城市，这样的都市化规模和速度不仅在中国历史上，而且在世界都市化的历史上也是空前的。

我们知道，都市化过程最直接地表现为乡村人口进入都市。城乡人口增长的对比关系是都市化过程中最基本的比例关系。但是这并不是都市化的唯一指标，如果我们从都市化的综合因素来看，近二十年是中国经济增长最快的时期，但是都市化的高增长年份并不多，而且年增长速度呈下降趋势，增长乏力。这里有经济的、制度的以及其他种种复杂的原因。从总体上看，中国当前正处于都市化的前期阶段，并且将走完这一阶段，向都市化的中期阶段过渡。如1996年，中国都市现代化的基本特征是总体水平比较低，各类都市之间差异大。从都市现代化结构看，基础设施现代化水平最低，现代化程度仅为26.3％，可见中国都市基础设施落后的现象普遍存在。但是人的现代化指标相对比较高，现代化的实施程度为42.9％，经济结构的现代化程度居中，为41.2％。[②] 需要指出的是，我们选择反映人的现代化的指标能够分别反映人的文化素质、文化环境、自然环境和居住水平，但是这些硬指标还难以反映软环境，比如人的道德观念、责任感、进取心、纪律性及管理的规范性和科学性等等。就中国都市现代化建设中人的现代化来看，硬指标已经达到了一定的水平，但由于难以以数值反映的软指标较差，所以在社会经济运行中体现出来的人的素质仍然比较差。因此，在中国都市人的现代化建设方面，主要难点在于伦理道德教育和行为的规范化，它在很大程度上依赖于经济管理体制的改革和企业管理制度的完善，以及社会的成

---

① 靳润成主编：《中国城市化之路》，166页，上海，学林出版社，1999。

② 同上。

熟。另一方面，中国各类都市的现代化水平差距很大。就不同规模的都市看，超大城市已经进入了中等现代化阶段，特大城市和大城市刚刚进入城市初步现代化阶段，而中等城市和小城市尚且处于现代化的前期阶段，数以万计的小城镇距离现代化水平更加遥远。从三大地带城市的差异看，中西部地区则相对落后。中国三大地带之间都市现代化水平的差距要小于不同等级城市之间现代化水平的差距。从个体城市的差距看，差别更大。评价数据表明，1998 年，北京、上海、深圳、广州等城市已基本达到现代化水平，南京、大连、天津等都市已达到初步现代化的水平，而西部的一些都市尚处于现代化的前期阶段。

与都市化进程同步的是社会结构的变化，如果考察一下 1949 年以来中国社会结构发展变化的过程，我们大致可以将其分为三个大的阶段。第一阶段是新中国成立初期的几年，国家通过土地改革运动、工商业领域的社会主义改造等方式使社会主义的深层制度结构得以建立，这可称为新型社会结构的确立阶段；在这种社会中，国家经济和社会资源实行全面垄断。这种资源不仅包括物质财富，也包括人们生存和发展的机会及政治、经济、意识形态三个中心高度重叠。第二阶段是在新型社会结构得以确立以后，通过完备而刚性的制度结构，凝固人们的社会地位和整个社会的时期，这一阶段的突出特征是社会结构凝固化与单一化。社会结构凝固化的后果之一便是社会与经济结构发展的停滞不前。第三阶段是指 1978 年以来的改革所带来的社会结构变革时期。① 如果说，改革前中国社会结构的明显分化是城乡两大社会群体和城市内部干部、知识分子和工人群体的划分，这种分化不仅是职业和阶层的差异，更是一种身份等级的差异，其最主要的特征是身份等级间界限分明、进出规则清晰，一旦具有某种身份就很难改变。与身份之间较强异质性和不平等性相适应，身份内各社会成员间具有很高的同质性和平等性。因此，社会成员间有限的分化不是所谓的“自致性”分化，而带有很强的“先赋性”色彩。对个人位置具有决定性意义的不是职业、地域、所属组织或群体，而主要是身份。个人位置在各方面是高度整合的，即身份的

---

① 袁祖社：《权利与自由——市民社会的人学考察》，121～123 页，北京，中国社会科学出版社，2003。

差异与收入、声望、权力上的差异同构。

十一届三中全会以来，我国在社会各个领域开始进行广泛的改革。这种改革所表现出来的基本趋势，就是要打破单一的纵式社会结构（社会关系）模式，克服把整个社会关系政治权利化的弊端，而建立既有上下纵式结构，又有全社会普遍联系的横向结构的立体式的社会结构网络。随着经济体制和政治体制改革的深入发展，国家与社会的关系出现了重大的转变。尤其是社会主义市场经济体制的确立，从根本上改变了我国传统的以计划经济指导为主要内容的经济模式和经济运行方式，改变了传统的国家与社会一体化的经济基础，为国家与社会关系的改革提供了物质基础和契机；企业自主权的扩大和企业经营机制的转变，使社会的主要组成部分——经济领域享有了充分的自主权，成为社会相对独立于政府的强大动力；党和国家领导体制——政治体制的改革，使政府把社会管理应有的职能重新归还给了社会，增强了社会各个领域和社会组织的独立性，从而形成了一种以社会为主体、国家进行调节和管理的社会与国家适度分离的新型关系。正是这种新型国家关系的确立，扩大了社会的自主权，解放了社会本身的活力，才使我国的社会经济获得了高速发展。具体说来，正是改革中“自由流动资源”和“自由活动空间”的出现，以及由此造成的国家与社会的结构分化和重新整合，给中国社会经济、政治、文化诸方面带来深远的影响，而尤为重要的是，上述三个方面内容构成了当代中国正在生成着的“市民社会”的基本的结构性因素，并因此构成中国特色“市民社会”的客观基础。

进入20世纪90年代，市场经济在促进和造就市民社会方面又发挥了重要的作用，主要表现在三个方面：一是市场经济加速了整体性、同质性社会的解体，为市民社会的发育、发展创造了前提。二是市场经济激活了人们物质利益的欲求，并为实现个人或团体的物质利益提供了广阔的空间与机会。三是市场经济塑造了有主体意识、自主意识、平等意识、自由意识、竞争意识的个人与团体，从而逐步形成并不断强化着市民社会的自主性品格。[①] 市场制度的本质意义在于，通过规定社会成员

① 袁祖社：《权利与自由——市民社会的人学考察》，140～142页，北京，中国社会科学出版社，2003。

一般的、基本的经济权利和义务，确立个人在社会经济生活中的独立经济人格，赋予个人以充分的经济自由。因此，市场经济不同于自然经济的根本特点是以物与物的联系取代了人身依附的政治联系，然而这使个体主体把自己从政治强制的异化关系中解放出来的同时，又把自己置于物的关系的支配之下，造成了个体主体在更高发展阶段上和更深层次上的屈从于物的统治的新的异化形式。但也应该看到，在迄今为止还存在着固定化和强制性分工的历史发展阶段上，人的无限和有限的双重本性必然处于分裂和对立的状态。一方面，人积极地进行着创造活动，超越当前条件的束缚，按着"真我"去规范自身，去实现自我的价值；另一方面，人的有限生命又使主体必然以追求幸福和物质利益为原则，以最大限度地满足人的感官和肉体需要。这种人的双重本性的分裂使人的无限创力只有通过追求物质利益的异化活动才能实现。因此，在特定历史条件下，个体追求物质利益是必然的，也是合理的。

总之，社会结构的变化及"市民阶层"的崛起最终决定了人的生存方式的改变。随着市场经济地位的日益提高和人的主体性的成长，"市民阶层"作为"市民社会"的主体，开始形成。其中主要包括与生产资料相对分离的脑力劳动者(知识分子)、企业管理阶层、政府的中层管理者，以及医生、律师、记者、哲学和艺术工作者等自由职业者。"市民阶层"给社会带来了生机和活力，同时，外在的社会机制(政治、经济、社会管理机制)也因此才能充分、有效、持久地发挥作用。二者结合，"市民社会"便走进了现实的层面。正是这现实层面的展开，对文学艺术领域产生了深刻的影响。就都市小说而言，市民社会的形成、市民阶层的出现成就了都市小说的基本受众群，并最终促使都市小说走向繁荣。

第二节　中国当代都市文化的现代表征

20世纪以来，都市人类学应运而生，它将都市文化作为自己研究的主要对象。在它看来，都市，就是人类生存的方式，以物质的和精神的空间显现的人的文化。都市是人文的空间化。都市文化本质上指的是人与都市的关系，人、历史、文化及其关联，成为都市的灵魂。正如伊里尔·沙里宁所说："都市的问题基本上是关心人的性质的。""人是主人：物质上的安排就是为人服务的。”①因此，都市人类学认为，虽然都市文化作为人类文化发展的高级形式，比原始文化具有无比的丰富性。但是，现代都市文化概念的基本结构仍然是统一的：都市文化不过就是都市人格的表现，都市是人格化的主题空间，它映射着民族的、时代的与人格的光辉，是宗教、哲学、道德、审美等文化的集中体现。具体来说，都市文化可以说是每一个时代的时尚的总汇，如建筑时尚、服饰时尚、饮食时尚、知识时尚等等。它的内涵包括四个层次：物质秩序或物质文化层、管理一制度文化层、生活与行为方式层、心理—观念文化层。这四个层面文化的灵魂与核心是人文价值，整个都市文化不过是由一个核心而外化构成的文化价值体系。②

从某种意义上说，都市文化只有在市场经济的条件下才可能存在并发展。换言之，在计划经济时期，中国都市文化更多地发挥意识形态的、精神的功能，但都市文化的经济属性(更能体现产业社会的属性)却只有在市场经济的时代才可能被充分地认识和发掘。这有两方面的原因：(1)随着市场经济的逐渐发育，中国的都市文化领域才开始打上了商品的烙印，发生了向市场的转变。(2)市场经济的发展，有力地促进了中国都市社会文化的经济化和经济的文化化，从而使文化的经济价值和产业价值得以充分地显露。所谓文化的经济化，是指文化进入市场，文化中渗透经济的商品的要素，使文化具有经济力，成为国民经济的一个重要组成部分，将文化的商品属性解放出来。而经济的文化化，则是指在现代经济发展中文化的因素越来越具有举足轻重的作用。

20 世纪 90 年代的中国，商品经济的发展极大促进了中国都市文化各个层面的发展，而物质文化作为都市文化的表层，最直接地显现了都市的文化发展。简单说，都市物质文化是由城市的可感知的、有形的各类基础设施构成的，包括城市布局、城市建筑、城市道路、城市通讯设施、公共住宅、水源及给排水设施、垃圾处理设施以及市场上流通的各色商品以及树木、草地、花卉等人工自然环境所构成的都市物质文化的

① [美]伊里尔·沙里宁：《城市：它的发展、衰败与未来》，23 页，北京，中国建筑工业出版社，1986。

② 任平：《时尚与冲突——城市文化界构与功能新论》，7 页，南京，东南大学出版社，2000。

外壳。这些物质现象之所以也被纳入都市文化的范围，不仅是由于它们典型地体现了“人化自然”的特征，而且也因为它们都是一个都市文化风貌的最生动、最直观、最形象的呈现。可以说，都市的各类技术设施所展示的东西要远远地超过人们肉眼所见的表象。正是在这个意义上，凯文·林奇指出：都市文化的物质方面，是一个交流和沟通的媒介，展现着明确的与不明确的符号：旗帜、草地、十字架、标语、彩窗、橙色屋顶、螺旋梯、柱、门廊、锈了的栏杆，等等。“这些符号告诉我们其所有权、社会地位、所属的团体、隐性功能，还有许多其他的有趣或有用的信息。这是感觉的一个构成，我们可以称之为‘易辨性’，即在一个聚落里，居民用符号性的物质特征来与其他人沟通的有效程度。这些环境标志系统几乎是整个社会的产物，对于不熟悉当地文化的外来者常常是无法辨析的。但任何观察者都能通过分析它们的内容、准确性以及所带信息的强度来了解它们，所有这些都可以通过访谈当地居民和实地照片来得到检验。”①不仅都市中的那些有形的物质实体，鲜明地显示了都市的精神风貌，而且一个都市的布局、都市的空间结构也形象地反映了一个都市的文化特征。比如，广场是都市空间布局结构中最重要的要素之一。诺伯格·舒尔茨认为，广场是都市结构中最明确的因素，从古到今，广场向来都是城市的心脏，只有来到城市的主要广场才算真正抵达都市。② 广场不仅仅是人们生活和活动的空间场所，它还是特定时代、特定社会中的政治经济文化生产和再生产的场所之一，既是都市社会文化形态的建构，同时也在建构都市的社会的文化形态。换言之，广场不仅可以展示一座都市的性格，而且也能在一定程度上折射出一个时代、一个社会的精神特征。中国古代都市的广场空间形态是与等级森严的封建伦理文化相对应的，体现了封建皇权对社会空间的严密监控。新中国成立以后，大多数的广场得到了改造，比如天安门广场中央竖起的英雄纪念碑，表明了新生国家人民的自信和革命英雄主义的豪情。但是“文革”期间，广场也被深深地烙上了特定时期的政治文化印记，不仅在广场竖起语录牌、标语牌，还将广场作为了政治集会的场所与极左意识的

---

① [美]凯文·林奇：《城市形态》，99页，北京，华夏出版社，2001。

② 陈立旭：《都市文化与都市精神——中外城市文化比较》，27页，南京，东南大学出版社，2000。

宣传地。改革开放以来，广场则逐渐成为市民游戏、娱乐、休闲的公共空间。广场的休闲化意味着广场隐含着的政治功能的彻底消失，以及以经济建设为中心的意识形态的凸显。

当代中国都市文化的生活文化层体现为中国都市大众消费社会的初步形成。中国都市大众消费社会初步形成的标志，一是消费的大众性，二是与计划者主权相对的消费者主权也日渐在中国都市形成。随着市场经济的发展，中国都市社会正逐渐向以消费者为中心，一切围绕如何使消费者的生活更方便、更舒适的方向转变，消费者的偏好在都市经济运行过程中具有实际的影响力，在引导和决定资源配置过程中能够发挥实际的作用。消费社会的到来，意味着中国都市居民生活方式和思想观念的彻底改变。随着小康社会的到来、教育的普及，至少在中国当代都市中，有相当一批人的消费已经超出了维持"生活水准"的标准并注入了文化的精神的因素，不再仅仅是满足于生存的生理性和物质性活动，它同时也是一种符号活动、交流活动和表现活动。符号消费因此成为相当一批都市大众的一种基本的生活风格和生存体验。这正是当代中国都市消费性、娱乐性、休闲性、益智性大众文化产品需求急速增长的一个重要社会背景。其次，与西方都市社会相类似，当代中国都市文化产业的兴起，与改革开放以来中国都市传播媒介的迅猛发展及其市场化、商品化息息相关。再次，与西方都市文化产业发展的情形相类似，都市经济社会发展所带来的劳动时间和闲暇时间的分离，同样也是当代中国都市文化产业兴起的一个重要原因。

当代中国都市文化的心理文化层直接受到物质文化和生活文化两个层面的影响，中国当代居民的心理一度受制于在计划经济体制下形成的单位制度，它对于城市市民的依赖心理产生了强化的作用，毋庸置疑，计划体制下的中国城市单位制度将城市居民的生老病死都包下来，会在客观上使人们逐渐形成缺乏自主性的依赖意识；缺乏流动性的用工制度、干部制度，会逐渐造成人们安于现状、随遇而安、不求变革的心理；大锅饭分配模式会逐渐造成人们平均主义的心态；单位内外缺乏竞争的环境会最终淡化人们的创新意识、风险意识、竞争意识，等等。随着市场化改革的深入，中国城市居民的主体意识显著增强。市场经济是一种自主经济，向市场经济体制的转变，无疑促进了中国城市居民自主意识的觉醒和强化。市场经济是一种自主经济，参与市场经济活动的经济主体具有独立的利益。在市场经济条件下，价值规律和价格机制取代了行政命令，成为调节资源配置的杠杆。人们的物质需要和精神需要的满足，逐步变得不取决于国家的统一分配和个人的政治地位，而是取决于付出的劳动和竞争的能力。这意味着城市居民具有更大的主动性和独立性。与此同时，向市场经济体制的转变还意味着打破实际存在的等级关系，把人们置于平等竞争的地位。这是因为，在市场交换活动中只有一种身份，即物的所有者的身份在起作用，客观上不允许有超经济的特权，人们只能在契约关系中实行等价交换。概言之，市场经济的自主性，是人与人之间经济联系和经济交往的基本原则。随着人们自主性的增强，中国城市居民的独立主体意识和自觉自主意识也开始觉醒和强化，自立、自强、自尊已逐渐成为市场经济条件下多数中国城市居民的价值信条。显然，自主、自强、自立、自尊，既是当代中国市场经济确立的最基本的社会心理前提，又是改革开放以来中国城市居民的主体地位提高的重要标志。此外，市场竞争的压力必然迫使中国的城市居民形成与之相应的竞争观念、效益观念、时间观念、市场观念等新的心理价值取向。

中国当代都市文化正日益呈现出文化现代化的景观，这在很大程度上是同中国经济逐步走向现代化相适应的。特别是20世纪90年代以来，中国都市文化的传统格局正在被一种新的都市文化框架所取代。这主要是全球互联网、全球化和知识经济正在日益将人类带入一个前所未有的现代都市生活的空间，而且他们还赋予中国当代都市以全新的革命性的文化内涵。准确地说，当下的我们也将步入一个被未来学家托夫勒曾断言的“夹缝时代”：工业文明的城市结构将逐步坍塌，后工业文明、信息社会悄然降临。中国当代都市文化也将接受多方面的挑战：全球互联网络、分散化、反城市化、族性、文明冲突与交融、生态革命，等等。同时，中国当代城市文化也正面临着一系列全球性问题：资源枯竭、环境污染、战争威胁、核能扩散、南北冲突、东西失衡、人口剧增、科技革命、文明冲突、政治危机、网络霸权，等等。

总之，市场经济的确立，表明了一种以都市为中心的现代文化语境的正式生成。生存方式的共生化是都市文化语境的显性表现形式，也是都市小说生成的现实机制。所谓共生化，是指生活在城市社区内的个体之间结成的一种群体关系：即每个个体相互独立又相互依存、相互帮助又相互竞争的关系。由于生存方式的反传统乡村结构的特点，都市“有机团结”中人与人之间的关系不再靠宗族家庭的血缘情感来建立，而是以“非个人性的、非情感的规范分工化的交往形式”①来维持。谭甫成的《水之华》展示的是一种以自我生存为前提，以个体利益为目的的理性化的生存方式。马波利和他的朋友们虽然感情甚笃，情同手足，但南下深圳后，这种关系开始走向解体，因为，生活现实告诉他们，如果要想在玻璃山似的大都市站稳脚跟，就必须抛弃个人情感，用以物质需要为基础的“次属关系”去重建彼此的交往形式。马波利们的分道扬镳，从一个方面表明他们对新的生存方式是认同的。

从都市小说的创作来看，精神结构的非人格化是都市文化语境的隐性表现形式，也是都市小说生成的心理机制。人是有精神的，人在本质上具有求真、向善、审美的意向和能力。正因为人不断追求真、善、美的事物，才使人的精神内涵日益丰富，精神结构日趋合理。然而，现代都市文明的发展却使人们毫不犹豫地摒弃了自己的精神品格，极力追求官能的满足和享受，正如克尔凯郭尔所说，人在追求实利时已将自己的本质等同于物的本质了。“利”被人们奉为圭臬，其精神结构日益表层化，呈现出非人格化的倾向。这主要表现为实利主义、商品主义和理智主义等价值观念的流行和泛滥。何顿的小说以都市小市民为对象，叙述了他们在社会主义市场经济时期进行原始积累的种种经历。《我们像葵花》里的痞子味青年活得自在，但也简单。在放逐了精神乌托邦之后，他们表现出一种赤裸裸的物质优越感。无论是冯建军和李跃进，还是刘建国和王向阳，他们都有共同的价值标准。在物质利益的驱动下，他们生活的全部意义就是赚钱。我们看到，一味地聚敛财物，使社会文化对他们的规范已经彻底解除，暴露出来的是鲜活的人的本能欲望，其精神结构已完全物质化。

从都市小说的创作者来看，作为“新都市”小说的直接实践者，创作主体的亲历性也是一个值得重视的现象。告别神圣时代以后，创作主体

---

① 朱炳祥：《社会人类学》，45页，武汉，武汉大学出版社，2004。

也逐渐突破主流意识形态的规范，排除自己作为都市文人的尴尬心态，汇入普通人的当下生活洪流。他们不再为表现某一特定的主题去体验生活，而只是“用自己的生命选定的主题直接表现自己，而不需要任何传统和固定的形式”①。他们是都市生活的直接介入者和都市精神的特殊创造者，而不是精神贵族式的旁观者和见证人。都市小说的写作者成为都市现代人的代言人、探索者，正是他们的不懈努力，都市小说才逐渐为人们所接受。

第三节　中国当代都市文化的现代理念

文化之于社会，不是外在的覆盖，乃是无孔不入的内在渗透。观念形态的文化，往往要积淀为人们的心理结构，内化为人们的思维方式、价值取向、礼仪习俗，潜移默化地调节着人们的行为，同时也要物化为物质形态和制度形态，具体实在地规范、制约着社会的运行。

首先，在当代中国，随着市场经济的逐步深入，其所具有的种种价值取向深深地影响了整个当代中国都市的文化理念。例如市场经济所倡导的效率优先原则，在竞争机制、物质利益驱动、能力本位、金钱尺度等因素的作用下，还会衍生出一种可称之为经济功利的文化意识来。它把人及其所掌握的物质和精神条件作为客体，用来充任满足社会与个人需要的手段。它所确认的价值等级，是由能力、金钱、财富等物用尺度来确定的。经济功利观念，作为市场经济的一种文化精神，它与传统的人文精神有巨大差异。换言之，市场经济所孕育出的是一种不同于传统文化的新型文化精神。一是对官商传统的彻底否定与对经济活动独立价值的文化观念的确认，二是个性竞争的经济意识与“能力本位”的文化主旨。② 这种能力本位的文化精神，使过去人们讳言的自我设计、自我奋斗、自我价值成为广泛的现实。市场日新月异，最忌陈旧，人们不断地学习，不断地创造，不断地超越，用一种不知疲倦的自我更新精神，争当前卫，为流行是举，以新、优制胜。为了竞争，人们还毫无羞涩地进

---

① [德]西美尔：《现代文化的冲突》，见刘小枫主编：《人类困境中的审美精神——哲人、诗人论美文选》，251页，上海，东方出版中心，1994。

② 叶中强：《想象的都市和经济话语的都市》，载《人大复印资料》，1999(3)。

行自我包装、自我宣传、自我推销，用一种展示其能力又充满鲜明个性的行为方式，去博取独特而优厚的市场效益。当然，这类行为的健康发展，也需要正常的秩序保障和主体的自治。以上文化精神的出现，正是由于现代商品经济在中国的全面发展，改变了中国人原有的文化理念，其中最鲜明的变化之一，就是对个性主义或自由主义文化理念的重新理解。首先，现代自由具有全新的内容。它指向的是一种从事新的经济活动方式的自由，是一种追求私人性事业的渴望，这种渴望被新经济所宣扬的理论当做“神圣存在”、自我求证的工具而获得了充分的肯定，这样，中国人原有自由中备受鄙视的私人事业在自由主义观念中取得了核心地位。其次，现代自由日益与具有独立精神和人格的个人相融合。由于市场经济对个人地位的推崇，对于个人“自我求证”的肯定与宣扬，使中国人原有自由中缺乏的私生活领域的观念成为自由的基本内涵。个人不仅在道德上是自足的，其人格在法律上也是独立的。因此，自由是作为独立的个人所拥有的自由，既要求他人对其的尊重，也要求自身对他人的尊重，因而否定了为某种善业或福祉而牺牲个人自由的任何做法。再次，独立个人之间的相互尊重排除了对所有个体一体化的要求，自由对私人活动的关注不断地鼓励个人的独创性，更加倡导多样性、差异性并以此为基础。这种张扬个性、追求独立性的精神品格无疑在都市文化中扮演了积极的角色，它使得文化的多样性、个体性得以伸展，并有助于形成文化的多元形态。

在都市文化中与个体独立性、文化多元性并存的，还有着不可避免的趋同性与规模意识，这是同现代都市的产业经济紧密相关的。我们知道现代都市的产业基础是从工业文明起步的。中国当代都市的现代化进程，事实上是将一种求生存、求发展的强烈愿望演化为轰轰烈烈、湮没一切的工业化和都市化的运动。“工业化”体系是这一时期都市建设的主要目标，钢、铁、煤、机械、电力和交通等经济指标就成为都市的主要价值，并成为衡量都市发展成败的关键的甚至是唯一的标准。这里存在着一个普遍的假设前提：都市化的本质是工业化。工业化都市到处都“家族相似”，成为一个类型，具有同样的结构和模式。工业文明追求的所谓“规模效应”与“积累效应”诱使城市向“大都市”和“超大都市”方向发展。与其共存的问题就是：人满为患，交通拥挤，就业困难。按照罗马俱乐部创始人A·佩奇的说法，都市文化与自然的矛盾加剧，人类困境正是由工业文明为基础的传统发展观所导致的必然结果。① 工业文明与传统发展观内含着深刻的矛盾：一方面，它受市场经济的驱使，为了追求个体和部分人利益的最大化，以人类沙文主义态度君临自然界，借助于越来越大的技术力量，以绝对消耗资源，甚至不惜破坏环境的结果来求得物质财富的不断增长和都市人自己生活的暂时富足；另一方面，这种经济增长方式彻底破坏了都市发展的环境基础，使人类与自然界处于尖锐的对立之中，从而陷入困境。这一矛盾必然外化为人类发展的怪圈：人类在获得高度发达的工业文明的同时，日益恶化的环境问题又在阻碍着发展，宣判这一发展模式的死刑。

除了人与自然的分化日益严重，随着工业文明而来的现代理性精神也以君临一切的架势席卷着当代都市文化，这种所谓现代理性精神原是指在征服自然并把理性从神话镣铐下解放出来的启蒙运动，一种冲破神话统治的解放力量。但是，在发达工业社会，它本身却变成了一种新式神话。“神话就是启蒙，启蒙就是神话。”这一新的都市精神将科学技术变成了统治都市的工具。因而，阿多尔诺用犀利的文化批判来透析都市生活方式。作为一个被工具理性全面意识形态化了的工业社会，只有可能存在一种文化，这就是所谓的“文化工业”。工业主义将人的主观物质化，抽空了人的主体意识，商品拜物教盛行于生活的各种领域。在商业气极浓的都市里，无论是精英文化还是世俗文化被同化而腐化掉了，现代都市文化将不折不扣地成为谎言。当代城市是商品交换的王国。由于交换中抽象的等价物——货币的介入，各种商品对不同消费者的实际使用价值被掩盖了，商品中所蕴涵的生产者的创造性劳动也被掩盖了，全社会变成了商品拜物教的天堂。原本启蒙文化是以“解放的英雄”自居的，而今以启蒙理性为核心建立起来的“文化工业”即现代都市文化已经蜕化为新神话，成为压抑人的精神生活存在的一种力量。正如马尔库塞在《单向度的人》中指出的，整个单向度的城市文化造就出单向度的人格，这主要不是恐怖与暴力，而是技术的进步，是技术的进步使发达工业社会对人的控制可以通过电视广播、电影、广告等传播媒介无孔不入

① 姚文放：《当代审美文化批判》，374页，济南，山东教育出版社，1999。

地侵入人们的闲暇时间，从而占领人们的私人空间；技术的进步是发达工业社会可以在富裕的生活水平上，让人们满足于眼前的物质需要而付出不再追求自由、不再想象另一种生活方式的代价。① 这是现代都市精神对居民大脑的清洗。而审美现代性的思考，就是要在文化总体上对现代城市文化来一个大拒绝。于是，反城市文明的种种举动，就成为"审美的现代性"的主旋律。比较鲜明的具有"审美现代性"精神的文化思潮即后现代主义文化精神，开始走上城市文化的前台。

作为一种思潮，后现代主义被指证为一种多元化的文化精神，它几乎涉及城市文化的一切领域：从建筑到城市哲学，从历史学、都市人类学到政治学，从影视、艺术、绘画到文学，等等。它崛起于第二次世界大战后的20世纪50～60年代，流行于70年代，在80年代，借助于大众传播媒介而成为西方各国城市文化的主潮。在法国后现代思想家利奥塔的视野中，昔日的启蒙精神在极度膨胀的科学话语面前变成了停滞僵化、日益萎缩的存在，人文叙事成为电脑霸权的奴隶与牺牲品，文化的批判性、问题意识与知识分子均成为电脑霸权的牺牲品。如果说，现代主义强调主体性、科学性、理性、秩序性、基础性或本质性、元叙事或整体性，等等，那么，后现代主义就强调差异和多元而反对单一主体性、反理性、反科学及工具理性及强调非理性，反对整体观而开发歧见，强调断裂，主张主体际性、反对基础主义、本质主义而强调平面化，等等。并由此形成了一个世纪末的城市文化景观。在中国当代都市文化的视野里，后现代主义文化精神是一个相当复杂的存在，在这里，我们没有能力穷尽它的意义指向，只能做最粗浅的表述。

当代中国都市文化的后现代主义精神影响主要体现在这样几个方面：首先是它促成审美价值的重建。原先艺术是被圣洁的光环笼罩着的神圣领域，它与普通生活、普通人之间存在着不可逾越的审美层面上的鸿沟，然而由于后现代主义精神的张扬，这条鸿沟被填平和弥合，艺术开始面向普通生活，大量原生态的生活内容蜂拥着进入艺术领域，例如在当代中国都市文学中，日常生活、世俗精神已经成为最基本的创作主题。其次是它唤起审美心理的重构。艺术活动一度被视为理性思维的成

---

① ［美］马尔库塞：《单向度的人》，52页，重庆，重庆出版社，1988。

果，或者说，理性主义色彩是审美心理的主调，它高高地君临于感性心理和感性思维之上。后现代主义精神打破了唯理性独尊的局面，将感性体验的审美价值重新予以定位，使得审美心理在生命本体、在片断、流逝、新奇和变化无常中感受到永恒的所在。[①] 就都市小说而言，许多作品已将对身体的、感官的、实在的、具象的关注和描摹提升为第一要素。审美主体正一步步地放弃理性、精神、内涵，转向感性、身体、工具、形式。再次是它诱使审美形式的嬗变。后现代主义对解构的推崇，体现在都市小说的创作中，就是反结构、反形式、反语言的兴起。总之，后现代主义文化精神作为当代中国都市文化中非常具有影响力的一种价值取向，同其他的文化精神一起共同绘制了当代中国都市文化的繁复画面。

后现代文化一个明显表征就是消费，消费目前正成为一种新的意识形态，无形中控制着人们的主体想象。伴随着消费意识形态兴起的是消费主义的大行其道，并最终蔓延成流行的大众文化，确立了它在全球化时代的话语霸权。关于消费主义文化，英国学者迈克·费瑟尔斯通有精辟的论述："消费文化顾名思义，即指消费社会的文化，它基于这样一个假设，即认为大众消费运动伴随着符号生产、日常体验和实践活动的重新组织。""遵循享乐主义，追逐眼前的性感，培养自我表现的生活方式，发展自恋和自私的人格类型，这一切都是消费文化所强调的内容。"[②]而丹尼尔·贝尔对消费主义的社会学描述表明，消费主义的发生与人们满足生存的基本要求没有直接关联性。人的欲望，亦即心理欲求，才是消费主义发生的逻辑起点和最终诉求。这样一来，消费主义文化本身具有意识形态和日常文化两种特征。一方面，它直接指涉着日常生活文化的物质性满足，允诺一种享乐型的生活方式；另一方面，它已经把消费对象塑造成一个整体性的符号象征体系。消费不仅是对商品价值的消费，而且成为人们自我表达与身份认同的主要形式，在此情景下，人们消费的只是一种欲望，即进入某种社会等级的象征符号。拥有名车和豪宅便意味着拥有了高等级的社会身份符号，而这种符号象征体

① 姚文放：《当代审美文化批判》，92～104页，济南，山东教育出版社，1999。

② [英]迈克·费瑟尔斯通：《消费文化与后现代主义》，南京，译林出版社，2000。

系的制造者、传播者和倡导者正是跨国公司、商业广告和大众传媒，因此这样的符号象征便具有标准的意识形态性质。所以，尽管目前中国人的平均生活水平仍旧处于低级状态，但消费主义文化仍以强劲之势狂涨和渗透到社会各个阶层和利益群体。从 20 世纪 80 年代初的“好好过日子”发展到 90 年代中后期的“过好好日子”，一种摒弃理想主义，放逐精神价值的实用主义的世俗哲学，便以消费主义的文化形态，完成了物欲对心灵的全面扫荡，建立起面对大众日常生活实施舒适性控制的文化霸权。早在 20 世纪 90 年代初，有些文化学人便敏锐地意识到“今天时代的热点不在精神而在物质，不再追求完美而在追求舒适，形而上的道远水救不了近火，形而下的器则有益于生存……我们面临的将是一个世俗的、浅表的、消费文化繁荣的时期”①。在迅疾铺开的都市化进程中，后现代主义和消费主义文化共同完成了对当代都市文化的重塑与改造，成为新的占主流地位的文化形态，与 20 世纪 80 年代整体的文化理念构成了一种断裂关系。这种“断裂”不可能不对一个时期的文学风尚和艺术精神以及作家文学写作观念产生影响，文学的生存根基不可能不发生转移和变化。而且文学最重大的变化不再是单纯的文学观念和叙事技巧方面的变化，而是文学的生产方式、传播方式、文学的美学要素、基本功能的根本性变革。正是在这样独特的文化理念中，独特的都市文学主题应运而生，“性”“身体”“金钱”“豪车别墅”等这些无法绕过的“欲望化”“物质化”符号经由市场的消费逻辑编码后堂而皇之地登场了，成为一个时代的作家日益明确的表现主题。

在消费文化的导引下，酒吧、咖啡馆、夜总会这些充斥着幻想与欲望的地方越来越成为都市小说热衷表现的生活场景。叶弥在《城市里的露珠》中表现对夜总会的依赖，王安忆在《我爱比尔》中对咖啡馆的深刻体认，陈丹燕笔下的具有双重身份的酒吧女，葛红兵《沙床》中对酒吧的特殊情感，卫慧和棉棉天然的酒吧情结等，都突显出酒吧这类场所在当代都市时代的特殊功能。在这里，酒吧、咖啡馆等不仅仅是一个简单的空间意义上的文化消费场所，而且是一个最适合表达人类隐私与欲望的文学意象。而这种意象、叙事策略又较为真实地传达出一种独特的都市

---

① 宋遂良：《漂流的文学》，载《当代作家评论》，1992(6)。

经验和感受。此外在都市小说中除了奢靡的生化、错乱的情爱幻想，还有爵士乐、沙龙、时尚杂志、著名品牌，等等，描绘出一套全新的消费社会的符号象征体系。

我们说，都市是一个巨大的物质存在，但都市决不只是一种简单的物质现象，毋宁说都市更是一种心理状态、一种审美综合体，是由都市中人们的梦想、激情、企求、欲望、趣味、风尚等凝聚而成的普遍社会心理，是由现代商品经济为基础、以大众传播媒介为载体的、以大众为主要对象、蕴涵现代审美理念的文化形态。总之，都市特殊的人口结构、生活方式、人际交往和生存环境造成了特殊的都市个性，而这种特殊的个性正是在都市文学(小说)中得到了最直接、最完整的体现。

第二章

中国当代都市小说的现代审美意识

都市现代审美意识，是指作家面对都市社会所持有的文明的进步的现代的思想理念、美学观点及审美思维方式。它不排斥都市技术的现代化，同时也认同并审视与之相随的人的思维逻辑、行为方式、情感意趣、艺术品味。都市现代审美意识区别于乡土意识中的传统、保守、落后与狭隘，更多地呈现为开放、自由、多元与文明。如果将都市小说置身于中国现代都市变革时期，我们会发现现代中国作家已经面临让他们新奇且“陌生”的书写对象与现实处境——都市。面对现代都市，中国作家所拥有的文化技艺、美学资源、现实经验，例如由传统的农耕文化所衍生的审美意识——自然美感方式、道德理想精神、理论功用色彩，已经失去它对现代都市的艺术审美功能。显然，在都市社会的欲望化、物质化的现实空间面前，远古初民式的自然美感经验，既已失去了它应有的现实依托，也失去了它原有的美学效用。面对都市那高度技术物质化的现实，面对欲望与文明、技术与人性之间的人性哲学问题，一切维系于道德理性和伦理功用而派生的中国古代文艺美学意识，统统失去了审美效应。因为，道德理性与伦理功用，往往以简单性、一元化、单项度思维遮蔽或限制了作家对于现代都市人生多义性与繁杂性的有效发现与开掘。中国现代都市的生成，迅速引发着中国文学的都市审美嬗变。具有现代意义的审美理念开始进入人们的视野，我们发现，在中国现代文学时期，准确地说在“五四”文学中，欲望化审美、技术化审美、人性化审美已显现出来，而这正是审美现代性的应有之意。

第一节 中国都市小说现代审美意识的兴起

如果换一个角度将“五四”新文学中的新与旧、现代与传统置换为都市与乡土，则会发现它们在内质上的同源性。这个“都市”不仅指它的现实物质状态，更大程度上是指它的理念内涵，即以城市工商业为经济发展的基础形成的一套现代文明价值体系，其中包括民主、科学精神，也包括人权、平等、自由等思想。而这些对于几千年笼罩在封建伦理思想观念下的旧礼教、旧文学和乡土文化无疑是新质的、充满着现代气息的。那么，从都市与乡土的角度，在审美现代性视野中去观照“五四”时期的都市文学，则会获得别样的认识与思考，具有一种全新的意义。吴福辉认为：“现代文学第一个十年占主要地位的，仍然是‘乡土文学’……只有到了20年代末期，文化中心南移并与经济中心合一，我们方才有了全新意义的都市文化。”[①]的确，如果用现代都市审美文化价值观念考察“五四”文学，同时用20世纪三四十年代都市文学创作范例——海派文学作比较，会发现“五四”文学只能算作雏形的都市文学，或者说“五四”文学创作实际上只是具备了一些都市文化价值理念的因子。然而，它却为后期的中国都市文学作了某种文学准备与铺垫，具有承上启下的意义。在审美现代性视野下考察“五四”都市文学创作，可以发现，“五四”时期创造社浪漫派作家的作品在切近现代都市审美文化的价值观念方面是最突出的。“五四”时期的都市文学创作大都集中在这批作家的作品中。此外，“五四”都市小说诞生于中国20世纪初期尚未完全成熟的都市环境中。此时期以鲁迅为首的一大批作家的乡土文学创作以“批判国民性”为主题，在文学上实践着启蒙的时代主题。而此一时期，创造社的浪漫派作家则以张扬人性特别是都市人生情欲为主题，着力渲染了个人的浪漫感情和在欲望与自由上的挣扎，以及都市男女对爱的追逐，对欲的沉迷和对个性的自我肯定，也就是说，他们已经能够从

① 吴福辉：《都市漩涡中的海派小说》，141页，长沙，湖南教育出版社，1995。

感性审美的角度去发掘都市文化中的新质。

"五四"时代的人性张扬实际上提供了一种社会生存的多元可能性，而这就打破了农业文化的单一恒定，为都市现代审美文化的形成创造了先决条件。"五四"人以人之子的解放意识进入自己的都市，描绘都市人生，从某种意义上说，正是近代放眼看世界后的持续影响。"五四"人不是将都市当做一个实体空间进行展现，他们更多的是将都市视为一种新的思想观念，这种观念是能促使中国社会革新进步并汇入世界现代化进程中去的，这种观念便是与几千年农业文化相异的具有现代性的都市审美意识，它重视个性，容纳多元，正好能从思想意识上契合时代的大潮，进而更进一步强化了人的解放是社会进步之基础的认识。在这种时代环境下产生的"五四"都市小说，具有特有的精神特征——以启蒙理性为内核，以张扬人的本性欲望为情感基调。

20 世纪 30 年代中国都市小说主要集中在城市化较发达的上海，并且以海派——新感觉小说为最佳代表。新感觉派作家以其独特的书写身份和书写视角，用极富表现力的语言传递了城市的生活。他们用变化万端的手法表现了复杂多变的城市，用不同的画面表现了城市的不同面相。城市建筑、城市交通、城市社交、城市的奢靡、城市的阴暗、城市的骚动、城市的浮华……无不一一流淌在他们的笔下。更为重要的是，他们没有仅仅满足于对城市景象的表层描述，而是在叙述中渗透着他们的现代审美思考，传达着他们对世界的认识和对城市的感知。在城乡二元对立的审美思维下观照 20 世纪中国都市文学，新感觉派无疑是这种都市文学书写中具有独特文化品格和审美意义的一支，他们创作的别具一格的话语姿态和言说方式及对都市文化的理性思考，奠定了他们在现代文学史上的都市性地位。纵观整个 20 世纪中国文学，对于都市的理性诊断，对都市所表现出来的关切，对都市生活的醉生梦死与苦苦挣扎的描摹，新感觉派都是着力最多影响最大的文学流派。其虽短暂却极为卓越的文学生命，拓宽了现代文学表现的题材和话语运用的空间。都市，是新感觉派作家赖以生存的时空背景，而上海，是这个时空背景中最耀眼的一颗明珠。翻开新感觉派作家的作品，扑面而来的就是这种浓郁的都市气息和 20 世纪 30 年代那种特有的文化色彩。尤其是 30 年代的上海——"造在地狱上的天堂"首先成为我们关注的焦点。上海不仅仅是中国经济的绝对中心，而且随着文化中心南移，她很快又成为充满活力和刺激的新的文化中心。这是一个奇特的，具有混合气质的城市，是一个五光十色、沓杂缤纷的国际大都会。从旧时代的繁荣直接触摸现代的西方文明，在落后沉积一如几千年不变的汪洋大海般的传统农村的包围中，殖民地化的大都市——上海，梦幻一般地将物质的无限富足及其辉煌灿烂的魅力尽力展现在人们面前，人们高速度、快节奏，夜以继日地尽情享用着这些现代文明所带来的消费品，新的生产方式创造了物质的上海，新的文化资源创造了文化的上海，新的人际关系创造了情致的上海。新感觉派作家用不同的存在形式表述了人们眼中不同的上海，也极大地刺激和丰富了上海的内涵，照亮了人们的眼睛，给人以强烈的视觉冲击和心灵的碰撞，应该说，作为殖民地化消费性的大都市，上海的繁华是异常畸形和脆弱的，充其量不过是帝国主义在华势力的一种更加隐秘形式的扩张（如文明意识形态上以世界中心自居），充满了内在的巨大反差和张力，充满了末日降临的危机感。同时，西方文化的移植，西方思维方式的运行，又带给人们理性的观察。在这种背景下看上海现代派作家，他们生于斯长于斯，都市培养了他们的新感觉，其繁华与骚动，犹如一股遏制不住涌动着的潜流，以一种强劲之势影响着他们的生活节奏、生存方式以及新的审美体验。他们都深受都市环境的熏陶和影响，对物质的迷恋和向往，使他们对物质的上海有倾向性情结，对于西方文化的欣然接受和浸淫其中，则使他们对文化的上海充满了忧虑和疑惧。他们不但是典型的上海城市中的人，而且他们的作品也极为“都市化”——以上海为出发点和依归。由此界定他们的都市身份，是我们理解他们作品的前提条件，显然，新感觉派作家的成长历程、个性气质、创作心态、审美观念等都带有这种“异质”的都市色彩。

我们知道农业社会的生活方式是稳定的、线性的。日出而作，日落而息，自然地形成一种井然有序的生活模式。现代的都市生活是喧嚣嘈杂，多变无序的。“它提供了一条通向新生活方式的捷径，造成前所未有的社会流动性。在艺术画面上，描写对象不再是往昔的神话人物或大自然的静物，而是野外兜风，海滨漫步，城市生活的喧嚣，以及经过电灯照明、改变了都市风貌的绚烂的夜生活。正是这种对于运动、空间和变化的反应，促成了艺术结构和传统形式的错位。"[①]在创作中新感觉派作家常常以感觉印象的平面铺排与叠加描绘，时间地点的快速横移和大胆切换，人物意识的深层展示与全盘曝光等新奇文学手段描绘出"商业经济时代"大都市生活的特有奢华、喧嚣与荒芜，并特别注重从人物的言行、心理、人际交往方式捕捉"经济时代"人物灵魂的物化，展示现代都市生活的深层文化蕴涵。物对人的压迫和异化，成为"新感觉"形式和技艺背后的人物心理感觉的文化基础，成为审美主体的一种朦胧模糊的意识。感觉化描写背后潜在的内在审美心理——物对人的压迫感；"陌生化"语言中隐藏的深意——人的物化感：在艺术形式与主题思想上都是难以分出彼此的，其中也隐含了物质压迫人的现代审美意识。施蛰存的《鸥》是以现代审美意识反对社会存在的现代性的经典之作，作品中的数字成了小陆精神上无法摆脱的梦魇，一系列由"数字"所引起的连锁反应，极为含蓄地传达了数字对小陆精神的奴役，小陆失去了自由、独立的意志，在数字的思维惯性中被机械地抛来抛去。马尔库塞在《单向度的人》中曾说道："事实上，无论是采用行政管理的控制（而不是采用饥饿、人身依附、暴力、肉体的控制等），还是繁重劳动特点上的变化，无论是各个职业阶级的同化，还是消费领域里的平等，都没有弥补这样的事实：发达工业文明的奴隶，是地位提高了的奴隶。但仍然是奴隶，因为决定奴役的'既不是顺从，也不是艰苦劳动，而是出于纯粹工具的地位，人退化到物的境地'。作为物而存在，这就是纯粹的奴役形式。"[②]这种奴役，除了人的物化、工具化，还表现为人对自然的疏离。"大都市的居民和自然界隔得远远的，即使他们决定回到自然去享受自然的'治疗'，都市人的概念仍然控制他们，使他们不能和自然做真实的相遇。许多人想借旅行来逃避都市生活……（但）仍甩不掉都市的影响，即使是面对自然的美景，各种的文化成就，人仍然是停留在梳理、无聊、挫折、恐惧之中。"[③]

进入20世纪40年代，都市被战争风云所笼罩，是一个绝望和希望交织的特殊时代，战争局势的变化像风向标一样时刻左右着人们的生

① [美]丹尼尔·贝尔：《资本主义文化矛盾》，95页，北京，三联书店，1989。
② [美]马尔库塞：《单向度的人》，29～30页，重庆，重庆出版社，1988。
③ [德]孙志文：《现代人的焦虑和希望》，56页，北京，三联书店，1994。

活，使得一直昂首奔流的都市小说到这一时期转入了九曲十八弯的沉吟低唱，文风亦由恣肆跳腾转为哀婉朴实。它既没有20年代对情欲的浪漫张扬，也没有30年代对机器大工业的赞美，只有对芸芸众生琐碎的日常生活和不幸的人生遭遇的不厌其烦的细致描述、反复唠叨。如苏青的《结婚十年》、潘柳黛的《退役夫人自传》、施陀的《结婚》、巴金的《寒夜》以及张爱玲的小说集《传奇》等。总之，上海沦陷后，在这个抗战文艺难以存身，而曲意奉承又为人所不齿的真空地带，表现女性情爱与生活细节的都市小说恰恰获得了空间。因为关注都市人个体的存在状态，既无须承担政治风险，也暗合了上海市民关怀生命的文学渴望。40年代都市小说的另一个显著特点，就是一度主宰文学的革命英雄、豪门富户退居后台，取而代之的是对小人物的关注。长期混战，导致都市人紧张的神经逐渐麻木，加之物价的飞涨，生存的问题日益严峻。当生存成为一个社会群体关心的重点时，他们的行为、心理、精神继而也会带上日常生活形而下的特征，仅仅是为了活着而活着，理想、追求、审美这些形而上的元素遭到忽略，琐碎、无奈、卑微、平庸甚至于粗俗当道横行。但是无论如何，都市小说在这一时期还是获得了存在的空间和理由，并在审美层面上有所深化：日常审美以一种反叛的姿态进入都市小说，丰富了这一时期都市小说的美学品格。遗憾的是，中国都市小说并没有沿着丰富现代审美质素的道路走下去，而是陷入了停滞与僵化的境地。中国当代都市小说正是在这样一个断裂时期开始了全新的征程。

第二节　中国都市小说现代审美意识的形成

都市小说在当代有一个明显的生长发展过程，随着社会历史的变化，在各个阶段呈现出不同的审美特性。大体上来说，当代都市小说可以分为两个时期，第一个时期从1985年到1993年，第二个时期从1994年到现在。第一个时期是都市小说的萌芽、生长期，都市小说自身的要素、审美特性在慢慢地生成、积累，并逐渐趋于稳定，形成鲜明的特色。第二个时期是都市小说的成型与发展期。在此一阶段上，都市小说不仅呈现出清晰的面貌，而且在量上向规模化发展，出现迅猛的都市文学浪潮，在整个文坛日益占据着主导地位，并进而改变了整个文坛的面貌，形成都市文学与乡村文学两极对立的审美模式。

需要先加以说明的是，由于各种原因，新中国成立后的十七年间，城市并没有进入文学的主要视野，这一时期的文学是聚焦在农村与战争这两个醒目的焦点上，涌现出以“三红一创”(《红岩》《红日》《红旗谱》《创业史》)为代表的大量的优秀作品。对于城市，仅有的几部作品像《上海的早晨》《龙须沟》《茶馆》《我们夫妇之间》《组织部来了个年轻人》等，只是对这个似乎被遗忘的角落进行了匆匆的扫描。当代文学的这种实际情况，决定了都市小说的出现与发展必须首先完成文学视点的转移。当代文学对于城市较为广泛的关注，只是到了新时期改革文学与市井文学才得以出现。在这两种文学中，文学开始对城市进行较为广泛的横向与纵向的扫描，这种扫描既有对于普通百姓、市井平民，乃至满清遗少的透视，如陆文夫的《小巷人物志》系列，邓友梅的《那五》《寻访画儿韩》《烟壶》，冯骥才的《神鞭》《三寸金莲》等，又有对当下城市改革的全面俯察，这方面的作品更是为数众多，如《改革者》《沉重的翅膀》《新星》等。因此就某种意义来说，正是改革文学与市井文学使文学的视点发生了根本性的转移。例如改革题材的都市小说，虽然对于刚刚开始进入改革时期的中国都市的反映带有着一定的意识形态倾向，并没有深入到这一时期中国都市的内里，而是悬浮在都市的表面，尽管如此，新时期改革题材的小说已经开始了视点的转移，审美意识的转移，它对于特定时期的都市生活开始予以关注和思考，并能够以具有时代感的语态和情感来塑造都市人物和城市风情，从张洁的《沉重的翅膀》开始，改革小说投射出当代中国政治经济体制改革所带来的社会结构的整体变化，特别是思想、道德和理论观念的变化，从中可以看到商品经济观念和现代意识观念对都市人的冲击，看到特定历史时段人们的痛苦、迷茫和选择。

在当代都市小说的第一个分期里，都市小说得以萌芽生长的重要因素之一——商品理念获得极大发展，而商品理念的发展又取决于人们现实生活中的商品观念的存在及其程度如何。商品理念涉及更为深层的价值观问题，对于商品的态度反映了人们的价值取向。实际上，在中国当代的大部分时间里，人们的商品观念极其淡薄，这实际地决定了商品理念的转变相对于文学视点的转变要艰难而漫长得多。可以说，商品的理念随着商品在当代中国的际遇经历了曲折的变化。客观上说，当国家把经济建设作为整个社会的中心任务的时候，实际上已经隐含了商品理念最终在整个社会取得绝对统治地位的这一必然趋势。经济体制的改革，使得商品重新回到人们的生活中，扮演着越来越重要的角色，它的化身金钱也日渐恢复了本来面目，并且日益显示出它左右一切的强大威力。当人们日渐感受到来自于金钱的巨大压力的时候，人们的金钱观念也随之发生了根本性的变化。在1985年之后的都市小说中，我们可以看到金钱若隐若现并日益强大的身影，并使都市小说出现了新的变化，具有了崭新的面貌。我们把当代都市文学的兴起定于1985年左右，从根本上说就是基于此种原因。当然，还有另外一个重要原因，1985年之前的都市小说，具有有别于1985年之后的都市小说的内在的一致性。由于商品理念的缺席，这一时期的都市小说中，起统摄作用的不是商品的理念，而是城乡冲突。这种冲突模式在20世纪50年代萧也牧的《我们夫妇之间》中出现之后，便确定了直至改革文学、市井文学为止的都市文学的冲突的基调。城乡冲突从本质上来说是人的观念之间的冲突，是人与人之间的冲突，而在商品理念的制约之下的都市小说，它的冲突已不是人与人之间的冲突，而是商品所引起的人与物的冲突。因此，它们已是两种完全不同的审美冲突模式。就一般意义而言，在人类的文学历史上，存在三类不同的冲突模式，即人神冲突、人人冲突、人物冲突①。这三种冲突相对于三个不同的社会历史阶段，人神冲突主要是在人类社会的早期。即原始社会时期，神的观念强烈地占据着人类的思维，这种冲突在人类早期的神话中有着突出的表现。人与人之间的冲突主要是农业社会的冲突，古典时期的文学是它的主体。而人与物的冲突是随着工业社会、后工业社会的来临而出现的，西方现代主义、后现代主义是它的表征，人的异化是它的核心主题，也是审美现代性的主题。显然，从1985年左右，都市小说冲突的核心已从人人冲突(表现为城乡冲突)向人物冲突转移，呈现出某种质的变异，从而开始了当代都市小说生成的历程。我们不得不说，尽管都市小说在1985年开始了自己的征程，但是在直到1993年这段时间里，都市小说的形态是极其驳杂的，

① 徐剑艺：《新都市小说论》，载《作家评论》，1992(5)。

物的理念的生成与积累只是其间的主流而已，反映以城乡冲突为表现形式的人人冲突的都市小说还大量地存在着，如《好婆与李同志》（王安忆）、《别人的城市》（林坚）、《迷沼》（鲁彦周）、《城市情人》（裘山山）等。但是，无疑它已不是都市小说的发展方向。

除了商品理念的影响，进入新时期的都市文学，从审美理念上来讲，灌注了一份宝贵的反思和否定精神，现代审美的超越品格得以显现。1985年至1993年这段时期的都市小说善于通过我国城市走向现代化过程中的矛盾和痛苦的描写，表达了对都市病态文化的针砭和批判。当然这一时期都市小说的审美情感和主题都较单一：一方面是带着“大文化”意识，着力于市井风俗描写的作品，强调的是对病态文化综合征的自觉批判。风俗是一个地区、一个民族特有的文化精神的呈现，它既体现着区域性、民族性又渗透着时代性。而且由于风俗是作家面对的可感知的描写对象，任何先入为主的理念都被抛在物化形态之外，所以这类作品独具着饱满鲜活的城市风情，活跃着丰富多彩的感性生命。例如邓友梅的《那五》、冯骥才的《神鞭》、刘心武的《钟鼓楼》等，这些作品中展现的无论是斗鸡走马、欺行霸市的旧迹，还是办公司、做生意的新招；是吃喝拉撒睡的艰辛，还是怀抱着性爱和金钱的潇洒；是中西文化的撞击，新旧观念和价值标准的摩擦，还是市民中不同阶级、阶层、社区的分野和关联，均生动地禀赋以真实性品格。而封建礼教和伦理道德对人性和人的心灵的荼毒，拜金欲、占有欲和掠夺欲对传统道德情感和传统美德的冲撞，市民阶层中市侩主义、市井无赖习气的流行，“东方学习西方”的尴尬所派生的盲目排外和崇洋媚外思想，等等，都在一幅幅别具风味的风俗画中得到整体性审视。面对这些风俗景观，每个作家只是侧重批判城市病态文化的某一方面，但一个“风俗”作家群体的出现，就使得对城市病态文化综合征的批判走向了精深广大。前面所列的这几位作家十分重视风俗的历史感，在他们眼里，现存的风俗沉积了历史的质素，不管是正面还是负面，历史和现实总是割舍不断的。比如刘心武的《钟鼓楼》的题词是：“谨将此作呈现：在流逝的时间中，已经和即将产生历史感的人们。”①作者采用所谓“桔瓣式结构”，将某一日北京

① 刘心武：《钟鼓楼》，2页，北京，人民出版社，1985。

一个四合院内一家的婚宴在时间和空间上纵横勾连，力图记录下近现代和当代北京社会的生态景观，试图呈现出当代中国城市市民乃至大众的众生相及其文化素质。作品注重多风俗的叠加、对比、对立和渗透，颇具历史感和纵深感，因此对城市病态文化综合征的批判显得浑厚深刻。而邓友梅、冯骥才的一些作品虽写的是历史，但在历史里寄寓了现实的影子。因而在与现实的一种间离中，他们揭示的城市病症更让人深思。但是，我们也发现这些作品存在一个审美间隔问题：人是风俗的中心，人创造了风俗又生活于风俗之中，并集中体现着风俗。追求风俗画的作品如果只注意奇风异俗的铺陈，它有可能具有文化批判的价值，也能因其殊异而给人以某种愉悦，但不能给人以长久的审美感动。还以《钟鼓楼》为例，由于作者的着力点是市民群体和群体象征，并注重对市井风俗的叠加刻画，虽说注意了人物行为方式和内心世界的理性、非理性沉积，而且人物缤纷，有个性者不在少数，但终未能提供中国城市的独特的艺术形象和审美情感，这就使它缺少了艺术的冲击力和久远感。在这一时期，另一些都市小说家的创作则与刘心武等人的不同，他们注重城市风俗的自然形态，通常在一个时间长度内或者由一个生活故事，或者由人物命运的变迁，来呈现纷繁、琐细的城市世俗生活。他们远离把生活提纯和理想化的做法，注重对生活碎片的择取和粘贴，让它们以生活之流的形式自然流淌。他们不着意于历史感，但自然形态的风俗本身总裹挟着历史，并且因为剥夺了琐细生活的诗意，还它们以世俗的真相，所以对城市病态文化综合征的揭露也就格外洞幽烛微。例如池莉的《烦恼人生》，以男主人公印家厚的一天为题材，写出 20 世纪 80 年代中年一代平凡艰辛的生活。作品关注的是个人生活，展现的是低调的个人欲望。它表达了对自我表现和先锋精神的怀疑和否定，它把浪漫冲动的现代主义自我拉回到充满危机的日常生活中。而几乎与此同时的方方的《风景》，则是对个人欲望的明确展示，确认了贫困与欲望的因果关系。对于七哥，小说自然予以了道德批判，但是它不能也没有否定七哥不择手段地实现自我欲望的道路。准确地讲，小说中对七哥包含了一种不得已的认同。总起来看，这类都市小说，着眼于生活的直观层面，是一种新兴的市民欲望的表达，是对世俗真相的关注，浸润着都市独有的审美意识。这类都市小说的审美表达与精英主义的自我审美意识不同，它追求的是现实、具体的生活欲望的满足，是一种典型的感性审美，缺少审美情感与理念的进一步表现。

此外，我们发现，整个 20 世纪 80 年代的文学在文化上的内涵是越来越倾向于都市了，文学对都市文化的依赖性正在逐步地加强——我们看到，在 80 年代初，都市头一次有机会作为一种能动的文化力量对文学施加影响，而以往有力量施加这种影响的却只有政治威权。当时，市井小说、改革小说预示着未来文学与都市文化之间将存在着紧密的联系，这类文学实践的多重意义中的一种，在于超越既往意识形态对文学在内容和审美价值上的规定，例如“为工农兵服务”，并主动地探索合乎新时代本质的文学走向——显然，那就是突出着都市时代、都市文化、都市背景的文学走向。未来的写作与阅读将转向和适应于新的意义空间，即偏离了精英而面向大众的空间，这个空间实际上必然是都市化的。20 世纪 80 年代文学大众化倾向从那时开始，而文学的文化中心向都市概念的转移也在那时开始。当然，都市文明作为一股从总体上影响着新时期文学的力量，它起初的表现是隐蔽的，也是违背政治意志的。80 年代作家几乎没有人预见到“都市”这个概念在今后文学乃至整个文化中的关键意义，尽管他们实际上在做着增加这个概念的分量的事情。例如，在 80 年代文坛唱主角的“知青作家”，其精神体系具有半体制化半知识分子化的特点，内心仍留存着来自其少年时代正统意识形态的回声，对都市文明仍怀有类似于对“资产阶级”那样的意识形态敌意，这在后来几年都市文化真正崛起时有突出的表现。他们的创作，继续延循着以乡村题材为主的传统，而且是在并没有行政对创作的硬性指导的情况下自觉地这么做，不同的是，他们的叙述观点和语言技巧都已经“非乡村化”了，如果说过去赵树理、周立波、柳青、浩然的作品还适合不少农村读者阅读的话，能够或有兴趣读“知青作家”小说的农村读者大概已是凤毛麟角，因为除了题材，这些作品在其他方面都是相当知识分子化的。从文化角度说，知青作家大抵只有一种过渡性质：他们一只脚站在乡村崇拜的农本文化里，另一只脚站在城市知识分子的美学立场上——这一矛盾状况是符合中国社会正在发生的嬗变的。而到了 90 年代初，贾平凹忽然醒悟似的为自己“在城里已经住罢了二十年，但还未写出一部关于城的小说”而感到“内疚”。[1] 原知青作家在90年代多多少少都开始关心城市化及其相关现象对社会生活和人的观念的影响，他们的文学视点开始向都市发生位移，并且大多以批判现实的眼光来对待新兴的都市文化，但最终他们当中一部分人接受了都市大众审美文化的存在，并以他们的文学实践推动了以大众审美文化为主的都市小说的创作。

在20世纪80年代的都市小说中，最贴近都市小说审美本质的应该说是刘毅然与吴滨的创作。1988年，刘毅然的《摇滚青年》风行一时，它显然契合了当时正在流行的歌厅舞厅文化，霹雳舞、摇滚乐正是当时城市文化的最新景观。《摇滚青年》写出了亚文化状态中的城市青年新的行为方式和内心需求，提示了一种最尖锐的城市状态，对个性和自我的急切认同，充满了草率和任性，却也洋溢着青春的诗情和快乐。刘毅然讲述的都市故事，总是以第一人称直抒胸臆，这使他的叙述带有自传的色彩。1988年另一部都市感很强的作品是吴滨的《城市独白：不安的视线》，作品非常直率地写出现代城市人的“家”危机。一个表面和谐的家庭，某天由于一个不速之客的来临而趋向破裂。一个号称诗人的赵逢中四处流浪，并时常停留在某个城市的某个家庭中，成为一个职业“第三者”，因而作品又是一个关于都市人漂流、逃离的故事。《重叠影像》是吴滨一部关于揭示都市虚幻感的小说，通过男女主人公的生活作者看到了都市里已经没有爱情，只有诱惑，所以作品揭露了欲望的虚假性。从以上小说的简要分析中，我们可以感受到都市意识、都市审美已经在80年代末的文学作品中鲜明地呈现出来。

第三节 中国当代都市小说现代审美意识的凸显

进入20世纪90年代以后，随着商品经济在日常生活中占据着越来越重要的地位，人们对于商品、金钱的观念由某种被迫的无奈的认同，对于金钱权威的本能的拒斥，逐渐地转变为主动地迎合与追求。到1994年，当市场经济正式确立，商品最终获得自己无可争辩的合法地位时，金钱则以摧枯拉朽之势成为一切文化观念的中心，尽管对这一赤

---

① 贾平凹：《废都》，《贾平凹文集第14卷》，292页，西安，陕西人民出版社，1998。

裸裸的金钱欲望作家持批判态度，但反映的却是都市发展的某种趋势。总之，1994年之后的都市小说，商品的影子无所不在，从而使得都市小说面貌发生了巨大的变化，具备了自己的独立的品性，形成了稳定的质素，并出现了前所未有的繁荣局面。

我们知道，在当代文学乃至于现代文学中，存在着三种文学范式：阶级斗争——革命范式，唤醒民众——启蒙范式，民间——市民范式。[①] 当代都市小说的生成与发展，基本上是处于民间有可能成为一种价值取向的无名状态之下，当其在20世纪80年代中期起步之时，正处于时代由共名向无名的渐变时期，而90年代则是名副其实的无名状态，这种无名状态的一个重要表现即是大众审美文化的兴起。在此种状态下，都市小说将自己的叙事立场由庙堂、广场转向了民间(民间作为一种文化形态，它的承载主体主要是农民，而在都市中则是市民)，确立了民间的价值本位。它对应于都市民间的主体——市民社会的生成与发展，应和着市民社会的审美需求，与其保持着某种程度的一致性。因此，都市小说本质上是第三范式的写作，它与革命范式、启蒙范式无涉，由此决定了其审美倾向和审美风格是与崇高、悲剧相反的滑稽、反讽、黑色幽默等，它是与“宏大叙事”相对的一种“世俗叙事”，从审美现代性的角度来说，它体现为以感性审美现代性来肯定世俗现代性。在某种意义上，我们可以将这种审美原则归结为“俗”。无论是其审美意象、主题、人物、叙事、语言，等等，无不体现出这种“俗”的鲜明特性。当代都市小说的“第三范式”写作及其感性审美原则的生成与确立，有着深厚的哲学、社会学基础。从社会学方面来看，如前述，80年代以来，经济体制造就了“第三范式”与感性审美的写作空间，并造就了都市小说的写作、接受的主体——市民。

在哲学上，都市小说感性审美原则的确立，除了市民本身的强调现实的生存哲学外，更为主要的是来自于西方哲学思潮的强有力的支撑，如萨特的存在主义、解构主义。前者对于都市小说的影响主要是作品的主题方面，为都市小说提供了精神内核。而后者对于都市小说的影响则是全面持久的，不仅是小说的主题，而且是小说的人物、叙事、语言等

---

① 陈思和：《民间的沉浮》，载《上海文学》，1994(1)。

各个方面，总之都市小说从外在形态到内在精神无一不在结构主义的笼罩之下。以德里达、福科为代表的解构主义对于主体性、对于在场的形而上学的拆解，形成一种极端虚无主义，构成一种瓦解一切的颠覆性的力量，致使都市小说写作呈现出深度削平模式、历史意识消失、距离感消失等特性。解构主义所具有的颠覆性的秉性，赋予都市小说一种强烈的内在冲动，后现代主义平面化的美学观，更在20世纪90年代成为都市小说具体的美学追求。因此，没有后现代主义，更确切地说没有解构主义对于都市小说的内在支撑，它的发展将会呈现出另一种面貌。或者可以说，解构主义基本上决定了都市小说的演进历程及其存在面貌，它对于都市小说的影响是难以估量的。对于都市小说来说，当社会转型为其提供了生存的空间，市民社会为其提供了存在的主题基础，民间价值体系、大众审美文化与存在主义、解构主义的哲学认识为其提供发展动力的时候，都市小说的强劲崛起、其感性审美原则的形成便成为一种必然。因此，当代都市小说感性审美原则的确立乃是中国当代社会思潮和社会形态演进的综合作用的必然结果。

回到都市小说的创作实践上，首先是1993年下半年的《上海文学》形成了致力于发展都市文学的思路，经过一年多创作和理论上的铺垫，至1995年终于正式推出了“新市民小说”栏目。在1993年第11期《上海文学》的卷首语中提到文学“处在两难之中”，并借当期发表的理论文章《物的挤压》提出的“物化时代”的问题，引述该文中“物化时代的文学其危机并不在于它承受着物的挤压，而是在于作家有没有能力对这一环境做出它所应做出的反应”①这句话，表示对未来文学的判断，同时运用这一观点解释了当期推出的中篇小说《首席》(张欣)“欧阳飘雪和吴梦烟”(小说的两位女主角)“共同感到了在‘物’的世界中，‘心’的空虚与迷茫”②——所有这些，都表明此刊已开始密切注意都市文明、都市现代化及其特征对社会现实和人的作用，以及文学创作的走向问题。1994年第1期的《编者的话》重点在于强调“推动文学投入社会”，就此，它谈了两点，其一是文学创作在观念上应该将“民间世界”视为自己的出发

① 《物的挤压》，载《上海文学》，1993(11)。
② 张欣：《首席》，载《上海文学》，1993(11)。

点，与“社会转型、结构调整、利益分配所造成的种种矛盾与痛苦的实际承担者”们站在一起；其二借当期发表的以“当前中国都市的‘白领’阶层”为表现对象的中篇小说《血红玛丽》(荒水)为例，表明它鼓励这一类描写“处在物化现实矛盾的两极”，“完全是另一种‘活法’”，“在人性的基本手持方式上”又难以割断与“历史”的联系的社会新人群的创作①。1995年第1期，即新市民小说正式亮相的这一期，《编者的话》写道：“我们看到了人类居住的这个星球，全心全意只在为‘经济’而转动了……‘经济’对社会的笼罩，‘经济’对人性的遮蔽所滋生的新问题已经产生”，“我们不必总是喋喋不休地为一个经济社会的来临而惊慌，而怨忧；我们需要的是应变和创造。”②显然作为头一篇被冠以“新市民小说”称号的中篇小说《手上的星光》(邱华栋)与编者的期待是吻合的：“他笔下的主人公们，主要不是被别人折腾，而是自己折腾自己；主要不是被别人安排，而是自己安排自己；主要不是被别人证明，而是自己证明自己。”③经过一年多的认识积累，“新市民小说”最终以这样一份宣言登场——

> 都市正在成为20世纪90年代中国最为重要的人文景观，一个新的有别于计划体制时代的市民阶层随之悄然崛起，并且开始扮演城市的主要角色。在世俗化的致富奔小康的利益角逐之中，个人的生命力空前勃动，然而它又是极其原本与粗始化的。城市的发展将成为中国当代文化的生长点之一，它最终会给古老的中国文明带来什么，现在尚难完全把握，但是它已经成为我们这个时代一个不容回避的人文命题……“新市民小说”应着重描述我们所处的时代，探索和表现今天的城市、市民以及生长着的各种价值观念的内涵。④

与此同时，在1994年，深圳《特区文学》打出了“新都市文学”的旗帜，在随后的几年中，它推出的一些小说主要是借助于深圳这个新兴城市的商业文化语境，呼唤现代都市意识。例如谭甫成的《水之华》、林坚的《股市大炒家》、黎珍宇的《咸水淡水》等作品，充分展现了都市作为现

---

① 《编者的话》，载《上海文学》，1994(1)。
② 同上。
③ 邱华栋：《手上的星光》，载《上海文学》，1995(1)。
④ 《编者的话》，载《上海文学》，1995(1)。

代经济的神经中枢对正在发育成长的新都市人的影响。新的心理结构、新的价值坐标、新的观念形态、新的人文体系在以上的作品中也多少有所体现。

《花城》也是近年来极力推举城市文学的大型刊物，身处广州开放城市，《花城》当能感受到现代城市生活的强烈气息。纵观20世纪90年代以来《花城》的都市小说，可以看到那种“都市意识”从现代审美的思绪中艰难觉醒。其中林坚《别人的城市》(1990)是很有代表性的作品。这篇小说描述了沿海开放城市光怪陆离的生活场景，作者着意刻画的是各种人的生活态度。这里有暴发户、打工仔、时装的公司小姐、雅皮士和殉情者，他们的活动构成无序的都市生活的主要部分。叙述人“我”处于无法进入都市生活的困扰之中，“我”的犹疑徘徊不过是固守住内心的道德理想的另一种表达方式。“我”的那种拒绝和不参与在都市混杂堕落的人群中显得落落寡合，那类似局外人的“城市孤独感”与欲望横流的周边环境产生强烈的反差。作者试图致力于发掘它的现实理由、个人历史的依据、精神信仰等等。这篇小说试图去思考传统社会与现代城市的根本冲突，尽管作者力图表示出对现代城市的质疑，这些观念显然已经没有多少新意，但是作者对特区打工仔的生活境遇的描写，对开放城市的交往方式的表现，都有其敏锐之处。罗望子的《婚姻生活的侧面》(《花城》，1993)再次讲述了一个试图超越城市的故事，而事实上则不过是完成了一次对城市表象的勉强拼贴。不断地冲出家庭，不断地侵入他人的家庭，这就是婚姻生活的侧面，这就构成现在城市男女的日常生活。在“我”和妻子之间，和西环，以及鲁冰花诸个人物之间，“我”一直在扮演各种虚假而不称职的角色。罗望子并不关注那些深邃的思想，那些对城市、婚姻和人的生存之类的高深问题。他的叙事不过是一些松散的片段，一些随意跳跃的富有诱惑力的场景，以及一些关于城市生活的表象拼贴。婚姻生活的侧面一如城市的侧面，它是如此难以把握。在作者夸大其词的叙事中，第一句话就开诚布公：“我们对于城市的印象，总是会发生一些时代性的错误。”这个所谓“时代性的错误”不过是一些记忆倒错，作者无论如何也把握不住城市的印象，他能把握住的仅仅是婚姻生活的一些侧面“表象”，一些由故事构成的婚姻生活，它们由城市的街景、人群、行走、观望、秘密幽会构成。现在的叙事人不能或者也不愿意给出更明确的思想承诺，他只能去拼贴一些散乱的表象，给出这个时代无法规定的生活状态。

应该说，以上这些文学现象从文学上认定了“城市正在成为20世纪90年代中国最为重要的人文景观”。这一认识的产生，在近半个世纪的当代文学史上，有着特殊的意义。因为，随后文坛上出现的“新生代”作家与都市文学间形成了可以代表20世纪90年代中国文学独特面貌的联系。在1996年第6期《北京文学》以“新生代作家专号”为名推出的一批新作里，几乎为清一色的都市题材，这一突出特征被徐坤恰如其分地形容为“与城市剽劲”。透过这些作品，可以清楚地看到，都市正在成为新一代作家的首要对话者及其感受和演绎生活的途径。《幼儿园》(丁天)、《赞美》(邱华栋)、《相爱到分手》(姜丰)、《干渴的毛孔》(赵凝)等作品或者取材于都市新闻，或者具有城市才独具的戏剧性人际关系，或者表现都市人的幸福与幻灭感，总之它们运用的是都市的语言、展示的是都市的寓言、传递的是都市的精神与声音，体现的是感性审美的审美方式。“新生代”被都市时代推上了文坛，反过来，他们也以自己的文学创作给这个时代的文坛进行了定位——正是都市题材，在对都市文学的探索和表现中，包含了这个时代中国社会和人性所面临的基本问题和典型矛盾。这是他们的时代，他们将会继续探索下去。而且，可以想见，20世纪90年代由“新生代”作家奠定的以都市文学为中心的文学格局，随着中国城市化进程的深入，随着更年轻的都市人的成长并登上文坛，将在很长的时间内维持下去。这一过程，势必极大地影响中国文学的面貌，带来前所未有的故事、人物、感情和审美方式，甚至使中国文学的深层特征发生质变。

第三章

中国当代都市小说的现代审美精神

第一节　当代都市小说的人本精神

人本精神就是要通过对感性生命的发现来高扬主体性，这是审美现代性的基本内涵。我们知道理性是人的感性生命所具有的一种自我意识机能，只有在感性生命充分迸发的基础上，只有当感性生命作为最重要的存在得到充分尊重的时候，才会有真实的理性可言，理性一旦以绝对真理自居，束缚和压抑感性生命，便会造成理性和感性的双重死亡。这里所言的感性的、人本的内涵，并非只强调感性的非理性主义，如果我们把追求感官刺激、个人情感的无限制宣泄、否认“理性”等作为审美精神的出发点，势必影响我们对都市小说人本精神的理解。[①] 可以说，人的感性存在的内在规定性具有不可穷尽的可能性，而这种不可穷尽的可能性只有在文学中才能得到最相近的呈现。当然，这必须是一种个体主体性高扬的成熟的文学，而不是被某种权威压榨得断骨断筋的伪文学。我们说逐步走向成熟的都市小说就是要强调个体，要避免把抽象的人作

---

① 韩德信：《理性的历史考察及其在当代审美文化中的地位》，载《贵州社会科学》，1998(2)。

为文学的主体(审美的整体主体和创造的整体主体)，避免用抽象的整体主体性为借口来制造某种统一，把某种违背人的生存伦理的道德观念绝对化或把某种审美观念绝对化，从而违背现代价值取向。此外，高扬个体主体性的文学，把文学创作从对现实世界的刻板的描摹中导出，它要求文学展现的是感性存在的不可穷尽的可能性，在虚构与想象中保护人对世界的愿望。以个体主体性为出发点的文学创作是为人的写作，是为现实生存的感悟与超越的写作，它热爱生命，而这热爱的最高体现就是艺术地感性地对生命进行多级的超越性的拯救。对中国当代都市小说来说，正是改革开放的浪潮，正是新时期的文学引导它从一次双重死亡中走出，它开始将活生生的都市人纳入自己的视野，开始对都市人的存在进行了都市小说特有的书写，也就是从现代审美的角度，关注都市人的感性生命。

对个体主体性精神的张扬，在当代都市小说中经历了漫长的历程，并体现出强烈的时代特色。例如十七年时期的一些文学作品中已经偶有体现。长篇小说《上海的早晨》表现的是城市丰富多彩的生活方式，快速嬗变的节奏律动，光怪陆离的人文景观，尚利轻义的价值观念以及实用主义的伦理道德，无疑作家的主观愿望是批判这些现象，城市应当是被抽空为进行“社会主义改造”的阶级斗争的表演场。然而，通过阶级斗争的帷幕，我们还可以看出《上海的早晨》中透露出一种对都市意识、都市生活、都市精神的娴熟呈现，比如小说在以意识形态标准进行的否定性描写中，却隐约可见别具一格的都市生活情状：男欢女爱的浪漫情调，如歌如诉的感伤状态，特别是资本家们对权力和金钱的无限追逐。从一定意义上讲，这些描写反而使这部小说成为较早贴近现代都市人的感性欲求的当代都市小说文本。从小说对徐义德、朱延年“五毒”行为和性爱的富有想象力的描写，展现了都市生活复杂而充满诱惑力的方面。而这些资产者身上的贪欲、权势欲，如果用动态的、历史的角度去观察，可以看出，人性本质之“贪”与社会发展向“善”是有一定对应关系的。《上海的早晨》在十七年的“红色”氛围中，对资本家贪欲的描写，从人性角度写出了富有历史意义和审美意义的都市本质，因为它带有着中国传统封建气息与20世纪城市文明相融汇的特有的都市人文形式，也就是说，在资本积累时期，在乡村走上城镇化过程中的种种“恶”，以现有的眼光去看待，应该用更加清醒和平和的心态重新审视，现代都市生活和现代化进程所激起的人性需求是一种必然和现实的存在。

20 世纪 80 年代末 90 年代初都市小说中对人本性的展示，更是侧重在发掘人物在商品大潮中形态各异的经济意识。因为人作为社会动物，生存要素是第一位的，而在经济生活日益发展、经济指标越来越占据人们生存空间时，经济意识的觉醒，金钱欲望的膨胀，都是都市人的本性表现，都市小说作为现代生活最为敏锐的反映者，开始以审美的眼光来折射都市人的经济意识。如俞天白推出的“上海人系列”——《大上海沉没》《大上海漂浮》《金环套》和《大都会》。这四部小说都以改革开放时代的上海人作为重要表现对象。第一部所展现的是 20 世纪 80 年代上海市民的心态，一种封闭的心态，小说归纳为“衰弱巨人综合征”，具体表现为“老大”自居、“先前阔”的阿 Q 相，这种心态正在抵消着上海的技术优势，作家通过小说对改革初期上海市民心态的剖析，记录了改革初期上海人的心路历程。后三部则把金融、经济作为透视现实的切入口，围绕着金融展开生活画面，表现上海人对时代的参与感，如环球证券公司总经理沈笑澜、华茂证券公司事业部部长林浩等人，都是在经济改革浪潮中的弄潮儿，虽然作家注重表现他们的心态成长和拼搏精神，表现他们的挑战意识和献身精神，但是作为经济人的他们都是通过金钱和权力来确证他们的人生价值。稍后由李其纲推出的小说《股潮》则是直接以故事为窗口透视都市生活和人际关系，当股潮激荡着上海时，无数上海人神奇般地被卷了进来，人们发现股市神秘地影响、改变和塑造着都市人的生活方式，欲望结构和价值观念，“股潮”生动地揭示了现代都市生活中人们在金钱的影响下所特有的心态和情绪。总之这一时期的都市小说对“钱”的务实态度，对商业大潮从不理解到融入其中寻找价值的改变，充分彰显了在逐渐流淌着商业主义气息的都市中，都市人具有的开阔、迅疾、新奇、时髦的文化个性，以及讲求实效、实惠的生活观念。

德国社会学家齐美尔曾指出文明时代的根本症结所在：“现代生活最深刻的问题的根源是个人要求保持其存在的独立和个性，反对社会的、历史习惯的、生活的、外部文化的技术的干预，反对完全改变原始人为了自身的生存所必须进行的那种斗争。”①美国芝加哥学派的代表人物帕克认为城市并不仅仅是“单个人的集合体”或者“社会设施的聚合体”，也不只是“各种服务部门的管理机构”及其人员的“简单聚集”。他强调：“城市，它是一种心理状态，是各种礼俗共同构成的整体，是这些礼俗中所包含，并随传统而流传的那些统一思想和感情所构成的整体。”②因此，都市小说对人性本体的张扬的另一个侧面，就是反抗城市作为一个物质化和文化实体中有悖人性的地方，这也成了在工业文明庇护下现代社会的人们所面临的重要的文化选择。如帕克所言，城市文化是城市在发展过程中，不断汲取城市人的礼俗习惯和文化精神积淀而成的。③ 作为城市人前进途中一条具有惯性的轨迹，城市文化的加速度越来越大，随着城市慢慢成熟，城市文化亦逐渐成为僵化的教条和死硬的训诫，深深影响着人的思维习惯、处世原则和生活方式。因其无法避免的惰性，城市不能迅速调整自身的结构，以适应新的文化精神的诞生和进步，所以，城市就受到代表新生力量和最具叛逆性的都市青年的反抗，事实上，也就是他们要显示自我与流俗的不同，彰显自身的个性精神和人格力量，这也成为20世纪80年代后期都市小说的另一个重大主题。如《你别无选择》中李鸣、森森、孟野等面对着“大谈风纪问题”的贾教授和其所象征的“深蓝涤卡中山装”“古典音乐”等正统思想的扼抑，誓不低头，各自以自己的方式做出了独特的抗争。李鸣坚持退学，森森在不停地追求“我自己的力度，我自己的风格”，孟野则“有一种永远可望超越自身的永不满足的追求”，他们都在城市的蛛网中反抗着冲撞着。《无主题变奏》里“我”直言不讳地讲自己的生活不是有主题的，而是无主题的变奏，他反对庸俗的社会观念，反对常人眼里正常的生活方式，他以孤独的勇气一次次拒绝了他爱得很深的女友为他谋得的晋身之阶，如上大学，请人指点写作窍门等，以致最终失去了她。他以在酒店当一名普通的服务员为乐，干着别人认为没有出息的工作，只是因为这是他自己选择的生活方式。与这些有些退守的反抗形成强烈对比的是刘毅然的《摇滚青年》中的“我”的行为，他的反抗更为直接也更为激烈。他不愿意

---

① ［德］齐美尔：《桥与门》，258页，上海，上海三联书店，1991。

② ［美］R. E. 帕克：《城市社会学》，23页，北京，华夏出版社，1987。

③ 同上。

跳单位里分派给他的那种一点也不能激起他热情的程式化的海鸥舞，只喜欢跳能自由发挥个性与创造力的霹雳舞，为此他愤而辞职，即使失去心爱的女友，也没有改变他的决心和选择。反抗城市，走出传统的影响是如此之艰，以至于刘西鸿在《你不可改变我》中，大胆地让只有 16 岁的孔令凯，面对长辈的说教，社会习俗的压迫，喊出了“你不可改变我”的口号，她放弃高考去做模特儿，抽烟、戒烟、失败、成功，肆无忌惮地按自己的思路生活，她的率直率真、敢想敢干、不畏人言，都显示了不可替代的个性。维护自己的真我，是在城市这个独特的环境中所要做的艰难选择。虽然城市这个复杂的整体不仅仅包括礼俗和传统，但走出由此构成的阴郁氛围而健康地生长，显然关联着美和自由的问题。我们发现，在 20 世纪 80 年代后期，都市小说对人性的张扬的力度，对都市人追求自由的表现已经超越了新时期初都市小说城乡冲突模式的藩篱，也就是说这时期都市小说所描摹的都市人不再在城乡两种文化的夹缝中求生存，而是表现都市人如何直面无形中将其淹没的城市的洪水。无疑，现代人的天性就是永远求索更高的圆满，现实所创造的任何事物都不能让现代人的欲望得到最终的满足，因为现代人也在不停地提高，不停地扩展自己的欲望和需求。事实上，都市这一社会发展的客观现象，从历史进步的角度看起来，是促进现代人的发展的，从文化层面上看，则是高于乡村文明的，但它终究不可能是个十全十美的天堂。

进入 20 世纪 90 年代，处于文化转型期的中国社会文化，正遭受着伦理规则的无序和道德精神的荒芜，尽管这种无序与荒芜在一个社会的文化转型时期是自然而然的事，但并不意味着我们只能听之任之地发展下去。当然我们也不是苛求所有的人来坚守理想和人文精神的高地，而是呼唤总有那么一批人对人类怀有责任，对价值有所期待，对意义有所承诺，对困难有所肩负，能沉入现实的底层，打破浮世的遮蔽，让人类的精神上升到一个新高度。令人欣慰的是，总有那么一批富有责任心的都市小说家，在喧哗之外，默默坚守着写作所必需的寂静和深思品质，洞察着精神虚无导致的极端欲望、规则无序、不谈道德、及时行乐带来的浮躁世态，敢于直面复杂多变的人生和世界，通过自身对生活、生命的独特体验和思考，在陈旧、平庸的混乱中努力寻找一条从容的启示之路，为现实中烦闷、彷徨、困惑、失望的都市人指一条光明之路，如周梅森、张抗抗、王安忆、魏光焰、毕淑敏、张炜，等等。他们以思考问题的姿态，透过自己的作品，在如何把握现代精神生活和现代精神品格的内核，如何推动社会的全面进步和人的全面发展，如何促进社会的现代化和人的现代化的一致性，如何坚持和发展人类的现代化精神，如何真正理解多元化的世界观、价值观等方面做了有益的探索。他们丝毫没放弃自己人类灵魂守护者的责任，没有放弃人文精神，而是结合时代精神，正视商品化经济的消极影响，努力开创既与市场经济相适应，又符合"真善美"价值标准的精神内涵，为人文精神注入了新的活力，本文称之为"新人文精神"。这为我们的都市小说带来了生存的希望，为其以独特的审美参与都市人的精神家园建设找到了新的切入点。

新人文精神是对人文精神的发展，是指在继承和发扬中外原有的人文精神传统的基础之上，立足于现实发展起来的人文精神，与时代精神相融合，形成有利于个人自由发展，又使人与人之间的关系良性发展的，有利于促进当下社会主义现代化建设的崭新的思想体系。它既包括对人的终极关怀，即追求人的意义，人的全面和自由的发展，也有对人的现实关怀，即关怀具体的现实的人的生存处境。因为在一切生存和精神的两极之间，人类永远不可能舍去任何一极。在历史不断向未来的必然倾斜中，在工业文明越来越严重的威胁与吞噬面前，人们要学会在坚守一切优秀传统精神和价值的同时，选择吸取富有时代精神的价值观，保持人类的可持续发展。

在现实中，新人文精神不再只是停留在人的终极关怀层面上，而是结合社会主义现代化建设的时代精神，更多地表现出对人的现实关怀，对人的尊重和对人的关爱。它包括对弱势群体的关注，对残疾人的重视，表现出官本位意识的下降，法律意识的增强，树立人与人之间的平等意识，追求公正、公平，等等。

尽管我国社会主义市场经济建设的实践表明，中国社会焕发出前所未有的生机和活力，人的自由度和创造力从未像现在这样得到保障和发挥，中国在国际上的地位也从未像现在这样得到重视，但是社会转型所带来的坑蒙拐骗、贪污腐化、不正当竞争等一些无序、混乱的状况也给人们的精神生活造成了重创。曾经代表中国人精神的温顺善良的性情和舍生取义的情操等受到了质疑。在要加速实现社会主义现代化的紧迫历史任务压力下，在全球化进程中带来的各种文化精神相互碰撞中，现代的都市人在寻找抚慰焦灼、苦闷、孤独、空虚的心灵的药方，重新认识世界，重新确立自己的生存之本。

新人文精神在跨文化的视野中关注中国的现代化建设，并以此为出发点来处理市场经济建设中的自然与人、科技与人文、物质文明与精神文明的关系，以更符合社会主义现代化建设的精神内涵来提高全民素质，培养现代人格(比如倡导民主精神、法制观念、平等意识、公平竞争意识、环境意识、起码的社会责任感、与具体职业相关的敬业精神、全面发展的个性，等等)，塑造合格的公民。

不同历史时期，对人性的关注各有侧重点和针对性，但有一点是共同的，即"人文主义"，它是一种以人的需要和权利为出发点的一系列价值观念和价值标准。《简明大不列颠百科全书》对"人文主义"的解说是："指一种思想态度，它认为人和人的价值具有首要的意义……凡重视人与上帝的关系、人的自由意志和人对于自然界的优越性的态度，都是人文主义。从哲学方面讲，人文主义以人为衡量一切事物的标准……人文主义扬弃褊狭的哲学系统、宗教教条和抽象推理，重视人的价值。"①该书将"人文主义"分为宗教的和无神论的两种，但它们两者的共同之处便是"以人为衡量一切事物的标准"，"坚持以人类为中心，恰如其分地把一切至关重要的东西，置于人的框架中"②。显然，"人文主义"是尊重人的需要、权利和现实发展的价值观念体系。

价值观所反映的是人类的利益需求，包括物质和精神两个方面。马斯洛的"需求层次说"向我们揭示了人在基础的物质和高级的精神两个方面的需要。对于以人的基本需要和权利为出发点的"人文主义"价值体系来说，它同样包含了物质与精神两个方面的价值。过往的现实生活中，由于宣传上的某些误导和认识上的局限，这两种价值都被极端化了，成为以"商品——市场"为中心的现代社会和以"政治——伦理"为中心的传统社会进行精神专制统治的工具，刀刃相向，完全对立起来。事实上，物质和精神之间是一种物质基础与上层建筑的关系。物质基础决定精神

① 《简明大不列颠百科全书》第6卷，761页，北京，中国大百科全书出版社，1986。

② [美]约翰·卢克：《人道主义问题及其发展历程》，见《人道主义问题》，1页，北京，东方出版社，1997。

上层建筑，精神反过来又影响和制约着物质，两者是相互影响和相互制约、共同进步的。虽然两者可能存在冲突，但两者并不是相互排斥，更不是完全对立的，而是互补统一，共同栖属于人类的价值需求当中的。

部分都市小说家注意到精神低迷的根源在于价值失范——原有的具有凝聚性意义的传统价值观念在社会的发展过程中逐渐失去了价值引导的作用，而新的主导价值体系尚未形成，由此形成的价值真空就不可避免地导致某些社会价值行为的无序化乃至恶性发展。在我国现阶段历史条件下，要建构“新人文精神”价值系统，主要是适应时代的选择，挑选被大多数人公认和共同奉行的价值标准。以“以人为本”的“信仰和选择标准”来建立一种个人价值选择的新秩序，使之成为当下多元价值系统的主导价值观，达成某种价值共识，消除新旧价值体系交替造成的社会价值的眩惑。他们责无旁贷地在这方面做了有益探索。

我们也承认，“新人文精神”价值的建立是一个系统工程，绝不是单靠“社会的良心”和“人类灵魂的工程师”写几部小说就可以完成的。但小说既然是以人的社会行为和人的心态为描写对象的，不能不对人的精神进行书写。小说家的创作会通过想象把抽象的精神价值观具体地表现出来，以起到对人的价值的积极引导作用。

20 世纪 90 年代中国都市小说中的“新人文精神”价值取向主要表现在以下两方面：

一、立足对人的精神的现实关怀

部分都市小说家在创作中，以平民的意识探求、思考社会变革中的种种无奈和隐患，表现出分享艰难的主人翁意识和参与精神，对现实生活中受钱、性、权的挤压造成的深刻的物质和精神的暴力中的非人性和反人性的一面进行了批判，以此来对抗人的生存中的平庸与精神的堕落。这些都市小说家以深刻的文学批判力度，以超越生活、把握时代制高点的思想深度，从作品中表现自身的价值权衡。他们用现实主义笔触揭开了现代都市生活的帷幕，在呈现令人陌生而又焦虑的现实生活的同时，也表述了自己所持的肯定什么，否定什么的价值取向。

对人的现实精神关怀的价值取向是建立在以“人文主义”价值观为主导价值观的基础之上的，这是正确认识自由个体的价值观、群体的价值观和社会的价值观之间的关系的依据和方向。

(一)关注自由个体的价值观，肯定人性意识的相对合理性。作为自由个体的每个人，都会依据自己的利益需求，产生自己的或清晰或朦胧的价值观。这种价值观只要不损人，不危害群体，就有其相对合理性。我们肯定人的主体性，实质上最重要的就是肯定个体价值的相对合理性。世界是“人”的世界，所以新人文精神关注每一个人的生存意义和价值，体现出对生命个体的重视。

在李佩甫的《学习微笑》中，我们看到一个普通的下岗女工刘小水在艰辛的折磨中，如何从卑微走上自尊自立的一段心灵历程。“微笑”原是人性的本能，但当“我是国营的”自豪感消失了的刘小水被挑中通过专业的技术学习——用强颜欢笑来取悦投资的阔佬时，我们看到对人生的扭曲。但她需要钱，迫切地需要钱来解决公公的医疗费和生活的困境。当合资的梦想被破灭，刘小水在经历过惶恐、不安的磨炼后，在伙伴们的帮助下，凭自己的双手走上了自救与自立的人生道路。那曾经扭曲的笑最终恢复为正常的、自然的、发自内心的微笑。《学习微笑》中所把握的打破铁饭碗后自立自尊自救的人生价值理想，不正是许许多多普通百姓渴望引导的精神价值定位吗？哪怕是街角摆小摊、卖炸梅豆角的下岗女工，同样能展现生命价值的美丽。

现代社会的确立，事实上是一个欲望解放的漫长过程，是一个公民个体权利得到充分保障的漫长过程。这个漫长的过程不可能一蹴而就，财富的增长、经济的发达不可能一了百了地解决一切问题，就像单纯政治变革或社会控制不能一了百了地解决一切问题一样。因此对不同的自由个体给予不同的关切，特别是心灵的关怀，是新人文精神的一个根本内容。刘恒的作品《贫嘴张大民的幸福生活》中，主人公张大民是社会中最不起眼的小人物，每天都有各种琐事的烦扰，物质并不宽裕，但他的生活中却充满着那些“穷得只有钱”的人所没有的快乐。刘恒在谈到这部作品的主题时指出：“张大民的可爱之处”在于“知足常乐”，他的“幸福”是“不幸中的幸福。”“在生活中不幸是绝对的，幸福是相对的。任何人的任何角度都能看到不同的幸福与不幸，而每个人都有自己的精神幸福与物质幸福。”①能否得到精神幸福很大程度上也就取决于自己的个性，这些正好体现了小人物的坚韧与豁达，以及对生命个体的关怀。

小说家可以通过作品中人物形象的生老病死、悲欢离合，来表现和关注社会下层，关注普通百姓。但同时也应对他们那种固有的缺点，例如缺乏竞争上进意识、抱残守缺等进行批判。在中篇小说《大雪流萤》中，作家魏光焰通过一个医院实习生依丽的所见所闻所感，写出了现代都市人生的众生相：喝下两整瓶敌敌畏被抢救过来的16床杨招娣，她的被冤枉逼妻自杀的丈夫老唐以及替全病房打开水的儿子黑孩儿；有钱的10床康老太和她带来的14岁的小保姆樱桃；放弃手术回家，节约五千块钱办丧事的13床土婆婆；像一个得道仙人似的，但没钱动手术的8床酱面老头等几个人在同一个病房演绎着人生的艰难。每个人有每个人的宽厚与狭隘，他们一个个为生存而奔忙，却麻木于日常生活的平庸之中，病中的人们为仅有的肉体生存殚精竭虑。然而，哪怕是在这样的生存条件下，他们仍没有忘掉对明天的期待，生存环境的恶劣没有泯灭他们本质上对真、善、美的向往与追求，如蒙冤的老唐恪守“无论什么时候，都要保持清醒的头脑，以诚善待人”的信条。除此之外，魏光焰的《胡嫂》、王安忆的《长恨歌》、池莉的《水与火的缠绵》等大量作品，都对普通老百姓的生活给予了极大的关注，拓展了一个广阔的叙事空间，为人们认识生活提供了新视角。

（二）强调关注一定条件下的群体认同的价值观。不同的自由个体组成一定类别的群体，这一群体在总体上涵盖并代表着其共同的利益，有着共同的价值观和追求。人文主义精神关注的核心是“人”，这包含了对人与其社会环境协调性的关注。人，作为一个独立的个体，也必然身处一定的群体当中，参与群体的发展和建设，当个体与群体出现这样或那样的不协调时，个体应做出价值判断，选择能反映时代精神的价值取向，促进相互的协调和群体的发展。作家周梅森的《中国制造》描写了经济发达的平阳市十几天内壮丽感人的故事。把姜超林、高长河为代表的高层领导，川立业、何卓孝等中层干部，川立婷、李保泉等社会底层的普通群众几个层面的人物的思索和奋斗、奉献和牺牲、感情和命运纠葛交织成

① 刘恒：《敢问张大民幸福在哪里?》，载《北京青年报》，2000-03-01。

迎接新世纪的改革交响曲。陆天明的《省委书记》展示了改革中的冲突、艰险、忧患，乃至严酷的境遇。作品中的人物刻画不回避现实矛盾，通过改革中的风风雨雨和沉重压力，满腔热忱地歌颂了省委书记贡开宸的勤政廉洁与忠于职守的崇高品格。这些作品体现了新时期党的干部对党的忠诚，对百姓、群众的关怀，以此来体现对人民的关切。新人文精神不排除价值观的相对差异性，但这种群体价值观的需求与满足，是应该使人与人的关系相协调的，与促进当下社会主义现代化建设不相违背的。

商品经济社会，要培养人们的良性竞争意识首要的是培养人们对竞争意识的正确认识。市场经济能释放人的潜能，也能释放人的各种欲望，它能发挥人的主体性，激发人的风险意识、挑战意识和进取意识，这是富有现代性的人格因素。但是，如何遵守市场法则、遵守法律、遵守做人的一般准则乃至遵守信用也是必须考虑的。竞争不能以经济实利为唯一标准，它除了要讲究社会生态平衡外，也要关注自然生态平衡，关注人类可持续发展的未来。竞争也不排斥抽象的人生精神价值标准和意义，集体主义精神和英雄主义精神能给我们以超越竞争困境的信心和勇气。

（三）引导关注全人类性的价值观，激发人们的人类意识。这是最高层次的价值观，超越了各文化局部群体，为全人类所认同。所谓全人类性价值观，就是全人类的利益需求，是人类公认的价值原则和行为标准，反映了全人类共同的需要，因而它具有普遍性，可以为全人类共享21世纪的中国现代化建设处于全球化的历史时代，不能无视人类所面临的共同的生存困境。例如，对资源的掠夺式开发和挖掘已经使自然界不堪重负，能源危机、生态失调、土地沙化、大气污染等人为破坏活动已极大地威胁到人类的生存和可持续发展。为了共同的生存环境，人类的思想也在渐渐趋同，正在形成许多共识，例如和平与发展、自由与平等、民主与法制以及文学领域内的文学生态学等。有人称之为“人类意识”“价值底线”。

作家莽萍说过：“就历史而言，现代人缺乏的是十分宝贵的‘废墟感觉’，对于遥远的触摸总是十分恐惧，愈来愈汹涌的物质流，使人类的心灵变得麻木。”①是的，人类生存的脚步在不断地迈向前方，时间在前

① 莽萍：《绿色生活手记》，200页，青岛，青岛出版社，1999。

进着，生态却在退化着。部分小说家已敏锐地意识到我们应该与地球上的所有生命、所有人类首先建立一种理解和关怀性联系，在唇齿相依的共识前提下，穿越不同文化背景的价值标准和原则，建立反映全人类共同价值观的思想体系。何申在《百年思乡岭》中讲述了在未来的2049年，一个都市化的乡村的村长控告乡政府的故事。小说从后代人的利益和未来的眼光，反思了20世纪90年代乡长决定采矿为民造福的同时，带来遗患后代环境污染与出现畸形化的正反双重结果，以虚构的真实叙说来警醒盲目开发的现代人：不要为了谋取眼前的利益，甚至为了行一时之贪便出卖生态。在全球化趋势下，我们若不及早思考以怎样的价值标准应对面临的现实，恐怕难以适应社会发展的需要，最终也不能顺利地实现群体或个体的利益需求。

都市小说家在立足表现对人的现实精神关怀的价值取向时，把价值观分为自由个体的价值观、群体类别的价值观和全人类性的价值观这三个递进关系的层次，它们反映的是面对个人利益、集体利益、社会利益时的态度和选择。我们肯定大众在自由个体的价值观指导下，合理追求自身的各种需要和权利，追求自我个体的价值，但并不是说少数社会精英更高层次的价值取向就是不合时宜，逆流而行的行为。"人文主义"首先尊重的就是不同的主体的需要，这正是"人文主义""以人为本"的表现。它会在充分尊重不同主体需要的基础上，将不同社会阶层的价值取向转变为在宪法本位社会建制之下个体的自由选择，充分体现社会主体作为个体的自由性，并设法促进不同个体间的交流和沟通，创造一个真正没有隔阂、人人安居乐业、美好的"地球村"。个人利益的选择最终要配合人类社会理性的发展，维护全人类共同的利益，否则是自断后路。

二、坚守对人的精神的终极关怀

另外，"人文主义"的价值观认为，"人文主义"作为自我实现需要和社会需要的必然产物，也存在价值的引导问题，因而它包含了理想主义的因素在内。并且，关于世界价值和人生意义，关于"需求的价值何在"这样的终极追问，"人文主义"也认为这是一个个体的信仰选择问题。可以说"人文主义"价值观是内在地涵盖了理想主义、终极关怀在内的。英雄的高尚精神境界和人性完美的状态是值得人去孜孜追求的。

吕红发表在《长江文艺》(1996年第3期)中的《曾经火焰山》讲述了女主人公桑以“找灵感”之名，千里迢迢从武汉赶到新疆乌鲁木齐采访她的舅舅——皋的故事。采访从桑在“城市里的村庄”——菜地里与正挥锄劳作的皋相遇开始。皋回忆了自己选择畜牧专业的原因，尤其谈到曾受俄国文学家普希金、契诃夫等的深刻影响而与俄罗斯女孩妮娜美好纯洁的笔友之情。他在高考时战胜肺结核这个当时犹如被判了死刑的病魔，终于考上农学院，即便“文革”中受父亲问题的牵连，经过18年的苦难之后，还是回到最初的起点——农科所搞畜牧专业，取得了事业上的成功，尽管最终还是遭遇出国考察被官员摘了桃子的事件——科研成果被别人窃取，却从没放弃自己的信仰。“皋回忆这段经历时，脸上洋溢着欢快的神色，皋说，哪能像当今一些青年，自私冷漠，对什么都无所谓。信仰危机是你们这代人最大的不足!”

毕生执著于农业科学的舅舅，以其不可抗拒的人格力量对充满才情和浪漫气质的女作家产生了潜移默化的影响，她也像舅舅一样以九死而不悔的决心执著于艺术，并且坚信科学与艺术将会殊途同归。正如文章结尾所言：“桑忽然明白自己一年到头累死累活地往前奔，有意无意地错过路边许多的风景，不分昼夜地采访写作到底为什么；发现自己把用钱看得比挣钱重要是为什么；哪怕推上山的石头滚下来砸到自己身上，哪怕被罚，重新裹上大皮袄站在七月的火球下……她不正是来源于某种信念吗?”她以自身的觉悟为自己崇高的人生追求和理想找到了精神支柱。

我们的生活中还有英雄吗？还存在理想主义和英雄主义吗？商品社会中的人在面临精神空虚的窘境时，难免会这样自问。魏光焰在《舍不得你的人是我》中塑造了“陈和”这样一个曾经最不可能成为英雄的英雄。他对领导毕恭毕敬，对夫人唯命是从，在单位谨小慎微，跟邻居相处也是委曲求全，可以说非常懦弱、窝囊。于是妻子哀其不幸、怒其不争，可陈和依然故我，直至与妻子离婚，他也只是以自认倒霉的“认输”两个字来安慰自己。尽管他对所在“破厂”的厂长与书记勾心斗角，溜须拍马的小人活得“潇洒”，工人工资朝不保夕而当官的却腐化不堪的一切都看不惯，但他仍耐心地等待着。直到最后，实在忍无可忍，他这个“小虾子干部”在绝望中奋起，为了全厂职工的利益呕心沥血写出揭露全厂腐败的调查报告，以最后的生命显示了其正直良知的辉煌一生，他的行为感动了工人们也感动了离异的妻子。平凡的陈和，绽放出生命中不平凡的光彩，成为全厂职工敬仰、缅怀的英雄。陈和舍弃“忍”字当头，挺身而出与邪恶抗争的故事，是正直没有泯灭的证明，是英雄没有走远，理想精神尚存的呼唤。包括魏光焰的《大雪流萤》《胡嫂》等作品在内，在描写普通人的“生存”危机状态和心理时，总是让读者强烈感受到在现实无奈中充溢着不灭的人间温情、古道热肠，成为支撑普通人生存的信念和力量。还有像许辉的《碑》，徐汉洲的《游戏规则》，张炜的《致不孝之子》，巴兰兰的《别了，最后的香格里拉》等都市小说，让读者从一个个在生存竞争状态下努力生活着的人物身上，找寻解决自身的无论是物质还是精神上的人生困境的方式。正如在思索人该怎样生存这个问题上，张炜用一种率直的方式来表达他真诚的生活理念：“现在比试机智、运用手段互相征服的人多起来，这些渺小无知的做法，采用者一生也难以觉悟，可是必将走完毫不磊落毫无意义的一生。”旧现代人的一些看似机敏的生存方式消解了人一生的价值和意义，这是值得人警醒的。对人生的终极关怀会让人类倍加珍惜和创造人世间的美好。

这些都市小说家丢弃了无谓的困惑、迷茫、失落和焦虑，坚守其求真的品格和职责，抓住市场经济提供更多选择的契机，在矛盾、痛苦的撞击中开创出充满思想的新人文精神，脚踏实地，满怀希望。

第二节　当代都市小说的世俗精神

当下都市小说的世俗精神大体趋向两个层面：一是以日常化、表象化、时尚化反抗理性中心主义；二是世俗精神过度的膨胀，又走向了物质化、大众化、通俗化。这是同审美现代性的感性层面紧密相关的，在市场经济的刺激下，大众审美兴起，它从精神上弥补着人的感性消费的不足，并逐渐渗透在我们的日常生活之中，反映在文学作品中，就是世俗精神的呈现。此外，从大众审美所倡导的话语方式上来看，都市小说的世俗精神则体现为平民化的写作姿态。

20 世纪 90 年代中国的市场化改革以前所未有的速度推动了中国社会的现代化进程。历史经验已经证明：现代化进程同时也是世俗化的进程，现代化与世俗化是一体两面的同一事物。而世俗化最本质的含义通常指向两个层面：首先是消解神圣性，就是对政治、宗教的、文化的神圣性统统进行祛魅；其次，世俗化肯定人的日常生活诉求，为大众与物质生活相关的各种欲望、需求和消费提供合法化依据。在90年代，世俗化精神无疑就是大众社会的时代主导精神，“脱贫致富”便是这种世俗精神的实现目标和实践形式。在这种世俗化背景衬托下，“日常生活”一改过去卑微渺小的文化身份，昂首阔步跃上了历史前台，都市小说则承载了世俗精神并展扬了日常生活的意义。

所谓“日常生活”以及与之对应的“非日常生活”，是表征人类生存方式和行为模式的两个概念。日常生活是以个人的家庭、天然共同体等直接环境为基本寓所，旨在维持个体生存和再生产的日常消费活动、日常交往活动和日常观念活动的总称。它是一个以重复性思维和重复性实践为基本存在方式，凭借传统、习惯、经验以及血缘关系和天然情感等文化因素而加以维系的自在的类本质对象化领域；而“非日常生活”则是同社会整体或人类存在相关联，旨在维持社会再生产或人类的再生产的各种活动的总称。它包括人们的政治、经济、技术、管理等社会活动和从事科学、艺术、哲学等自觉的精神活动。日常生活是应与传统农业文明条件下的主体相契合，这一主体是封闭、保守、僵滞的自在自发主体；而非日常生活则是与工业文明条件下的人的主体相契合的，这一主体是开放、开拓、创新的自由自觉的主体。显而易见，较之自在自发的日常生活，非日常生活代表着人类生存方式和行为模式的更高更新层次。① 显然，如果从以上的观点来认知“日常生活”，它无疑不是人类理想的生存图式，它只是人类生存的最基本的诉求，但是在以市民阶层为基本阶层的都市当中，“日常生活”则凸显了同人的本能需求相关联的那层含义，作家们关注都市人的“日常生活”正是要将眼光下移，关心那些看似“封闭、保守、僵滞的自在自发主体”，去发掘在工业文明条件下都市人“日常生活”的种种幸与不幸，并从中折射出工业文明对自然人的诱惑和挤压。

如果从这个层面出发，我们看到，在世俗化进程中，都市日常生活

① 衣俊卿：《现代化与日常生活批判——人自身现代化的文化透视》，6～11页，哈尔滨，黑龙江教育出版社，1994。

不仅只是大众社会的图腾对象，而且还是权力结构和利益关系的交汇点和敏感区。权力的发展和资本的消费在公共领域达成了共识、协调了利益，并且满足了大众社会对都市日常社会的物质诉求，从而使"日常生活"获得了整合多边利益的神奇功能，使"日常生活"不可阻挡地成为世俗时代的新神话。这样的历史情景明确无疑地表明：都市"日常生活神话"是国家权力、市场资本和大众社会关于现代性的共同诉求，是世俗化进程中文化想象的历史产物，它不但是权力与资本利益的公共桥梁，而且还是大众社会的光荣和梦想，它因此也逻辑地成为市场时代和消费社会的主导神话。而都市日常生活审美化便是这个神话在世俗社会中展开活动的实践方式。都市日常生活的审美化在这里主要是指将日常生活转化为艺术的审美倾向。在世俗的消费社会中，艺术不再是独立的现实，它进入社会生产和消费的运作过程，因而一切事物，即使是日常事务乃至平庸的现实，都可以归于艺术的符号之下，从而都可以成为审美的对象。对此，波德莱尔有一个相当传神的比喻，他认为"花花公子"就是现代人的典型形象，"他把自己的身体，把他的行为，把他的感觉与激情，他的不折不扣的存在，都变成艺术的作品"①，以至于在都市的日常生活中的每个地方，都已被现实的审美光晕所笼罩，艺术因此像空气一样无处不在。事实上，当下我们置身其中的都市日常景观几乎就是波德莱尔"花花公子"的当代版本，从饮食服饰、居室装修到休闲旅游、卡拉 OK，无所不在的审美目光已将它们统统尽收眼底，"在移情化的自我想象中它们转瞬之间就变成了艺术作品"②。当审美意识不再局限于艺术，而是遍及到日常生活的各个领域时，审美意识的世俗化趋势也就同时发生了。"审美"不再具有超越的精神向度，不再是超越世俗困境的理想境界，它不过就是人们"包装"日常生活漂亮外观的感性凭据。

在当代都市小说中，日常生活的表现是从池莉、方方、刘震云、刘恒、叶兆言等作家为代表的"新写实"小说肇始的，1987 年左右的《烦恼人生》(池莉)、《风景》(方方)、《狗日的粮食》(刘恒)、《一地鸡毛》(刘震云)等小说以自然的笔法，再现了都市里庸常人生的本然情状，小说中

---

① [英]迈克·费瑟尔斯通：《消费文化与后现代主义》，97 页，上海，译林出版社，2000。

② [美]阿瑟·丹托：《艺术的终结》，178 页，南京，江苏人民出版社，2001。

的平民生活和情感体验，在这些作家的笔下呈现为具有人文关怀色彩的日常形态。他们的创作打破了新时期初都市写作的公共话语方式和宏大叙事方式，将个人性写作与生活原生态展现结合在一起，进入了都市小说的日常化审美情趣的新领域。在这类具有写实品质的都市小说中，提供了一种都市特有的生存方式：消泯欲望、逃避自我以摆脱主体的焦虑感受。面对生存的巨大压力，日常生活确有不可抗拒性，那种绵延不绝的琐碎和庸碌虽使人焦虑和疲惫，但这就是生活，是生活本身，是烦恼人的笑。真正将日常生活同世俗精神并立的却是20世纪90年代出场的所谓新生代作家。他们在90年代多元的文化氛围中，以放言无忌的写作诉说了都市日常经验的当下存在。而将日常化审美情趣铺展开来的则是90年代都市文学作家。韩东、何顿、鲁羊、毕飞宇、朱文、石康、陈染、林白等作家虽然创作风格各异，但“近距离叙事”已经成为他们共同的创作态度。他们宣称要与“提供原则、标准、规则、方式”的“一切强有力的垄断和左右人们文学追求和欣赏趣味的权威系统”告别，拒绝“接受现有的文学秩序成为其中的一环”①。他们以自然主义的笔法不作任何保留地再现现实生存场景，书写庸常人生的本然与情状。何顿《荒原上的树》单纯地为我们描述了主人公马民的生活状态，他弃艺从商赚了钱，又遇到一个心仪的女子，于是准备离婚，但忽然间感到生活不过是一次次重复的追寻，在他重新发现到妻子的好处时，妻子却又意外溺水而死。何顿截取了这样一段生活片段来表现普通人的灰色人生。陈染的作品也只是以平淡的语气铺叙了一个普通知识女性黛二的日常生活琐事、心绪波动与神游冥想。他们的创作力求最近距离地贴近生活真实，还原生活真实，因为“这个世界原来就是复杂的千言万语都说不清的日常身边琐事”②。换句话说，“日常生活就是毫无诗意的琐屑”，传统宏伟叙事的所强调的一系列标语口号是可笑并让人值得怀疑的。90年代的都市小说不再有否定前人时的刻意与犹豫。对于日常生活的全身心投入似乎是他们与生俱来的天性，心血来潮和不着边际的充满日常气息的叙述是他们得心应手的话语方式；对于“理想”，“我们是想干点什么的，

---

① 韩东：《备忘：有关断裂行为的问题——回答》，载《北京文学》，1998(10)。

② 刘震云：《磨损与丧失》，载《中篇小说选刊》，1991(2)。

可我们什么也干不了”(周洁茹《我们干点什么吧》)；关于“生存”，“首先我是个女的，其次我才二十出头，在这种年级的妙龄女郎通常该想些别的有意思的事儿，比如染发、真丝胸衣、男友、明星照、CD、口红、舞会、脸上的疙瘩、减肥，没有马桶的生活无法想象”(卫慧《像卫慧那样疯狂》)。他们以青春无惧的勇气和絮絮不休诉说欲望拆解着传统文学的创作规则和神圣话语。但是在他们反映都市的目光中，日常生活与世俗风情却都具有了审美的韵味。如朱文的《傍晚光线下的一百二十个人物》，将日常场景聚合在笔下，看似随意拼贴，却呈现出超现实的审美图景：“徐树元和李金良骑着单车在小店对面的水泥路上停了下来，他们没有下车，只是用一只脚支着。徐树元的车是新车，在夕阳的照射下，车铃上有一个点特别亮，亮得刺眼。”①作者在这样毫无诗性的日常场景中去呈现当代生活的局部过程，是对平庸生活中暂时的美、特殊的美的发现，是希望以此来对抗平凡刻板的现实，以个性化的审美趣味来抵御大众化、世俗化的物欲倾向。

我们知道，更具普泛意义的都市概念，则是一种感性化的世俗的物质空间：是林立的高楼、绵延的立交桥、琳琅满目的商品、五光十色的街景。当然，除了这类经典意义上的满足人的食、色、用需求的物质空间外，都市尚有一种能制造“空间”的物质空间——发达的电子媒体和各类声光技术使人们摆脱了自然空间的限制，虚拟了人们的此时此在，使人们有机会参与几乎全球范围内所发生的事件，正是这类象征着现代文明的物质空间，丰富了都市小说作家用以构造都市小说物质性的素材，在20世纪90年代的都市小说中，我们看到，都市的物质空间如此强大，以致挤压了都市本身。在这里，嘈杂的市声撕破了乡村的宁静(刘继明《蓝庙》)；金钱的度量衡抚平了“长相思，莫相忘”“执手相看，唯有泪千行”的古典温情(张欣《爱又如何》)；冰冷的交换原则和工具理性消解了乡村的急公好义和古道热肠(钟道新《公司衍生物》)。方方在《状态》中这样提及都市：“陈东东刚从深圳回来，耳朵里装的都是股票、大款、桑拿浴、赛马、别墅、KTV包房以及妓女一类的字眼。”②唐颖在《丽人

---

① 朱文：《傍晚光线下的一百二十个人物》，载《钟山》，1995(2)。

② 方方：《状态》，见《方方文集》，南京，江苏文艺出版社，1992。

公寓》中有这样的句子："理想人生的每一刻都是丝丝缕缕、点点滴滴充满丰富的物的质性。"①有时，物不仅构成了都市的形式，亦演化为都市的内容——一个物化的世界和物化的人生。于是都市小说家们发现生活在物的夹缝中的都市人，是很难觅得一丝精神绿地或价值深度的。于是"出走"或"逃离"成了90年代都市小说的最常见的审美指向。在《丽人公寓》中，五星级宾馆即是都市的象征，一群年轻的都市女性在此为维护自己的尊严而斗争，但斗争的结果则无一例外地被逐或逃离。然而家园在何处？作者想象了一座借以挡避都市尘嚣的"丽人公寓"——一个只存在于作者内心的理想之地，并用之包裹无可逃遁的心灵。在裘山山的《戈兰小姐的否定之否定》中的戈兰为了唤回女性自尊，不得不借助物的力量再造了一个戈兰，然而最终的她因不堪物的重负而逃回心灵的自然之地。在邱华栋的《驶出欲望街》中，小说试图以一种"介入欲望"的积极姿态，来达到超越其上的道德回归，然而"驶出——都市——欲望"这一思维的勾联，已经预设了一个关于都市"原罪"的想象以及自我救赎、最终脱离此岸的出走动机。在邱华栋的另一篇小说《手上的星光》中，则明确地在女主人公的名片上写着"在路上"。这已经表示出了出走者或逃离者现实所处的心理位置——他们在奔往想象中的精神家园。

此外，我们还必须看到，现代都市的经济内涵及其市场生存方式给予中国都市的巨大影响，莫过于孕育了一套与传统宗法社会截然不同的价值观念和一种新的人格范型。即以现代市场为生的都市人生成了一种以"经济人"为其基本构架的人格精神，即尊理性、尚智慧、重实利、主独立自由和开拓进取的精神。这种人格精神及其赖以滋生的都市经济温床，也是我们所要追寻的一种世俗化的"都市意识"。将它与我们文化积习中的传统依附性人格相比，这无疑是一种必要的历史文化超越，也是现代化进程带给中国人最大的精神变革。基于此，我们认为都市既是物质的又是精神的。只单纯地把都市看做发展人的欲望的物质结构，是一种偏执。毋庸置疑，都市首先是人类经济社会发展的产物，是一种以现代大工业和现代科学技术为其结构底蕴，以发达的商品经济及市场运作为其基本生存法则的现代经济结构形式。都市的任何一项社会、文化成

① 唐颖：《丽人公寓》，载《上海文学》，1994(1)。

果都离不开其特定的经济杠杆作用。在中国当下语境下，也不可能存在一个脱离了经济形态的“都市”，“物质的都市”“罪恶的都市”“冷漠的都市”等这类与作家心目中的精神王国相悖的都市诠释，其实皆来自对市场及其所引发的价值裂变的心理反应。现代都市所具有的典型的市场化生存方式，对大多数中国人来说这是陌生的生存方式，但却使他们的价值心理找到了赖以赋形的物质资料，都市因此成了一种隐喻，成了一种身处现代市场经济转型的作家用以表达其“异化经验”的形象载体。

优秀的小说家总是以令人难忘的叙事方式追寻着超越于他那个时代的人类总体精神。因而，从本质上说，叙事方式是作家的主体精神的表现。从都市小说的叙事方式中，我们可以强烈感受到作家们对现代都市世俗生活的准确理解和把握。都市作家对小说叙事方式的选择是受都市文化语境规范的。市场经济体制的建立，打破了权力中心话语规范现实生活的垄断性地位，出现了以平民姿态体验和表现都市生活的话语方式——平民话语方式。同时，也生成了相应的平民文化空间。在平民文化空间的影响下，作家们逐渐摆脱了权力中心话语方式的制约，进入了自由的个人写作状态。就叙事方式来说，这是一种自我的平民化的写作。由于都市作家大多数是在自在自律的状态下从事写作的。因而，自我的平民化的写作方式就成为都市小说的基本叙事原则。

平民化的写作方式追求叙事主体和小说人物的同一性。可以说，“新都市”作家既是市场经济的参与者，也是市场经济的观察者。作为参与者，他们融进了都市平民的当下生活；作为观察者，他们能够敏锐地发现都市平民面对经济浪潮时的喜悦、痛苦和挣扎。由于直接面对当下生活，因此，都市作家主动消解写作的神圣感，缩小叙事的距离感，从而使小说的叙事主体与人物(主要是主人公或中心人物)发生互渗，获得认同效果。为了达到同一性，都市作家多采用内聚焦模式，用第一人称进行叙事。叙事者(往往是“我”)要么是小说中的一个人物，要么对主人公或中心人物的行为表示认同。《水之华》(谭甫成)的叙事人“我”(吴文涛)既是小说的中心人物之一，也是故事的推进者；《只要你过得比我好》(何顿)的叙事人“我”(张军)不仅是小说的主人公，而且也是整个事件的见证人……在这些小说中，叙事人“我”的行为起着决定作用：小说随着“我”的活动的开始而开始，随着“我”的活动的结束而结束。平民化的写作方式注重叙事结构的线性化。都市小说抛弃了现代派和先锋派小说支解生活、淡化情节的缺点，最大限度地贴近生活，重新回归到现实主义小说以情节取胜的优点上来。在叙事结构上，都市小说呈现出双层线性化的特点：表层的故事链和深层的意义链的交织并行。就表层来说，都市小说大多故事性强，以故事作为结构小说情节的手段；就深层来说，都市小说大多按照现实生活的流向，以主人公或中心人物欲望的消长作为结构小说情节的手段。《就这么回事》(何顿)的故事链是“我”(何清清)开服装店前后的一段经历：从租房到离婚，从进货到失手杀人……但其深层的意义链则是“我”的欲望的产生、发展、高涨和消解的过程。《红颜》(唐颖)的故事线索是爱妮开美发厅的不寻常的历程，而意义线索则是爱妮对欲望的渴求、欲望满足后的失落和失落后的空茫。这种与生活基本一致的双层线性化的叙事结构符合都市人的欣赏心理和阅读习惯，很容易使他们产生共鸣。

平民化的写作方式强调叙事功能的解构性。小说的叙事功能体现叙事人的主观意向，表达叙事人的客观目的。都市小说不为传统小说的叙事建构功能所囿，极力强调小说叙事的解构功能。在一个充满欲望的时代，“新都市”小说面对的是一颗颗被欲望浸染过的心灵。因而，都市作家所从事的是一项拯救灵魂的工作。表现在叙事功能上，就是让小说人物摆脱欲望的困扰或包围，从而达到消解欲望的最终目的。张欣让自己的小说人物放弃欲望的诱惑，回到普通人的平常生活：商晓燕离开了柯智雄，因为她明白，“有钱的男人是靠不住的”(《仅有情爱是不能结婚的》)；可馨拿到5万元现金时，想到了为此付出的代价，于是决然放弃经营书店的念头(《恨又如何》)……何顿往往让自己的小说人物以失败告终：何清清经营的服装店最后倒闭，她自己也因杀人入狱(《就这么回事》)；张军停薪留职应聘于房地产公司，被解职后赚钱的希望成了泡影(《只要你过得比我好》)……小说人物的回归或失败，表明了都市小说解构功能的最终完成。

同其叙事一样，都市小说的语言同样具有感性的、大众审美的特性。就总体来说，都市小说在语言上，并不追求语言的张力与诗意的表达，语言的特性一直都不是都市小说所追求的目标。都市小说语言上的这种特性，在第一个阶段主要表现为语言的俚俗化、粗鄙化。方言、口语大量进入都市小说，像王朔、徐星、刘震云“式样儿”类的京腔，方方、池莉“个巴妈”类的武汉风味，刘西鸿的广东风味以及王安忆、程乃珊的上海特色，等等，极具地域色彩。它们不仅使得北京、上海、广州、武汉等大城市中的都市生活在统一性中见出鲜明的个性，更显示出作家鲜明的地域风格。方言、口语的大量介入，在使得都市小说的语言鲜明生动、多姿多彩，贴近大众的生活的同时，也使其呈现出一定程度的粗鄙化。像“他妈的”以及更为粗鄙、难登大雅之堂的语言，在小说中以极高的频率出现，如刘毅然的《摇滚青年》就显得相当的粗野。这种现象在王朔、徐星等一些作家身上也不同程度地存在着。语言的俚俗与粗鄙尽管在一定程度上削弱了语言的诗意美，但是在20世纪80年代的某些作家身上，还不失为一种语言风格的追求，可是，这种倾向在90年代特别是新生代作家那里，语言的平庸、苍白、无力以及极端的粗俗化几乎是随处可见的。语言的反诗性成为一种普遍现象，有人把这种现象称之为语言上的反智倾向。这是作家的语言能力的一种表征，更是作家迎合世俗需求的必然结果。

第三节　当代都市小说的超越精神

以都市小说而言，求奇求异成为一种时尚，它对传统的结构反叛不仅表现在形式上，同时也表现在内容上，消解主题情节，消解性格理性，文学的一切质素几乎都被当成拆除的对象。颠覆，成为都市小说抛弃传统，解构自我的有效手段。这种不屑于因袭传统囿于陈规的先锋精神，是符合都市意识的，也是符合审美现代性精神的。如前述，都市化的结果带来机械文明的统治，带来约束力量的法定化、非人格化。人口密集分割挤压了人们的生存空间，喧嚣的声浪噪音晃动焦灼不安的心灵，都市的一切包括人们的心灵结构已变得难以把握。显然，用传统的文学方法、样式是表现不出现代都市的骚动的，以传统的审美心态是难以融入热烈的都市的。都市小说家感受到了这种都市心理，彷徨之后的艺术选择便只有突破，突破就意味着放逐传统，就必须求奇求新，这也就是审美现代性所反复咏叹的在新奇中寻找理想的审美生存方式。其实，都市小说对传统的颠覆有一种承继性。早在20世纪30年代，茅盾就发表了《机械的颂赞》《都市文学》等文章，认为都市文学应该捉住都市生活的主流，把握住都市生活的大动脉，在纷纭的现象的捕捉中，在机械运动的旋律里，探求它的“创造的、美的”节奏。① 到了计划经济向市场经济全面转化后，现代都市意识在中国更是迅速跃升，作家们为了适应高速度和多竞争为重要特征的都市生活，主要是调整自身的艺术视野，肯定或反思、歌吟或批判这种文明形态。而且反叛的端倪更是显见的。当作家以忧虑、烦躁、疑惑的态度来表现都市的生存状态时，则表明一种新的都市意识、审美精神在逐渐形成。显然，在这种特殊的都市文化形态中，迅疾的生活节奏，新异的精神面貌、杂糅的观念，使得作家有一种审美认识和审美表现的困惑感，那些具有真正的都市感知的作家则抛弃了传统积淀下来的审美模式，用都市文明反叛乡土文明，以都市意向颠覆乡土情结。都市人所特有的哲学命题：兴奋和失落、自信与自卑、归属感和孤独感、陌生与熟悉、流逝与新生等等主题都进入了都市小说的视野，从而使都市小说从一开始就表现出一种义无反顾地不被传统精神“同化”的气概。

随着商品大潮的一步步推进，都市化进程的加快，都市小说中的探索、反叛精神也日益增强。无论是超前性的与大众和现实疏离的先锋探索，还是贬损正统、削平深度、视点下移的与娱乐和商业结合的趋俗气质，都不是散漫无际的，而是趋新的，而趋新的前提就是颠覆。社会的转型已使道德和价值观念发生了变化；商品经济和金钱主义冲击着一切，道德和价值观的解体重构、物欲的膨胀、社会心理的失衡、社会生存的无序和迷惑，对形而下的生存状况和物质利益的关注，都成为都市人的心理指归，英雄和理想在人们头脑中渐为淡化，因此都市小说中，不管是对平民、都市人生存境况和日常生活的关注，还是对英雄化、理想化和崇高化的摒弃；不论是“反传统”“反文化”，还是“零度情感”“生活原生态”“私小说”，等等，都表现出都市小说特有的实验性、前卫性、先锋性，从而使都市小说具有一种真正的超越品格。例如“新写实”都市小说以“还原生活本相”表现都市人的“原生态”，力求客观地完整地再现生活中的一切，返归生活本身和人生存本身，追求原色生活的美丽的

① 《茅盾全集》第 19 卷，402 页，北京，人民文学出版社，1986。

同时，开拓了都市小说创作的空间，并以平实直白的叙述显示了对20世纪80年代后期的先锋小说的反叛，表现出对宏大叙事的深度模式的拆解。“新体验”都市小说则强调作家的“亲历性”，要求作家写出对生活的真实体验和感觉，从作品中见出都市人的精神和情感的力量。“新市民”都市小说，对逐步市场化的中国都市结构有新的感应与认识，对市民在生存方式与精神状态上所发生的根本性的变化进行了捕捉。“新都市”小说，表现出一种开放的现代文学语境，以都市意识观照新都市人的观念、心态、情绪以及新都市的一切矛盾，体现了新兴都市的文化特色。

从这里我们首先可以看到，20世纪90年代都市小说修正了先锋小说为形式而形式的形而上的文本营构，走出了对叙述圈套、碎片拼接、语词狂欢等新潮写作策略的痴迷与沉醉，寻找到更适合自己的叙述方式。从文本看90年代都市小说表现出两种不同的创作倾向。邱华栋、朱文、毕飞宇、韩东等人并不讳言他们与先锋小说的联系，即他们“分享了先锋派作家在文学技术上革新带来的成果，如结构、语言、叙述等，但在关心社会现实的态度上，则较为鲜明的有所区别”①。在作品中放弃对形式技巧的刻意使用，走向平实化方向，以贴近生活靠拢世俗本色的叙述方式叙述故事，这也是与前面所论述的都市小说创作题材的日常化相一致的。韩东说：“我认为小说方式是以个人经验方式为源头的，是个人经验方式的延伸，至少它的差别部分如此，以前我也曾对一些现成的技巧、方式很依赖。现在我越来越感觉到向自身靠拢的重要。”②李冯以质朴细腻的笔触写出世俗人生心态和人物内心隐秘的感受与体验：研究生王朗想方设法摆脱情人，但当愿望达到，情人嫁与同学为妻之后他却感到失落(《王朗与苏小梅》)。毕飞宇以独特的感受，自然精准的语言展现生存的艰难与执著，显示凡俗人生的烦恼与变异：年迈的父亲在子女去外地考察期间住进医院求得照顾，病友之死使父亲受到刺激，女儿回来之后，没病住进医院的父亲真的有病了，只好继续在医院住下去(《8床》)。邱华栋更是以写实为基调，用直白流畅的语言书写

---

① 李冯、邱华栋：《“文革后一代”作家的写作方式》，载《上海文学》，1998(5)。

② 林舟：《韩东——清醒的文学梦》，见《生命的摆渡——中国当代作家访谈录》，57页，深圳，海天出版社，1998。

都市闯入者在城市生活中的挣扎与奋斗。这一批作家以关注世俗生活的本色叙述方式进行书写，文本贴近现实，自然平易，客观上对先锋文学以形式为本体的创作观进行了反拨。都市小说呈现出的另一种创作倾向即是心灵叙事、感觉叙事。秉持私人化写作观的女作家与晚生代作者放弃传统文学作品的开端、发展、高潮、结局的逻辑化的写作模式，按照人物心理走向结构文本。虽然二者语言风格并不相同，一种是梦幻般的呓语，一种是半疯狂的发泄，但都是以非理性的语言表现人物的心理情绪，外在世界的现实表象也以作者心理体验的形式呈现，文本即是表现了思绪的跳跃并按照作家的心绪和感觉来组织文本。两种创作倾向体现了都市小说在形式方面对传统文学和先锋写作进行了否定。

其次，我们可以从三个都市人物系列继续来探究都市小说的超越性品质。

一、异化的陌生人

从审美现代性的角度来观照20世纪90年代都市小说，我们会发现有很多作品并没有仅仅停留在一个形而下的表面生活上，而是从一个特定的社会时代和特殊的环境去看待具有自我意识的生命的存在状况。通过对当代“自我”的生存来思考生命的存在本质、生命的异化现象、生命存在的孤独以及人与人、人与社会、人与自然、人与自我的相互联系及其对立关系。当代社会生活的商品经济中心化，科学技术的高度发展和全面统治以及大众生活无中心、无个性的群聚现象，从根本上构成了当代人的三种属性：商品性、技术性、大众性。这三种属性表现了一种整体上的非人性，即这三种属性在片面实现人的发展要求，满足主体需要的同时产生了主体离异的现象。因此，作为一个整体，当代人是与自身离异的。用等价交换的原则对待一切，人也是商品，如同其他商品一样必须通过交换价值才能实现自身的实用价值。交换的普遍性使人在交换的无限发展过程中，必然丧失独立和自由而成为商品人。如果说，商品经济的发展植根于人的物质欲望，那么在普遍交换的无限过程中，人对物质的欲望就被转换成交换的欲望。可以说，正是无限交换的欲望压制了人的基本欲望，这就是作为商品人的自我离异的实质。充分表现这种都市异化人的作品，应该是邱华栋所写的都市人系列小说。例如《公关人》中的W每天要与几十个、上百个人打交道，谋算能够从对方那里得到什么，彼此交换一些什么。于是，不停地变换"面具"，始终戴着面具生活的虚假形象最终代替了自我，使自己成为一个假面人、平面人、无深度的人。这从根本上说还是商品人的一个印证。商品人的一切以交换为目的的生活，使W最终由于无法忍受感情的荒漠而走向死亡——死亡成为唯一能够印证自我的选择。在《直销人》中我们就看到了技术世界对人的无情倾轧，摄像机、油烟机、超薄电视机、红外取暖机、加湿器，更为重要的是，"他们干这一切的时候并不在乎我。甚至都不征求我的意见而强行安排了我的生活"①。在《钟表人》中，我们的感觉好似上了永无回归的奥德修斯的漂流船——发展、发展、无限的发展把人无休止推向前方。在这里，城市当然代表了一种技术的世界。在这座摇滚乐节奏的城市中显然无法过那种没有钟与表的生活，要想成为一个"自然人"已不可能，因为"我突然发现我的生物钟已经非常不准确了"②。它使生活成了问题。在《环境戏剧人》中，我们看到了易拉罐(代表工业技术)已堆积至"大阪"。与其说人进入都市就再也回不去了，不如说对于一个技术人来说，放弃技术而回归自然已成了真正的无望。在《时装人》《持证人》中，我们看到的是当代都市人的大众性。"由于生存的基本性的无意义和无价值，当代人的生存最终归于一种既无中心又无个性的群聚——个体在众声喧哗的市场假象中获得一种虚假的个体性。这个个体性，在根本上是大众性，是大众人的存在。因此，在大众人的存在中，是没有自我的位置的，自我只是作为一个梦、一个神话，才在大众人中出现。"③这时的自我，既可以通过机械无限复制，又是一个可以通过交换无限增值的商品。不幸的是，自我正是这样一个商品。事实上，从上面一系列作品中无名的职业代号命名中，我们已经领悟了他们异化存在的属性。这些人都没有固定的名字、清晰的面孔、可辨的肖像。与其说邱华栋没有塑造形象，毋宁说这就是众多当代都市人的基本生存：无我、无个性的存在本身。从另一个角度，可以看出邱华栋在对当代人异化生存的把握上具有极其敏感的捕捉力，并且采取了一种智性的写作

---

① 邱华栋：《直销人》，见《把我捆住》，221页，北京，中国华侨出版社，1996。

② 邱华栋：《钟表人》，见《把我捆住》，246页，北京，中国华侨出版社，1996。

③ 肖鹰：《形象与生存》，167页，北京，作家出版社，1996。

策略——巧妙地、全面而深入地揭示出当代人生存中普遍具有的异化成分，并且明确地进行了抵抗、反叛(或出走、或死亡)。然而，美中不足的是表述的观点过于直白，给人一种观念在先的感觉。

都市小说对异化的反思和表现还体现在另一个层面：揭示都市中自我与角色的分离。美国当代哲学家麦金太尔在批评萨特和欧文·戈夫曼的自我理论时指出，两者的现代个人主义自我模式之特征，乃是“角色与自我的分离”。麦金太尔理论学主张从总体上将自我视为功能性存在，重建自我与角色的统一性，因此号召向亚里士多德理论传统回归。麦金太尔的理论虽独具见地，然而，在他面前却横亘着一个巨大的悖论：他提出的“人格统一”蕴涵着个体与社会环境相匹配的要求，换言之，返回亚氏理论传统，意味着必须用“前商业社会”代替“商业社会”。[①] 在当今世界，这种理论主张的现实性、可能性究竟有多大，不免令人生疑。但如果撇开社会环境匹配性要求，而仅从个体方面追随亚里士多德理论，就等于承认“自我与社会角色的对立”这一萨特式观念。问题的关键正在这里，“自我与角色的分离”的理论，与现代商品世界的本体特征是内在一致的。事实上，现代社会的商品化进程，在强化社会分工，使之越来越多样化、精密化、细致化和专业化的同时，也加剧了社会角色的分化及其“自我”的断裂。个性消失或掩藏于经过分门别类的专门训练而获得的职业功能背后，如果这种分离能够持续凝固于一种泾渭分明的状态，也许并不会引起严重的自我身份危机。但是，随着商品化存在方式向私人生活领域的渗透，随着角色的不断分裂和扩张，却可能造成自我的虚化和放逐。克尔凯郭尔曾对人生态度做过一个著名的划分，他概括出三种可供选择的基本价值取向，即审美的、伦理的与宗教的。在审美和伦理之间，前者认同生活的段断性分裂状态，充分享受每一瞬间的即时体验，而不要求前后统一；后者则相反，强调的是生活的连续性、一致性，它体现为承担责任，信守诺言。按照商品世界的游戏规则来建构自己的个体人生，选择沉浸到多重面具的角色生涯，其实是克尔凯郭尔意义上的“审美态度”。那么，听任自我失落于角色，就意味着肯定人生的戏剧化和表演性，彻底放弃对于生活的连贯性、完整性和统一性的要

① 陈晓明：《无法深化的自我与实现》，载《人大复印资料》，2002(11)。

求，也意味着陷入人生价值的无根状态。这一点，至少可以从以下方面得到阐释：首先，对自我的认识，是人生价值选择的核心和依据，但是，如果自我被理解成各种不定的角色，就变成了一种变化万端、游移不定的存在。这种失去了确定性依据的价值选择，必然是分裂、破碎和无根的。其次，在价值实践意义上，人生的戏剧化和角色对自我的褫夺，造成价值观念不能够确立和统一，对行为也不再具备有效的约束性和控制力。因为此时的行为仅限于表演和虚拟意义，所以，行为不仅可以发生断裂，而且被允许对思想观念、理论价值不再负责。

在当下都市小说中，自我的角色异化已经成为了一个重要主题。如邱华栋的"都市人"系列。更可悲的是，这种"发自内心"的，关于"自我失落与角色"的"本真体验"，以及对于商品世界"异化本质"不无批判性的"人生感慨"，在高明的演员那里，本身也成了更为绝妙的表演，也被调用而服务于商业目的。这一点，徐坤小说《遭遇爱情》有所揭示，男主人公本身是商场老手，然而，就在他与女主人公梅为谈生意而邂逅时，却在心中勾起"遭遇爱情"的感受，险些落入圈套。小说值得注意的地方在于：女人用来诱惑男人，使之动情的，并非那些由于滥用早已廉价化的姿色，而是商业生涯中自我失落与人生的感慨。这种对于商业化角色人生的反思性感慨，现在也被纳入角色之中，成了一种表演。商业活动的性质决定了其中的角色较之日常"社会角色"更少了个人色彩，更加"客观化"、外在化。这种客观中性、冷漠疏远和功能单一化的趋势，与现代商业社会发展中人与人相互依存的依赖性激增有关。从总体上讲，我们比过去更依赖于整个社会，但对于特定个体的依靠程度却大大下降。与此相伴的是，关系逐渐疏远，态度日趋冷漠。商品化高度发达的都市，人际关系氛围往往是瞬时性、流动性、非个人性和可替换性的。所以，《公关人》里的 W 在自白中特别提及自己"一共与一万八千多人有过公关接触"，① 并非无关紧要，可有可无，交往的数目是一个重要因素。交往人数和所扮演角色的增大，以两种方式强化人生的表演性并虚化人的"自我"：一是角色数量的增加使得每一种角色中的个人色彩进一步削弱，变得更加程式化和技术化；二是商业交往内容在总体上的增长

① 邱华栋：《公关人》，见《把我捆住》，215 页，中国华侨出版社，1996。

使自我中的组成要素被不断抽调到角色表演中去，造成“本真自我”的空洞化和彻底失落。自我失落与角色取代自我，这是商品世界所呈现的人生境况。但这种境况的形成，既有商品化条件下生存压力等原因，也是主体价值选择使然。商品世界的游戏规则对个人生存和自我领域的侵犯虽咄咄逼人，但是，人们仍可做出自己的价值选择：即便人们在来势凶猛的侵犯面前无法挽回生活的破碎，但至少可以选择对这一破碎人生境况的评判态度。

都市小说中集中描述的第二种异化人生为单纯地追求消费与刺激，红酒、咖啡、范思哲时装、意大利羊皮夹克……他们肆意释放自己的青春、情欲。“我们的生活哲学由此得以体现，那就是简简单单的物质消费，无拘无束的精神游戏，任何时候都相信内心的冲动，服从灵魂深处的燃烧，对即兴的疯狂不作抵抗，对各种欲望顶礼膜拜。”不再思考，没有追求，他们“在酒精的余香中把自己充分地肢解开来，任由激情把身体碾成肉糜”(《像卫慧一样疯狂》)。马尔库塞认为，现代工业体系无孔不入，在以之为中心的人们的物质生活、政治生活和文化生活各方面都打上了自己的烙印，从而形成了一个新的控制形式。这种新的控制形式首先是通过制造虚假消费来实现的。虚假需求是社会强加给人的压制性需求，通过它让人们在消费中获得满足，找到自我，从而消磨了人对这种需求以及制造这种需求的社会的反思意识。这表现在当代都市社会中一部分新富阶层主要关心的是如何享受生活，而不是为了社会的整体发展而奋斗，于是成天沉溺于花天酒地，成为没有意志、没有洞察力、没有意图的丧失个性和人性的消费机器，这是自我失落的进一步深化。

20 世纪 90 年代都市文学创作还塑造了反抗城市商业社会的幽居者形象。在《时装人》中“我住在一幢 100 层楼的第 49 层，我已经有一个月没有下楼”，他不与人群接触，冷眼看待平面的制作世界和失却个性的单面人，并对这已被物控制的社会发出质疑。陈染、林白等女性作家在作品中也描述了一系列自我幽居的女性形象，她们或躲在远离市区的私人住所，或用厚厚的帘幕阻断阳光和他人窥视的目光，营造出一个属于自我的私密空间，将自我与社会与群体隔绝。然而这种反抗既是无力的同时也是异化的。是尚有自我意识的都市人在物化的整体大环境中所能做出的有限反抗，实际并不能改变什么。并且这种反抗本身也是一种异化，她们不去主动追求生活方式的改变，而是脱离了人群、社会，脱离了自然生活状态，掩耳盗铃般地为自己维持一个个体独立的小空间，但行动能力的丧失必然导致自我的泯灭，她们最终也无法寻找到真正的心灵安宁。

都市文学创作者对待都市的超越态度可以说经过了一个由模糊到确定的过程。在创作之初他们对于城市的新变充满了欣喜之情。“作为一名90年代的写作者，我喜欢北京、上海、深圳和广州的高楼大厦，我喜欢日新月异的中国城市的外部景观，我像过去乡土作家描述田园风光一样描述着城市的风景。”①随着思考的深入，对城市巨变的激动平息之后，他们以更加成熟的心态看待世纪末的中国城市，从繁花似锦的外部表象探入到城市的内部肌理。于是问题出现了，“我看到在城市地理中的人，我发现城市人多多少少都有一些病”②。冷静下来的都市文学作者不再被都市表层的绚烂所迷惑，而是站在超越的立场上对都市现实进行批判性描写，正如棉棉自道“我描写的正是我反对的”③。他们将自身对存在的超越性体验转化成超越性的表达，塑造了一系列在城市异化环境中生存的与自身产生离异的当代人形象，对都市中异化的现实人生一一进行了彻底批判。

二、精神的流浪者

现代都市起源于工业化时代的社会形态，它区别于乡村的舒缓、恒定、单调与慢节奏，而是呈现为多变、流动、繁复与快节奏，所以都市人更易感受到生命存在的漂泊感。他们生活在一个旋转的世界，他们的情感也随之而动，他们没有家园、没有农耕文明中根植于土地的那种归宿感，他们只是沸水中浮游着的水滴，这种漂泊流浪的气息，具有一点波西米亚流浪的色彩。可以说，流浪意识是一种象征。当它在一座城市萌芽时，这城市必定有了某种结构上的变异——稍加夸张一点，西方近代城市文明正是从流浪者的涌入开始的。“在19世纪，不仅人口比以前迅速增长，而且也在相当大的规模上流动……爱尔兰人在利物浦、曼彻

① 邱华栋：《我的城市地理学和城市病理学以及其它》，载《南方文坛》，1997(5)。

② 同上。

③ 棉棉：《我描写的正是我反对的》，载《文学报》，2000-03-06。

斯特、格拉斯哥找工作，波兰人流动到鲁尔煤矿去……季节性工人从意大利到法国、德国和瑞士，甚至到阿根廷找工作……在俄国，农民冬季在城镇的工人中工作，而到夏季，就回到乡村劳动。”①这些景象，我们在18、19世纪的欧洲小说中经常看到。实际上，从20世纪80年代起，“流浪”作为一种社会因素，已经在中国城市中生成，那便是千万农民涌向城市寻求生路和机遇，在南方新兴城市里尤其如此。但身处体制内的作家们显然并没有立即将目光移向他们，更不必说从这一社会现象中预见到城市文明已在脱胎换骨之中。不过，大约自1985年起，当代小说中仍旧出现了一些试图刻画“城市浪子”的作品，刘索拉的《你别无选择》是80年代一部具有违禁冲动的小说，年轻的读者对这篇小说深感痛快的原因在于，在秩序和禁锢面前得以近乎歇斯底里地宣泄一番。这部小说传达了80年代中期城市（特别是在文化上开风气之先的大城市）中某个人群共有的一种情绪，同时它也曲折地传递了中国城市由于改革开放而渐渐生成的躁动的信息。当然，小说中的人物并没有真正进入未来的大都市的生存状态，但是他们已用骚动不安的情绪和在精神上幻想着成为离经叛道的漂泊者的强烈冲动，演示了十年后城市人基本的生存感受。无论这种精神漂泊者的形象是否来自于作者个人对现实生活的经验，都足以说明它在80年代中期出现绝非偶然，随着徐星《无主题变奏》、刘毅然《摇滚青年》《流浪爵士鼓》等文本的出现，可以说当代小说史上第一批将故事空间完全放在都市的作品出现了。从一个侧面也说明了“乡村情感”为最有价值的情感的文学认识的终结，第一次确认都市以及都市人的情绪可以成为文学的表现对象，而且都市的审美视角也开始为大众所接受。

但是，很快地都市开始使我们迷路了，或者说，当我们对都市发生迷路的感觉时，就是在传达一种重要的信息，这种感觉的重要性在于，它符合都市文明、都市现代化的特征。对于个体来说，都市的本质，在于它是一股巨大的否定力量。这庞大的、高度组织化的、就像其地表之下纵横交错的管道系统一样令人窒息的超级文明机器，开始威胁到主体的存在。到“新生代”为止，当代文学开始比较“客观”地看待都市了。我

① 李洁非：《城市像框》，43页，济南，山东教育出版社，1999。

们回想刘索拉、徐星等人对城市的感觉，多多少少地都在以不同方式对城市矫情，有一种“我是都市宠儿”的暗示，而在“新生代”的写作中，这种“主人翁”的姿态不再，它们只能把自己看做都市的“闯入者”（邱华栋《闯入者》），被饲养在都市（丁天《饲养在城市的我们》），无根地“漂着”和“狂奔”（丁天《漂着》、张人捷《狂奔》）。所以，批评家白烨概括道：“这是既有日渐繁复的社会生活难以适应的一面，更有初涉人生的个人命运难以把握的一面。一次次地选择，一次次地迷失；飘忽不定，总‘在路上’，年纪轻轻，却又不饱经沧桑，身与心都处于一种居无定所、无所依托的悬浮状态……他们以自己的方式艰窘地成长，又以这种艰窘成长映衬着时代的复杂演进。”①

精神上的无枝可栖之感在更本质的意义上接近流浪本身。陈染作品中的人物常常在苦思冥想中逃离了这个世界：“雨子的眼神在此景致中显然空落茫然。她也低低细语，但总是心不在焉，思绪好像总滞留在一个看不见摸不着的隐蔽的角落。”（《潜性逸事》）思绪一直在空中漂泊，永远无法着陆。在《声声断断》中，陈染这样写道：“一个异乡人，并不取决于是否身处他乡。你心里漂泊着，还思念或牵挂着什么——一个人真正孤独的时刻，就是一个异乡人。”这种身处异乡如断梗飘蓬的感觉在陈染的小说中随处可见。“我从来没有家乡感，无论我在自己常年生活的N城，还是在世界上任何一个地方，我都感到断梗飘蓬身处异乡，没有哪一条光滑如丝的街道在脚下鸣响记忆，没有哪一株苍老的栗树或橡树摇醒往昔，没有哪一幢幽香清馨的红房子能够熔化已经凉却的梦境……我的家乡随着某种情感的移动而到处漂泊，它只不过是一个为自己寻找理由的假想物，一个自欺欺人的大幻想”。（《破开》）无论是“我”、雨若、雨子、水水或黛二，这种感觉都不同程度地存在着，眼看着街上的路人“匆匆忙忙提着菜，热热闹闹打着孩子，悠悠哉哉在路崖边上摆着棋子”，人们与这个社会无限完美地融合在一起，而女主人公“我”却发现“自己真的像个局外人，即使我走在林荫道上，也像是误入歧途，踏进了别人家的花园，惶惊不安”。“我”不能见容于社会，而与此同时，“我”又乐于接受这样一种四处漂泊的感觉。很显然，陈染的精神漂泊之

① 白烨：《九七小说风尚：写实》，载《小说选刊》，1998(1)。

感与她的家园意识不无关系，在雨子们那里“家园”已经一劳永逸地失去，永不再来，而生命个体便只能在风雨中漂泊。朱文的小说中也可以看到精神流浪的意味，而精神流浪也是他的主人公日常生存的一种方式。《吃了一个苍蝇》中“我”是一个单身男子，“我”以前的同学、现在的同事兼领导、已婚男子李自，不断地对我抛洒着同情和热心，以一贯强大的高姿态为“我”做东做西，常常滔滔不绝、循循善诱地向“我”灌输他的大道理。而“我”之所以能够长期与他相处并不以为累的诀窍便是“我根本不在听”，无论他说得再多再长，之于“我”效果都是相同的，“我”并没有在听，在“我”洗耳恭听的假象背后，精神已逃离现场，四处流浪。在李自发现了“我”与他妻子通奸的事实后网开一面固执地向“我”表示他的大度时，“我”的头脑里一直萦绕的是两句这样的话：“我的学号是 33179102。我的母校创建于 1984 年。”这里这两句毫无意义的话一而再，再而三地重复，“我”根本就没听到李自讲什么。正是在这种毫无意义的重复中，“我”的精神做着轻松自如的空中漫游，不再受到时空的局限与现实的约束。

对都市的反省，对都市生活的厌倦和逃避，对都市的质疑与嘲弄，构成了 20 世纪 90 年代“都市审美精神”的重要内容。这与中国处在巨大反差和错位状态的独特都市情景十分贴近。早在 1988 年吴滨的小说《城市独白：不安的视线》就表现出了这种似是而非的“都市意识”和勉为其难的都市感觉。在小说中，都市作为一个武断的居所——家，既不是温馨的角落，也不是永久的归宿，它是女人的牢笼，男人的暂时领地。生长于都市中的男女们都难以忍受都市的生活规定，于是，他们总是企图越过都市的制约。这样，他们就只能在都市空间四处漂流，小说非常真切地揭去都市生活的美好面纱，露出他令人窒息的本质。因此，这个故事，整个说来是“反都市”的精神漂流的故事。作者非常直率地写出了都市的本真，即现代都市人的“家”的危机。一个表面和谐的家庭，某天由于一个不速之客的来临而趋于破裂。那个号称诗人的赵逢中四处流浪，他时常在城市某个家停留，这是一个职业“第三者”，他见缝插针，游刃有余，足以表明城市里的“家”的相对性。当然，作者并没有简单处理“家”，相反，“家”是现代城市人无法拒绝的居所。因而，“漂流”只是一种状态，是一种内在的超越性需要，它是都市生活必要的浪漫精神。因此，逃离城市不过是一种与生俱来的城市白日梦，与其说赵逢中是个闯入者，不如说是"我"想象的对象化，是"我"内在的精灵，是"我"对家的一次想象逃离。这在一些90年代的都市小说作家中则是一种典型的精神与生存状态，单从一些作家小说的篇名我们就可略窥一斑：《漂着》（丁天）、《狂奔不已》（张人捷）、《我现在就飞》《交叉跑动》（韩东）、《走》（许辉）、《出去》（鲁羊）、《告诉我通向下一个威士忌酒吧的路》（棉棉），类似的篇名我们可以排列一长串，商品经济的发展，人似乎失去了他自己的世界，失去了对于连接过去与未来的历史延续性的一切感觉，他们始终处于一种价值判断、理想与追求、终极关怀缺失的漂流不定的状态中，而这种"坠不下去"的感觉又使他们不停地狂奔。不幸的是，这种奔跑往往表现为一种目标的丢失，典型的如朱文的《尽情狂欢》，"我"为了一个"十万火急"的信息狼奔豕突了一天，原来竟是一个玩笑，而目的地"光华门"也成了一个匆匆而过的站台。有的奔跑则表现为距离的无限，如朱文的《到大厂到底有多远》，其实，大厂本是一个实际存在的地区，朱文曾经在那工作，可他仍然像陌生人一样发问，自己反倒成了自己的陌生人。正如葛红兵所说，漂流、游走、奔跑都是"价值的悬浮"和"理想空缺的一种表征"。他们的"奔跑是一种抽象的生活方式，一种强迫症行为，一种无端的消耗感、隔阂感，是无法立定、停止、站住、守望、定神、稳住的苦恼"①。

"都市痞子"，无业游民以及处于生活底层的市民，又构成了都市另一族类的生存形态，构成了都市流浪者的现实存在。如果用20世纪80年代末90年代初的眼光来看这些人，他们是携带着个人的原始需求步入社会的，他们的行为准则，他们的自我形成，以及反抗性冲动的自由发挥，都形成了纯个人的经验。这些人在社会中没有确定的位置，他们既怀着不能进入的嫉恨，又带着逃避的蔑视，因而他们注定是"流浪者"。他们对那些一度令人热血沸腾的神圣言语和标榜时髦的流行术语冷嘲热讽，他们不只是口头革命派，而且身体力行。作家以此来构造富有挑战性而又富有观赏价值的"都市话语"，无不显示了当代都市特有的一种精神潜质、形态模式、审美视点。这一类作品的代表作当然离不开

① 葛红兵：《世纪末中国的审美处境》，载《当代文坛》，1999(3)。

王朔的都市小说，他的《一半是火焰，一半是海水》《顽主》《过把瘾就死》等，写的都是一些同都市主流人物迥然不同的“流浪者”，他们在城市里游荡，干一些“正人君子”不齿的勾当，这些“无业游民”对事业无所希求，对生活不存幻想，对什么都看穿了，因而信奉“说什么都是假的，掏出钱来是真的”。正是因为他们身处方兴未艾的市场经济大潮中，所以他们的姿态和语言成了中国20世纪80年代最新奇的“都市街景”，他们表征着另一种生活方式和生存状态，对于依然生活于制度体系内的中国人来说，他们是一种诱惑和奇迹，而且还带着一种邪恶和威胁的味道，因为他们似乎混淆了是非，把高雅的与粗俗的、高尚的与卑鄙的、真诚的与虚伪的并置，把美好的与丑陋的、正义的与邪恶的、圣洁的与浊污的同视，使原有的价值体系被拆解得支离破碎，但是，无法否认的是，这些经商业主义粗暴洗礼的人物确实生动而鲜活地存在于我们的都市之中，并且随着商品经济的发展而放大了他们的步伐。从这个角度来说，都市小说对都市流浪者的发现、描摹具有一种勇于审丑的现代美学精神。

然而，随着市民社会的发展，特别是进入20世纪90年代，我们才猛醒，那些被我们冠以流浪者的形象，很快成为都市真正的主人，并且他们的足迹早在王朔的作品中就已经出现。他们的语言，他们对北京民间社会明里暗中的各种游戏规则烂熟于心的了解和如鱼得水的掌握，他们在各种困境面前进退裕如的本领，等等，显示了他们对这座城市的控制能力，这种能力远远超过了貌似高高在上的某些阶层。因此，类似于“无家可归”“孤悬在外”那样的感觉，王朔和他的小说主角们实际上未曾尝到也不大可能尝到的。这就会使我们感到王朔小说缺乏矛盾性，在城市的物化现实面前表现出一种简单的态度，即一味投怀送抱，甚至以此自矜，看不到抵触和冲突的迹象，而这是令人难以理解的。我们认为，都市小说与都市文明之间应该是一种既协调又不和谐的关系，都市小说既要揭示出都市文明在某些方面对人的肯定，又要揭示出必然存在的、在其他方面对人的否定，就此而论，王朔小说的那种在物化的现实里面如鱼得水的感觉几乎有将城市浪漫化、抒情化的嫌疑。其原因在于他小说中的主人公是一些单方面享受了城市旧秩序解体所带来的诸多利益的人。他们属于在转型期的特殊时刻从社会边缘逐渐移向社会中心的受益者。

三、反叛的边缘人

20世纪90年代都市小说中的“边缘人”是指处于“个人性”与“公共性”之间的边缘状态。这里的“个人性”指的是一种保留着人文主义思想信念和理想主义革命情结的“个人性”。“80年代，文学坚守一种启蒙主义的精神立场，为一种纯粹精神性的形上氛围所笼罩，他们蔑视任何一种世俗性的日常存在，而渴望真正富于精神意义的生活。”①，这种“个人性”“拒绝任何与平庸现实妥协的可能，并且不断与之做着诗意的对抗”②。这种“个人性”不断创造着英雄人物的神话，比如张承志《北方的河》《黑骏马》等小说中的人物，顽强地高举理想主义的旗帜，挥洒着强悍的生命意志，期盼着纯净安然的新大陆。“公共性”则指的是20世纪80年代后期消解了崇高和深刻之后，“从众替代了独异个人的孤独反抗，悄悄收回的是对新大陆的憧憬而开始退守到平庸的日常生活之中”③。日常生活开始作为一种重要的经验被反复强调，个人性悄悄隐匿，人们谋求着与社会的妥协。英雄神话被视为幼稚可笑，“好好过日子”成了大家相互取暖的口号，这正是新写实小说所表现出的基本价值倾向。而20世纪90年代都市小说中的“边缘人”失去了“个人性”中的英雄主义特征，却永远不愿向“公共性”那种平庸的日常生活谋求妥协，因此在这二者之间的边缘，坚持着非革命性的个人性与反平庸化的日常性。

时光安静地流逝，时代不断地变迁，生活本身的日常性与社会秩序的稳定性却是积重难返牢不可破，人总是在不知不觉中渐渐被“社会化”，在匆匆忙忙中变成了“人们”，失去了独立的个性和自由，失去了本真的自我。“平常，人总是作为一种‘是其所是’生活着，例如处在一种‘身份’中，作为一名店主、侍者，等等，按这个身份的要求去行事，人在价值观念面前的态度也是如此，把价值看成一种普遍有效的存在，使自己处在服从的地位，或者设想出一种决定论来为自己的所作所为进

---

① 蔡翔：《日常生活的诗情消解》，176页，上海，学林出版社，1994。

② 同上书，89页。

③ 同上书，90页。

行辩解，等等。萨特称这种态度为‘规矩人的精神’。”①人一旦拥有了这种“规矩人的精神”，就很难再有自己的感觉，于是，在小说作品中，才有了清早起床带孩子上班吃早餐挤轮渡的流水情节(池莉《烦恼人生》)，才有了由“小林家的豆腐嫂”而引起的鸡毛蒜皮(刘震云《一地鸡毛》)，于是，“热也好冷也好活着就好”。“活着就好”，这着实体现了一种“规矩人的精神”。而对于都市背景下的这些社会“边缘人”来说，这种失去自我随波逐流式的“规矩人”的生活无疑是可怕和难以忍受的，因此，反叛与拒绝成了他们顺理成章的生存姿态，反叛各种各样的既存秩序，拒绝与平庸的生活“同流合污”，以这种姿态为起点返回自我的“本真”状态。而为了达到这个目的，他们常用的手段便是“流浪与漂泊”“孤独与失语”。于是，反叛与拒绝便成为“边缘人”绕不开的生存情结和20世纪90年代都市小说中挥之不去的主题话语。

“起床、乘电车、工作四小时、吃饭、睡觉以及接连而来的星期一、星期二、星期三、星期四、星期五和星期六。依照同样的节奏重复下去。但有一天‘为什么’突然产生了，于是会感到烦闷和疲乏。履行机械化生活的结果就是疲乏，同时也产生了意识的冲动，它唤醒了意识，接着就是重新套上锁链，再不然就是豁然的觉醒……”②这种豁然的觉醒正是“边缘人”反叛一切的基础，“人面对着自己实存的安稳状况，会产生一种莫名其妙而又无可救药的不安，这种不安便是超越的起源”③。超越也就意味着反叛，这里的反叛指的是对于既定秩序与传统做派的疏离与拒绝，对于个性自我的追求与张扬，依传统的眼光看去，便是典型的“离经叛道”的出格或越轨，是对传统秩序的反抗与叛逃。在反叛的程度与意识上，不同作家笔下的“边缘人”表现得不尽相同，有的“边缘人”是在顺从与反叛、现代与传统等二元对立中苦苦挣扎矛盾重重；有的是在主体强烈的反叛意识支配下不顾一切地撕裂自己达到反叛的目的：而有的“边缘人”则是在失去了一切禁忌与规范的情形下不知不觉地反叛了一切。

第一种在反叛程度上还有所保留，刘索拉的《你别无选择》中，那

① 徐崇温：《存在主义哲学》，436页，北京，中国社会科学出版社，1986。
② 同上书，13页。
③ 同上书，293页。

一群躁动不安、放纵狂妄的音乐学院的大学生，充满了活力、朝气与叛逆精神，分别以各自不同的方式对传统文化规范发起挑战，李鸣厌倦了传统的艺术教育格局，想以退学这种极端的方式进行反抗，最终却在种种矛盾中选择了每日蒙头大睡这一消极的方式来逃避现实。孟野、森森们不满于传统卫道士贾教授“做一个规规矩矩的音乐家”的说教，在充满原始冲动与个性光辉的世界寻找着音乐生命的源头和现代人生的感觉。在他们内心，充满了种种的痛苦与骚动，在顺从与反叛的矛盾挣扎中坚持着反叛的姿态。何顿的小说《我们像葵花》中的何斌，在自己一直恪守的做人原则与朋友发财致富的诱惑之间摇摆不定，苦苦挣扎，但最终金钱与物欲往往会战胜不堪一击的传统原则，反叛也就成为必然。

第二种反叛显得格外决绝，“出生在现代化大都市摇篮之中的小说主人公在即将作为一个独立的都市人在这个充满异己力量的世界中谋生的时候，他们首先要战胜的不是来自城市的挤压，而是来自所生活的母体文化的压力”①。因此，他们为了开始他们自己的生存行为而不得不用很大的勇气和力量去同家庭及社会传统势力进行抗争。刘西鸿的小说以不苟同、不妥协和自觉、主动的姿态喊出了都市“边缘人”的心声，“你不可改变我”，“我与你同行”，“自己的天空”等近乎执拗的语气构成了他特有的言说方式。孔令凯、亦东等人物也就带着各自鲜明丰富的个性倾向和反叛色彩进入了读者的视觉领域。陈染、林白、海男等作家“通过写作放纵躯体生命，冲破传统女性躯体修辞学的种种枷锁，用自己的血肉之躯充当写作所依循的逻辑”②。《与往事干杯》(陈染)中肖蒙“拿着面镜子对照教科书认识自己”的情景，《一个人的战争》(林白)里幼小的多米蚊帐里的自慰，《私人生活》(陈染)中倪拗拗与禾寡妇的同性之恋，都旨在描述经由身体感知的女性生命体验，作家以这种对女性躯体经验的直接书写，构成对男权社会权威话语的抵死反叛。

第三种反叛几乎在不知不觉间完成，王朔笔下的于观、马青、杨重、方言等人带着其玩世不恭的“痞子相”步入文学世界，这些人在传统

---

① 金汉：《中国当代小说艺术演变史》，288页，杭州，浙江大学出版社，2000。
② 同上书，295页。

文化、现行体制和权威话语的多重挤压下走投无路，选择了一种调侃社会、嘲弄人生、捉弄一切的生存方式，以冷嘲热讽的方式来戏弄现实、消解崇高，在皱着眉头的笑声里完成对传统文化秩序的反叛与颠覆。无论是《顽主》中“三T公司”替人排忧解难，还是《你不是一个俗人》中“三好协会”的捧人行为，都在滑稽与荒诞之中表达了他们对现实秩序的抗议，在滑稽、荒诞的背后隐藏着对现实秩序的无情的戏弄与嘲讽。卫慧小说《床上的月亮》中的小米、《黑夜温柔》中的小昕，都以飞蛾扑火般的惨烈与决绝迎向自己认为的快乐与自由，既有的传统与现实的秩序对她们已经构不成任何的威胁与约束。她们轻易地献出少女的童贞只是自身成长的需要，并不想反叛任何东西，然而，她们的行为却已构成对这个世界的最大反叛。

总的来说，都市“边缘人”的反叛指向归结起来不外乎有两种，一种是文化反叛，一种是道德反叛。文化反叛首先是对自我文化身份的反叛。都市“边缘人”是一群精神上的漂泊者，他们一般都具有一定的文化素养，但在文本之中，人物大多以反文化的姿态出现，在嬉笑之中解构自我的文化身份。王朔小说中的人物是反文化叙事中最为极端的一群，他们乐意认定自己“一点正经没有”，对着世界高喊“我是流氓我怕谁”，常常在言谈之中把知识分子嘲弄得体无完肤，并且，“作家常常首当其冲，成为‘无知且无聊的读书人’的经典范例”①，比如《顽主》中的宝康和赵尧舜，《一点正经没有》中的古德白等等。朱文的《食指》宣告了“诗人”的不知所终，并且认为女人做诗人远不如做一个妹子更令人放心。何顿《弟弟你好》中的弟弟“把考大学的梦想捆成一个包裹扔到床下”，便有了“一种如释重负的轻快感”。潘军《海口日记》中，“我”在离婚之后，离开原有的工作、原来的城市到海口去开出租车，一个人居住在一艘废弃的破轮船上，感受独立王国和“岛中之岛”的感觉，寻求一种简简单单的生活。他厌倦了假模假式的文化人身份，厌倦了故作高雅的文化人姿态。在他与两个女人的交往中，他丝毫不去留恋能与他谈论生存空间的白领丽人苏晓涛，却难以忘怀那个简单的妹子方鱼儿，这种选择直接表达了他对于文化身份的不屑一顾。其次，是对文化秩序的

---

① 蔡翔：《日常生活的诗情消解》，124页，上海，学林出版社，1994。

反叛。徐星的《无主题变奏》中，主人公“我”完全厌倦了传统体制中那种虚荣、虚伪而受限制的生活，离开了大学，独自一个人进入社会，女友老Q反复规劝“我”去报考学校时，“我”和她分了手，“我只想做个普通人，一点儿也不想做个学者”。王朔小说对于文化秩序的颠覆就更为彻底。《顽主》中的宝康捧着“三T公司”发给他的咸菜坛子，激情难抑地讲述着自己成为作家的过程，怀念着滋养他的故乡和童年，听众们却都在等待着报告之后的舞会和免费餐饮，而来晚了的一位感动地对边上的人说“这个失足青年讲得太好了”。这种虚拟的文化现场轻而易举地粉碎了原有文化秩序的神性和规则，有效地戏弄和瓦解了现有的文化秩序。

道德反叛首先是对家庭伦理的反叛。传统的父父子子的关系已经不复存在，子辈对于父辈从精神到肉体提出全面的挑战与质询。朱文《我爱美元》中的“我”为父亲只为集体而活的人生感到遗憾，想要为父亲弥补一下，于是带父亲去嫖妓。这里的父亲不再是个人生命中的主宰者和控制者，而成为“我”审视和怜悯的对象。卫慧《欲望手枪》中的父亲沉迷于酒精的麻醉，女儿米妮远远离开父亲，一个人在郊区租了房子，偶尔回家，也是以充满怜悯和憎恶的眼光看着他。父辈在子辈的蓬蓬勃勃面前颓然委顿，失去了高贵的尊严。其次，是对婚姻秩序的反叛。婚姻意味着梦幻色彩的消失，个人从此被纳入秩序的轨道，因此都市“边缘人”往往都患有婚姻恐惧症。朱文小说中的“我”或者“小丁”，经常性地处于单身独处的情境之下。“我不想结婚，只想有时和女人睡觉。”(《吃了一个苍蝇》)这是“我”经常性的宣言。婚姻不仅意味着爱情的死亡(况且“我”也是不相信爱情的)，也意味着日复一日的平庸将不可避免地覆盖整个生活。朱文小说中的“我”并不是一般性地逃避婚姻所带来的责任，而是有意识地逃避着正常的婚姻生活，保持个人自由的生存空间。《关于一九九〇年的月亮》中，“我”有一个女友，而且有时候也需要她，但“我”却不愿与她分享一个房间，“我”在心里精心计算着房间的大小，不想让女友平白分去自己一半的空间，所以每次“我”都及时地让她回到她父母那里去。卫慧的小说《蝴蝶的尖叫》中，“我”因为男友要求结婚而离开了他。可以接受同居，但却拒绝婚姻，这无疑对于传统的婚姻秩序形成了强烈的反叛。再次，是对传统道德规范的反叛。海男的《私奔者》是一篇激烈蔑视当代道德规范的作品，把离经叛道应受道德谴责的“私奔”作为“人类的生活方式之一”，而且认为“私奔的快乐就是建立一种新的意义”。以如此快乐自信的口吻谈论着私奔，其反叛意义已远远超过了私奔这个行为本身。林白的小说总是写到一些古怪或反常的女性，超然于正统禁忌之上。《一个人的战争》中多米五岁就无师自通地学会了自慰，以这种方式开始自我认同，开始她漫长的拒绝和逃避之旅。多米的形象对于男权制度下确立的种种道德文化上的禁忌观念给予了尖锐而有力的反叛。

都市“边缘人”，凭借无依无靠的“边缘”心态努力拆解着能对其形成禁锢的一切力量，为了达到反叛的目的，他们不惜过甚其词，极力夸大社会正常秩序与固有道德规范对个人的束缚，将一己的日常痛楚放在显微镜下高倍放大之后填充在文本中，以此作为反抗的力量，与强大的社会日常惯性相对抗。他们的反叛有时是以蛮不讲理扫荡一切的态度出现的，在这里他们并没有其他更远大的理想，反叛本身就是他们所想要的最大目的。

第四章

中国当代都市小说的现代审美形态

我们知道，随着多元化社会的到来，以追求整体性、秩序化的价值立场为核心的“启蒙现代性”在20世纪80年代末以来的中国开始退守边缘了，审美现代性的否定和超越品格日益彰显，特别是在艺术创作领域，从先锋实验到个人化写作的出现则是“审美现代性”不堪忍受“启蒙现代性”的压迫而奋起突围的最为激进的文化象征。对小说叙事形式和语言表达的极端重视，追求艺术效果的独特与标新立异，倾心于幻觉、性、暴力与逃往等非理性主体，这一切都带有鲜明的反抗“启蒙现代性”绝对理性权威、强调审美感觉与艺术自律的“审美现代性”倾向。这种倾向的产生，首先是因为当代艺术作品与生活的传统审美关系被改变了。倘若杜威说“经验及艺术”，当下小说家则说一切艺术都是经验，艺术与经验之间的所有界限统统被一笔勾销。他们激烈地抨击艺术的“等级地位”和“自封崇高”。作品不再是独立于生活之外，而是融洽在生活之中，成为生活的一部分，这样，艺术自然无法反映生活，但它就是生活。艺术毫无顾忌地回到了生活本身，生活本身就是审美的、艺术的。就都市小说而言，都市小说与经典文本相距甚远，传统的超越意向被冷落一旁，而是满足于不动声色地把原汤原汁的生活和盘托出，一方面虚构阅读快感，另一方面又消解经典文本所确认的文化镜像。其次，当代艺术作品同作者的传统审美关系被改变了。作品不再是目的，因为现实的判断标准已不复存在，自然也就没有同一的深度意义来充当判断标准了。与此相关联，艺术本身最重要的职能也不再是阐释现实和创造超越的空间；现实与艺术的界限被拆除了，生活进入艺术，艺术进入生活，并置在一个同格的平面之上；写作不再是高于叙事并站在生活世界之外来看待艺术世界，而是与叙事等值，叙述人就在本文之中；都市小说不再关心写什么，而是关心怎么写，叙述占据了文本，不再面对一个及物世界，叙述指向了叙述自己；传统的“真实”与“虚构”被“拼贴”与“复制”所指代，作品成为叙述流露出来的事实；本文成为一种写作过程，一种叙述过程，一种语言的游戏，一种个人的私事。这意味着一种艺术的还原。创作作品的过程成了目的，以至于在现代的都市小说家看来，艺术家的呼吸、血液乃至排泄物都可以成为艺术。再次，当代艺术作品同创造的传统关系被改变了。过去的创造是指想象中的虚构，是指创造一个新世界，关心的是审美活动的对象性，现代艺术关注的却是创造主体的过程性及时间经历本身。而现在的创造指的是创造一种新境界，是一种自我超越，甚至是一种复制，不再是对象化的确证，不再是从对客体的欣赏中反观自身，达到自然的人化，而是非主体化、非对象化的确证，达到人的自然化。最后，艺术作品同创作技巧的传统关系被转变了。创作技巧是几千年来传统美学最为强调的基本功，模拟自然的古训被推翻了。现代艺术家把技巧看做“无生殖力的重复”，主张“彻底解放视觉的想象”，“孩子般单纯”地面对世界，强调要降低技巧，甚至以非技巧作为技巧。当代小说家们发现了一条取代技巧的最通俗、最大众化的原则：选择即创造。在他们看来，这是一条连接艺术与非艺术、经营艺术与通俗艺术的“曲径”。其美学意义表现为：与传统的作品拉开距离，与传统的所谓“创造”的工匠性质拉开距离。这样做，可能取消以技巧为基础的个人风格，但并不否定独创，多方变化感受、观察和理解对象的角度、方式、层次，同样可以使小说富于主观能动性，并且可以增强其中的精神的意向性和直接性。不难看出，这里的关键是一个非常值得注意的本体与功能的分离。传统美学认定任何功能都来自一个可以确证的物质整体，在艺术中功能只能来自作品。但是在当下，作品已被现成品代替了，现成品不再是创造的结果，于是，也就只剩下作家的行为有创造性的品格了，这也正是个人化写作的意义所在。

如果从这样一个具有现代性的审美视野来看中国当代都市小说，特别是20世纪90年代以来的都市小说的形式要素，我们会发现它有着与传统小说迥异的叙事形态和叙事视点。当感性审美现代性同中国当代社会的大众趣味相融合，成为大众审美的时候，欲望化的平面化的叙述形态在都市小说中就会大行其道；而当感性审美现代性的超越性品格越升的时候，就出现了反都市的、个人化的叙事形态，表现在都市小说中就是对都市的疏离、拒斥商业化、功利性，走向个体性、非理性，或者体现为同乡村的亲和。

第一节　反实验与欲望化叙事

由于都市小说将自己的叙事立场确立在民间和市民社会上，因此，其叙事策略与叙事语言同其主题和人物一样，鲜明地体现出“回到生活本身”的审美原则与审美追求。具体到各个不同的阶段上，又有着明显的差异。就叙事策略而言，在第一阶段上，都市小说对于生活原质的追求表现为对于实验叙事的拒斥与反驳上。

当20世纪80年代中期都市小说起步时，整个文坛正弥漫着一种强烈的艺术探索氛围。在一段时间内，西方近百年的文学历程在中国又上演了一遍。在这种热潮中，以马原为开端的“叙事革命”如火如荼，都市小说却不为所动，“写什么”仍然是都市小说思考的中心，是其写作的出发点。在众多的作品中，形式并没有成为首要的因素，都市小说作家们也无意在叙事的形式上绞尽脑汁，刻意追求叙事的新奇。因此，在都市小说中，我们看不到那种晦涩艰深如迷宫一般的文本，令人眼花缭乱的各种现代派的手法如意识流、梦幻、时空交错等也比较少见(《城市独白：不安的视线》等是为数不多的这方面作品的代表)，即使是王朔《千万别把我当人》那样的具有超现实意味的作品，也只是偶有所闻，他们基本上都是现实主义的，当时对于《你别无所求》《无主题变奏》以及王朔、刘毅然等小说，中国式现代派、中国的“垮掉的一代”的指认，也并非是从这些作品的艺术形式出发，而是着眼于作品所体现的精神内涵。在当时看来，这些作品所表现出的“颓废”倾向，与西方现代派特别是“垮掉的一代”的作品之间有着内在的一致性。因此，不管是有意还是无意，先锋文学的“叙事革命”并没有对都市小说产生多大的影响。实际上，都市小说与这股文学潮流是背道而驰的，它所走的乃是一条通俗化（相对于先锋艺术的探索性而言）的道路，与其主题，人物的世俗倾向相一致。它对于人们所熟知的现实主义的操持，使读者对于文本根本不存在什么阅读的障碍，这样就使其更易于走进而不是远离大众。当先锋文学在叙事游戏中越陷越深，远离现实生活，成为一个文学的游戏迷宫的时候，都市小说却在通俗化的道路上大踏步前进，直至在新写实中呈现出大众毫无接受困难的自然主义色彩。当先锋文学作为艺术探索的一极消失之后，都市小说在新生代作家那里更加堂而皇之地加速着它的通俗化进程，这是对于世俗、民间的更为主动的迎合与拥抱。在这种迎合与拥抱中，逐渐形成有悖于前期的鲜明的叙事特色，即欲望化叙述及个人化、平面化写作。事实上，这正是感性审美现代性在大众文化领域的一种表现，强烈的张扬感性精神、赤裸裸地表达人的欲望；极度地通俗化、大众化，贴近大众日常审美趣味，成为普通人的精神快餐。

在中国当代很长一段时间内，人们的欲望处于一种被压抑的状态，当代文学对此也一直采取或隐或显的回避态度，我们基本上看不到对于欲望的赤裸裸的描绘，无论是物欲、性欲、权欲，都没有以一种极端化的形态呈现出来。然而，20 世纪 90 年代，由于市场经济的确立，以此为基础的文化也开始发生变异。20 世纪 90 年代的中国存在着一个文化上的转型，即由精英文化向大众文化的转型。原先受到群体文化遮蔽与压抑的个体性存在，逐渐以自己尖锐、敏感和特别的方式凸显自己的存在。个人性与人的主体性得到了空前的张扬，个人的感性真实与欲望化的生存经验受到了普遍的关注。而文学作为作家生命律动的一种折射，是人类生命活动的一种特殊形式，它所直面的便是人和人的生活。作为人性的基本内容——欲望，同样也是其一个不可或缺的表现部分，可以说，小说对人性的发掘，在终极上就是对人类欲望的深度演示。新都市小说作家在将叙事目标大面积地投向平民生存原相，投向人自身生存的各种庸常现实层面时，一种欲望化的叙事法则逐渐确立起来，这不仅表现在以何顿等人为代表的对金钱利益的执著认同和崇拜，还表现在大量性意识小说的勃兴与泛滥上。

“天下熙熙，皆为利来；天下攘攘，皆为利往。”物质利益对于人们的驱动古今亦然，它是策动整个社会的总根源。然而，司马迁对于汉代社会的描述，似乎更适合于物质欲望空前膨胀，拜金主义狂潮甚嚣尘上的90年代。作家们敏锐地意识到“今天时代的热点不在精神而在物质，不在追求完美而在追求舒适，形而上的远水救不了近火，形而下的器则有益于生存”①。于是他们在创作中实践了这一观念：“世界上钱字最大，钱可以买人格买自尊买笑脸，还可以买杀人。”(《生活无罪》)“美元就是美丽的元。”(《我爱美元》)像这样充满理性，充满激情地对金钱的赞美，在90年代的新都市小说中俯拾皆是，随处可见。人们对于金钱的渴望是如此的强烈而急切：“既然机会这么多，那么赶紧捞上几把，否则，在利益分期结束之后，社会重新稳固，下层人就很难进入上层社会了。”②这不仅是邱华栋的，而且是整个社会的心声。在新都市小说里，处处皆是追逐金钱、实利，与城市之间展开殊死搏斗的拉斯蒂涅似的人物，《手上的星光》中的乔可、杨哭，《环境戏剧人》中的胡克，《弟弟你好》中的邓和平，《太阳很好》中的龙小奔等众多小说中的人物莫非如此。他们唯一的渴望就是大把的钞票、豪华别墅、高级轿车。像《东扑西扑》中的欧小姐那样，挣钱之外就是渴望挣得更多的钱。“东扑西扑”非常形象地描绘出，当代都市人沦为金钱奴隶的逼真身影。

以“金钱”作为衡量人的价值的准则，无疑强化了何顿、邱华栋等作家小说中人物急于摆脱贫困的焦灼心理。既然成功与金钱紧紧地联系在一起，那么，在市场经济社会里，经济上贫困而精神上优越就不可能赢得人们的钦羡。朱文的《我爱美元》中，主人公“我”认为：“与金钱的腐蚀相比，贫穷是更为可怕的。”在这种以金钱为中心的市场经济社会里，没钱的人，不仅会像何顿《弟弟你好》中的“弟弟”那样，“因是穷教师被同学忘记在一旁”，而且也会像邱华栋《生活之恶》中的尚西林那样，由于“不仅没有钱，也没有权力、荣誉感和其他任何让他能感到骄傲的东西”，惧怕失去相爱了四年的女友眉宁。为了摆脱这种对贫困恐惧的焦虑，使自我进入成功者的行列，“弟弟”、尚西林等将获取和占有金钱视为自己的奋斗目标，不择手段地加入到市场经济社会的利益竞争与搏斗

---

① 宋遂良：《漂流文学》，载《当代作家评论》，1992(2)。

② 邱华栋：《手上的星光》，载《上海文学》，1995(8)。

中。在这种利益的竞争与搏斗中，“弟弟”、尚西林等的行为是以“利己主义”为价值取向的。于是，金钱的诱惑和个人利己主义相纠缠，形成一种支配人们命运的神秘力量，随着“弟弟”、尚西林等求金者的求金行为不断深入和展开，求金者们的心理就会呈现出一种递进性的形式。“弟弟”等求金者获得的财富愈多，他们的求金心理就愈加膨胀。这时金钱对求金者表现为一种强迫力量，它驱使着“弟弟”等求金者不断向敛财聚财的下一个目标奋斗。这种聚财敛财心理膨胀速度之迅猛，有时甚至是求金者本人都始料未及的。邱华栋的《哭泣游戏》中的黄红梅，当初从偏僻的山区来到繁华的京城时，她的目标是“想挣一点钱，回到四川家乡去养猪、种花”，一旦她经营餐饮业挣到很多钱后，她又觉得“对我来讲，我是赚了很多钱，但这还不够”。她的金钱欲像滚雪球一样越来越大。何顿的《太阳很好》中的宁洁丽，从医院辞职来到龙百万的百叶窗厂，是因为龙百万的百叶窗厂的工资比她原来工作的医院的工资高出一倍多，然而，随着与龙百万的关系不断加深，她“暗暗有那种把龙百万占为己有的想法”。而将龙百万占为己有的心理根源，则在于对龙百万百万钱财的觊觎。

随着市场经济的蓬勃发展，一个市场经济社会的空间开始形成，这种市场经济社会空间是一种以追求现实利益为核心的，它是以肯定和保护私人化的经济关系的面目出现的。在这个特定的社会空间中，黄红梅等个人对金钱递进性追逐的欲望，不仅不会被斥之为“贪婪”而加以排斥，反而成为进入这个社会空间必备的资格和条件而被认同和肯定。正如朱文的《我爱美元》中写的那样：“后来货币就日益重要起来，这对我们来说是个好消息，它无与伦比的媒介作用赋予了我们更多的避免被埋没的机会，所以，我们要尊重钱，它腐蚀我们但不是生来就是为了腐蚀我们的，它让我们骄傲但它并不鼓励我们狂妄，它让我们自卑是为了让我们自强。”于是，市场经济社会空间使人们体验到了经济独立带来的前所未有的私人性的生存自由。正是市场经济社会提供的这种经济独立和私人性生存自由的空间，使何顿《无所谓》中的罗平、王志强，《弟弟你好》中的“弟弟”，邱华栋《生活之恶》中的尚西林、罗东，《别墅推销员》中的沈方等人脱离了传统体制的控制，毅然投入到市场经济社会竞争的洪流中。在这种充满自由竞争和搏斗的市场经济社会中，王志强、“弟弟”等去除了往昔身上的沉沉暮气，而重新焕发了一种自信自强的生机。作为市场经济社会的利益竞争者，“弟弟”、王志强等遵循的只能是市场的竞争法则，一种新的人与人的交往原则，即契约原则。在契约原则支配下，利益主体的个人私欲在市场经济社会空间自由释放时，也理应给予其他个体的私欲以同样的自由权利。这种契约原则生成的市场交换原则瓦解了人与人不平等的关系，在金钱面前，人们获得了平等的权利。然而，倘若求金者像《我们像葵花》中的冯建军、《弟弟你好》中的刘金秋那样片面地追求私人性的生存自由，不择手段地去获取金钱，那么，他们就必定会损害和剥夺其他利益主体的私人性的生存自由。但是人们的需求是多方面的，追求金钱和财富并不是人唯一的需要，冯建军等将人的需求限定在无止境地追逐金钱上，这就意味着他们需求的单一化和片面化，他们在将金钱当成自己唯一需求时，也使自己沦为金钱的奴隶，他们拜倒在金钱面前，将物作为自己的灵魂。

金钱欲的解放和对金钱的追求与获取，在成为何顿、邱华栋、朱文等新都市小说作家的重要母题时，一种快乐原则也成为他们小说的主要审美原则。在他们的小说中，金钱欲，既是推动人们追逐金钱和财富的驱动力，也是推动人们进行消费和享受的动力。随着赚钱欲望的不断满足，人们的消费心理和行为也在不断膨胀和延伸。这种不断膨胀和延伸的消费心理，在极大地唤起人们的享乐感的同时，也将消费和享乐的生活方式等被传统理想原则支配下的文学所拒斥的东西转化为文学中全新的审美内容。在何顿、邱华栋、朱文等的小说中，世界已成为一个巨大的填充我们胃口的物品，人的快乐的获得与增长，是与人们消费的增长成正比例的。消费的物品愈新奇，人们获得的快感就愈强烈。于是，在这个以消费和享乐为荣的世界里，刺激性与娱乐性代替和遮掩了文学的其他功能而成为主要甚至唯一的功能。在何顿、朱文、邱华栋等人的小说中，这种刺激性与娱乐性追求的一种主要表现形式则是对物质的高消费。对于何顿《我们像葵花》《无所谓》和邱华栋的《生活之恶》中的冯建军、王志强、罗东等人来说，都市的时髦就在于不断对最时髦东西的消费。而每一次对时髦东西的消费又意味着新的经验的形成。在小说中，王志强、罗东等不仅追求新的味觉刺激，而且也追求新的视觉形象和听觉形象的刺激。他们穿的是“意大利名牌‘胡利奥’牌西服”（《生活之恶》)，或是“貂皮披领的意大利羊皮夹克”(《太阳很好》)；戴着的是“价值18万元的翡翠塔链珠项链”(《生活之恶》)，或是“金耳坠坠子上镶着两颗黄豆大的红宝石”(《太阳很好》)；出入的是豪华宾馆、酒店、咖啡店。他们的味觉所及，则常常是“蚝油鲍片、干烧海参、红烧熊掌”(《生活之恶》)。朱文的《我爱美元》中的主人公“我”认为：“欢乐从来不是什么稀罕之物，只要你有钱，没有的东西都可以为你现做一个。”一个人有钱，他就可以像邱华栋《手上的星光》中的杨哭那样，将一群曾经红极一时的明星们请来为一家“并不起眼的信用社”的成立捧场；一个人有钱，他就可以像刁斗《证词》中的高民生那样，让“省内要人”为自己的一家小书店泼墨书写店名；一个人有钱，即使他没有任何官衔，也可以像邱华栋《音乐工厂》中的空气音乐制作公司的何可那样拥有社会权力；一个人有钱，即使他相貌丑陋，也可以像毕飞宇《睁大眼睛睡觉》中的大龙头那样，拥有无数天仙般美丽的女人。

然而，金钱作为一种商品等价物，它可以买到的也只可能是商品，而不可能买到商品以外的理想、爱情和幸福。邱华栋的《生活之恶》中的罗东，在第一次失恋时，“发誓要拥有财富，因为只有拥有了财富他才可能去任意选择自己想过的生活”。几年以后，他成为拥有两千万元资产的巨富，当他带着价值几十万元的项链和戒指去向吴雪雯求婚时，吴雪雯却只愿做他的情人而不愿做他的妻子。情感和自尊再次受挫后，他又以财富为诱饵，诱惑和挑逗眉宁，最终虽然赢得了与眉宁的一夜之欢，却仍未赢得眉宁的爱情。在何顿的《我们像葵花》《弟弟你好》、邱华栋的《哭泣游戏》《生活之恶》等小说中，冯建军、刘金秋、黄红梅、吴雪雯等的这种有钱可以买到一切的幻觉，不仅没有给他们带来幸福，反而葬送了他们的前途和生命。这种由人物心理对金钱的幻觉带来的人物行为和小说情节的荒诞性，使何顿、邱华栋等以金钱为母题的小说往往具有较为浓厚的喜剧性色彩。之所以说具有喜剧性，是因为这些小说中的冯建军、黄红梅等人在中断了对形而上的理想精神的探寻之后，原来作为手段的消费却成了冯建军等人的目的。这样，当冯建军、罗东等人以为他们凭借金钱征服了别人时，实际上他们征服的仅仅是商品化了的人。于是，虚假的目的在耗尽了他们力图满足需求的精力时，并没有带给他们实际意义上的快乐和满足，反之，给他们带来的是对生活的无意义感。邱华栋的《哭泣游戏》中的华仔，在用金钱寻求“神秘而又刺激”的消费后，便“突然感到一种深深的厌倦袭来”。这种厌倦和无意义感转过头来又迫使他们将自己的生活在无历史的瞬间化成一次又一次纯粹的娱乐，在光与影的游戏和消费中，他们自身存在的不完美性被遮掩和忽视，被动地做了金钱的奴隶，在金钱面前丧失了最基本的判断能力和思考能力。冯建军、吴雪雯、黄红梅等人也有痛苦，但这种痛苦并非来源于自我对本体价值的追问造成的心灵冲突，而是来源于追逐金钱时的焦虑和用金钱消费后的无聊以及金钱丧失后的茫然。因而，即使他们死亡了，由于这种死亡被抽空了理想等精神性内容，悲剧就转化为一种极具观赏性的欲望化场景，它使人感到刺激，却并不令人震撼。

不可否认，将个人快乐和幸福作为善的前提的审美原则，给中国当代文学带来了一种具有现代意义的世俗的既平凡又诗意的色彩，显示了他们小说审美视角的独特性。正是何顿、朱文、邱华栋小说中的主人公们对消费和快乐的不断追逐，才使他们平庸的生活变得不可预测而显得生气勃勃。“我必须要进入一个新的社会阶层，在这样一个社会迅速分层的时期，我必须要过上舒适的生活”①，成为他们的人生宣言。然而，消费的活动应该是一个具体的人的一种活动，消费的过程理应富有人性、意义感和创造力，只强调快乐原则，不重视理想原则，人们就会像邱华栋、何顿等人小说中的吴雪雯、冯建军、刘金秋那样，囿于现实而无法超越，由于没有理想之光的照耀，就会目光短浅，只图及时行乐，最终在葬送了幸福的同时也葬送了自我。

金钱欲在新都市小说中并不是作为使人沉沦的因子受到严峻的理性审视和批判，而是常常作为当下人们的一种生存形象得到认同和肯定。对此有些批评家指责道：“他们对任何国家、任何社会、任何时代都必须遵从的基本的社会伦理道德和社会公德视为仇寇，践踏于地，对西方的没落的颓废主义和极端主义、金钱至上、个人至上、欲望至上特别推崇，大肆宣扬。”②

一个不可否认的事实是，人的生命本源力量都来自人生的欲望潜

① 邱华栋：《环境戏剧人》，载《上海文学》，1995(5)。
② 余开伟：《文学的蜕变》，载《文艺争鸣》，1996(6)。

能。正因为个人欲望的存在，人类才开始对自然进行着永不停歇的征服活动。在某种意义上，欲望具有“理想”的成分。然而与通常的理想相比，它更多地指向物质而非精神。欲望作为人的一种本能，具有其存在的合理性，合理欲望一定程度的满足，对于人性中美好一面的发扬与肯定，具有极其巨大的作用。而从社会的角度来看，欲望在终极意义上又是社会前进的推动力。人类对自然的征服，完全是在欲望的支配下进行的，它为人类的征服行为提供了恒久的内在动力。然而，由于欲望更多的是一种本能性的欲求，其中非理性的东西常常占据着主导的地位。人的欲望是无止境的，当原有的欲望得到满足之后，新的欲望又会滋生出来，小的欲望背后是更大的欲望，所谓“欲壑难填”正说明了欲望潜在的危险性。新都市小说作家在创作中应把握好这种分寸。

在物欲泛滥的20世纪90年代，人们对于金钱的疯狂追求中，充满着尔虞我诈，弱肉强食，坑蒙拐骗，一切都沦为获取金钱的手段，人类的各种美好的感情被弃之若履，物质对精神开始了全面地践踏。这其中，历来被人们所颂扬的神圣爱情，无可幸免地成了解构的对象。性的欲望的涉入成为新都市小说文本生成的一个巨大的动力，正像林舟在《生命的追怀里》所说的，在当下的文化情境中，性作为叙事语码，似乎成了“个人化”故事叙述的最后一个停泊地和竞技场。

一种时代精神变动的征候，往往体现在人们的情感世界里。在都市最为基本的因子家庭中，夫妻之间的情感纽带已经开始慢慢地松动，人们的情感世界变得空前的复杂多变，一种强烈的违禁冲动在人们的内心中升腾。吴滨的《城市独白：不安的视线》《城市的独白：梦里花落》早早地便流露出这种时代精神变动的气息。

《不安的视线》与《梦里花落》是两篇极具现代派特色的小说，它们通过一个精神恍惚者的眼光，折射出人们情感世界的变异。在《梦里花落》中，主人公“我”精神恍惚，将现实与梦幻完全混淆在一起，分不清哪是现实，哪是梦幻。在梦中，妻子在欺骗他，明目张胆地撇下他偷偷地与别人厮混，而“我”也莫名其妙地便和小黄发生了关系。尽管这一切只是梦中发生的事，但它无疑是现实都市人的情感的真实写照，昭示着都市人情感本身出现了问题。“梦里花落”本身便是一个隐喻，圣洁、美丽的情感在梦里凋谢了。梦并非是一种虚幻，它是一种潜意识的涌动。在

《梦里花落》中，妻子的行为完全是一种幻觉，然而这种幻觉的产生绝非空穴来风，它是一种现实在梦中的反映。在《不安的视线》《梦里花落》中的虚幻的第三者翩然登场了，行游诗人赵逢中的出现，立刻使妻子的情感世界发生了偏差，而“我”也投向了过去的情人王纯的怀抱。在某种程度上，《梦里花落》与《不安的视线》，也就是梦幻与现实形成一种鲜明的对位关系，赵逢中就是“我”和妻子在夜里路遇之人，而王纯则是小黄。

这是一个典型的由于第三者出现而使夫妻之间出现情感危机的故事，然而，这种情感变化的动向显然不是个人性的，它是都市从20世纪80年代后期开始出现的一种普遍的精神危机的征兆。因此，当1992年贾平凹在《废都》中，全面展现作为知识分子象征的庄之蝶，在人文精神的逐步失落中，走向放弃对于本能节制的纵欲倾向，已经是毫不奇怪的事情了。它乃是一种时代精神的自然延续。20世纪90年代，社会已滑向一个欲望时期，而都市小说也成为对于欲望之流的全面演绎。

其实，爱与欲在本质上是不可分割的生命情态，由爱而生欲或由情而生欲，都是人性内在的诗性表现。因此，爱情在所有的小说题材中几乎是最具诗性品质的，也是最为古老、永恒而又常讲常新的叙事内容。“它是一种天然制造现实神话的好材料。最平凡无奇的人性里，都会有那么一点爱情冥想，可供制作传奇。”①爱情的巨大诗性原则在于，它从属于心灵而非物质，它追求的是感情和灵魂的水乳交融，能超越所有现实时空的拘囿，并隐喻着人的某些生存理想，而且这些理想往往是天然的反庸俗反市侩乃至反功利的。但它又不拒绝现实，它昭示着的是一种可供追求的现实理想，是人的内在心灵的诗意栖居。“我们永远没有办法把爱贬为仅仅是纯粹属智性的或全然属于意志的成分；因为：爱的本质，既不是观念，也不是意志。由于爱：我们才得以了解凡是精神必有属于它的实质的肉体成分。”②这就是说，性爱的本质力量在于：它是由爱而生的性欲，其肉体的欲望源自感情的充胀与发展，是情感力度成熟后的一种表现方式。真正的性欲作为爱情生活的终极结果，具有双向意义的承诺：一是对其生命本体享乐原则的相互兑现；二是自己在追寻永

---

① 王安忆：《无韵的韵事》，载《上海文学》，1995(6)。

② 乌纳穆诺：《生命悲剧意识》，载《上海文学》杂志印行，76页，1978。

存中获得种的延续——因为随着肉体最高欢愉结合的便是一种创生的痉挛，一种在对方身上更新自己生命的感觉。小说之所以无比欣赏爱情的描述，就是因为它在本质上是无比飞翔的，充满幻想和诗性的，又是现实的，夹裹着人的真实本能的，它能创作一个腾飞的空间直逼心灵深处，带着思想的性质，而成为现实行为与灵魂最为接近的一个驿站。

然而，新都市小说作家在叙写爱情这一人生要义时，放弃了爱情的诗性想象本质和浪漫情怀。他们首先否定的就是爱情的飞翔性、心灵的理想成分，他们消解的正是由爱而升华出的那种超越任何历史时空的传奇本质，而唯一对位于他们欲望化生存现实的只有本能性欲了。于是，在新都市小说文本中，爱情写作变成了放逐欲望，男女之间没有了羞怯，没有了欲说还休，只留下了赤裸裸的性。性暴露以令人吃惊的速度蔓延开来，有的甚至从正常的性行为发展到变态的窥淫与乱伦，性的诱惑完全淹没了爱情的光芒。对此，我们可以从刁斗《作为一种艺术的谋杀》、韩东《障碍》等作品中找到例证。

韩东曾说："《障碍》中我故意不用'做爱'这个词，而是用了'性交''交媾''交欢'，等等。"[①]刁斗也指出："我不讳言，情欲在我的小说里是一块基石，就像它在我的生命里是一块基石一样。"[②]这种忽略对人物之间情感的关注，而津津乐道于性事的描写成为都市小说创作的一种普遍现象。作品里爱情的意义已被彻底掏空，留下的只有性：一种带着原始状态的性技术性操作的演示，情感的力度不复存在，性的欢娱只能被升华到前所未有的高度，而在性的背后所蕴藏的那些复杂性和深度感消失了，话语成为性传奇、性冒险、性征服的大汇展。其实，性描述应该是具备超越与寄寓的双重意图，即超越其自身的纯娱乐意义，寄寓着创作主体对人类生命内在的某种理解与把握。如果在审美过程中把性满足看做目的，则有了色情的嫌疑。

都市小说作家的这种性叙事，在剥离了爱与婚姻之后，充斥的一个现实背景便是在新的历史语境中放逐欲望，它进一步表明这些新一代文

---

① 林舟：《韩东——清醒的文学梦》，见《生命的摆渡——中国当代作家访谈录》，59页，深圳，海天出版社，1998。

② 林舟：《刁斗——反抗与无奈》，见《生命的摆渡——中国当代作家访谈录》，249页，深圳，海天出版社，1998。

人的写作态势：临摹与展示欲望之舞。然而，在他们的创作中，他们没有意识到：欲望的放逐、性本能的渲染、性经验的演示以及性交往的自由化大力扩张，使得他们的话语在不断的自我重复中成为一种极端个人化的宣泄物。这种宣泄的具体表征就是：叙事话语在一种不自觉中带着自传性和个人隐私的暴露癖。如果我们认真地阅读海男的长篇《我的情人们》，林白的《一个人的战争》《致命的飞翔》《守望空心岁月》，以及刁斗的《作为一种艺术的谋杀》，韩东的《障碍》，朱文的《我爱美元》等作品，便会发现一种惊人的重复，即性爱感受的重复。海男的一系列有关性爱的中短篇最终浓缩成的只是一个长篇《我的情人们》，林白的几个中长篇就话语的个人体验性而言也是一部小说的几种不同翻版，因为其表述的主题都是一个：真正的性接触、性交流是永远难遂人愿的，性的最大快乐只能来自于自慰，"意以手到，心想事成"。刁斗的写作同样也表明这样一种叙事倾向：男人在性占有与性征服中才能体现其强劲的个性魅力，这种个性魅力完全被一种自恋主义情结所笼罩，逃离了社会伦理道德和生命自身内在廉耻的制约。在《作为一种艺术的谋杀》中，它直接体现为一个萍水相逢的女人在没有任何必要的情感铺垫下成为体现"我"的性技术和性能力的证明对象，"我"不知道她的真实身份与背景，当"我"的所有快乐获得满足，所有尊严获得体现之后，"我"要求她成为"我"的情人，而她也没有任何可信性理由地加以否决。整个故事中，她为什么要与"我"做爱，在做爱获得空前的满足之后，她又为什么主动撤离我的怀抱而想念她的丈夫？这既是叙事的空白，也是作家无法自圆其说的逻辑背景。它留给我们的仅仅是一堆欲望的表演。

就具体形式而言，性是两个人的自身行为，是人的内在生活中不可或缺的一部分，甚至是检视人的生命力，灵魂质量以及精神深度的一种有效符码。但性的终极结果又是一种社会性的，性欲的最终范畴，必须确保它不能成为一种社会群体的解构力量。千百年来，一切构成挑动人们性欲横流的东西之所以被加以禁止，为的就是保持稳定的社会秩序。这也是现代文明发展演进中必须行使的职责。而都市小说作家对性的极端个人化张扬，不仅消解了人类赖以支撑自我诗性生活的爱情理想，否决了性爱与心灵交流的可贵，割裂了情与欲、性爱与婚姻之间庞大的生存网络，而且也违背了作为社会群体的人应有的伦理操守和羞耻之心。

我无意于充当一个道德评判家，也不愿在文学艰辛地挣脱了政治一体化意识之后再给它套上一个新的枷锁，但新都市小说作家对性的张扬，完全不顾人的社会群体观念，只认同生命自身的个性发展，强调生存的自我快乐，这无疑是写作的一个误区，它不只是表明对人类群体的不尊重，也是对人自身的不尊重。作家可以表现欲望化现实，但不能在欲望化现实中失去应有的价值标准。盲从性文化既是我们传统知识分子一向抗拒的生存策略，也是作为一个精神劳作者应该极力规避的生存缺憾，而这点却被都市小说作家普遍遗弃，这不能不说是一种遗憾。

在这种欲望化叙事，以及由此而呈现出来的个人化写作中，现代审美经验具有了极其重要的作用。事实上，经验对于所有的文学创作都有非常重要的作用。尽管在整个文学创作中，也存在着对于经验依赖较少的情形(比如古代的神魔小说、现代的科幻小说等)，但是所有的文学创作都是在现实经验的基础上完成的。完全的凌空蹈虚是不可能的，即使是科幻小说，它也必须有自己幻想的起点，而这起点只能从现实经验中得来。因此，在某种程度上，文学可以说是审美经验的一种描摹、改写与升华。而在通常的情况下，作家往往不会仅仅拘泥于现实经验的层面，为经验而经验。对于经验的书写，是为了表达作家对于社会、人生、生活属于自己的独特而深刻的认识与体悟。因此，大多数的写作都呈现出一种本质主义的渴求，它也是为以往大多数作家自觉、不自觉地奉行的一个写作准则。但是20世纪90年代都市小说的这种欲望化、个人化经验叙事，只瞩目于个人的感官感受，并对之进行直接的演绎书写，而且只限于感官，对于更深一层的心灵的悸动却进行了“悬置”。斑驳陆离的生活表象塞满了作品，都市小说家们的写作则直接就是对于生活的剪切与拼贴，他们无意再在这表象之流下面去发现什么生活的本质与意义。因此，这种叙事在某种意义上则是一种反本质主义的平面化写作。20世纪90年代都市小说叙事中所形成的欲望化、个人化、平面化特点，完全是由于叙述中的审美视点聚焦在“现在”的缘故。当都市小说在20世纪90年代从终极关怀走向当下关怀的时候，“现在”便具有了极其重要的意义。“现在”是存在的一个形态，是存在中的“此在”，是存在的当下形态，它与时间是同步性的。写作在终极意义上是对于存在的思考、反映与描写，探索着存在的所有可能性。存在是时间性的、历史性的，它既包括已经消失了的“曾在”，也包括蕴于“此在”之中具有乌托邦性质的不在场的“将在”，因此，存在是一种恒定的流动性的存在，它在现在中从过去走向将来，构成存在的统一整体。而此在总是存在的可见的化身，它始终是存在的实现者和在场者，是存在终极意义上的显现者。因此，存在的这种“曾在”“此在”“将在”的总体构成，决定了存在的深度与厚度必然是以时间性为依托的，任何对于存在的深度意义的探寻，必须建立在存在的所有的形态上才是完备的。当存在被抽去了历史之维，此在被确认为存在的唯一形态之后，它便成了一种平面化的存在。20 世纪 90 年代都市小说所形成的欲望化、个人化、平面化叙事，恰恰是由于它把“此在”完全等同于存在，从而对生活进行同步叙事的结果。

在张昱小说《犯戒》跋文中，一位批评家写道：“欲望化叙事法则正以空前的无羁与活跃，生成着关于人的存在的表象描摹和经验传达。”① 这一阐释强调的是“人的存在”的“描摹和经验传达”，与“商业煽情性”不同，显然，只有将两者结合在一起，才可能构成比较完整的阐释。而且对于“欲望化”这一“存在状态”的描摹和经验传达，更容易被视为问题的关键。但是，当我们将欲望化叙事视为某种“客观现实”或“人的存在”的展现，即仿佛一切都是由某种不以人的意志为转移的力量所决定的时候，一个可能的“遮蔽”就是：认为我们面对的主要是一个存在论上的，而不是价值论上的问题。这种描述和阐释，淡化和遮蔽了其中的价值意向。事实上，即便商品化在现实中所向披靡，若欲使个体受金钱的左右，它必须首先已经做出将金钱视为人格核心的抉择。如果把欲望的膨胀，当做某种不可阻挡的客观力量，其实就是将价值问题淹没在“存在论”之中。与“食”“色”之欲相比，对金钱的欲望更为纯粹，更加远离“本能”，其观念意味和价值意味也更为浓厚。金钱作为行为的动力，可以说全然是“目的性的”。“本能模式”显然很难适用于追逐金钱的活动，但对它的欲望，又常常被描述成“不以自己的意志为转移的”“不可遏制”的驱动力。这种有违金钱常理的叙事要想毫无障碍地被接受，就必须借助某些价值遮蔽策略。在当下都市小说中，遮蔽策略的一个具体表现，就

① 张旻：《犯戒》，2 页，北京，中国华侨出版社，1996。

是一方面充分突出商品化现实这一外部力量的强大，另一方面又将主人公的人生处境描绘得无比“窘迫”。一种更典型的情状是：由于商品化的渗透，改变了“价值观念的现实”，使本来自足无忧的生活状态变成了“生存困境”。如何顿《生活无罪》中，身为知识分子的主人公之所以“下海经商”，并不是由于生活不能维系，而是与已发迹的同学朋友相比自惭形秽，自感轻贱，在这部作品中，以金钱为尺度的价值观念，还通过主人公之妻作用于其身。对男主人公而言，拥有较大数额的金钱，不再是某种奢华，而是生活的“起码条件”。显然，这是小说中妻子的更大的欲望被点燃，于是，未能达到这一水准，意味着原先不足为虑的家庭维系受到严重威胁，分崩离析的家庭厄运迫在眉睫。这些价值遮蔽手段的调用意味着，一方面，小说家让主人公对商品化现实及其价值观念表现出某种认同；但另一方面，遮蔽策略的普遍使用，恰恰证明在作者那里，认同金钱物欲的价值取向不可能做到彻底，一定还存在着某种相反的力量与之对峙。小说家之所以采取“遮蔽”手段，或者是用来对付外部价值体系，或者是为了对付“另一个自我”。于是，我们从中看到的，乃是多种价值取向相互冲突的景观。

第二节　反都市叙事

这个时代对个体情欲的张扬是最鲜明的内容。都市商业文明给物质文明的发展带来了极大诱惑，变幻无穷的都市景观频繁冲击着现代人敏感的神经，激发现代人的种种欲望，与宁静单一的乡村形态相比，都市的特征之一，便是欲望的膨胀。当人的欲望被充分调动出来，欲望的喷发式张扬以其不假思索的激情指向都市人生，是自然的也是必然的。

乡村作为人类诞生的摇篮，是人类共同拥有的童年记忆。当人们成群结队地涌向文明的象征——大城市之后，人们的情感与乡村仍然有着不能拆散的精神联系，乡村成了人类永恒的精神故乡，一个遥远而又亲近的梦，这就是人类的乡村情结。乡村像母体一样孕育了无数作家和他们的经典作品。在我国，从现代小说的奠基者鲁迅一直到茅盾、沈从文、赵树理、孙犁、高晓声甚至更年轻的一代作家那里，中国乡村始终被持久地关注，这些作家无一不逃离了乡村，成为城市的乡村移民或来自乡村的知识分子。但在城市——这个现代文明造就的世界中，他们或是感到了精神压抑，或是陷入了生存困境，或是不堪喧嚣的搅扰，或是无法忍受丑陋的比比皆是。这时，他们就会情不自禁地想到了记忆中的乡村。乡村作为一个乌托邦式的符号便具有了无尽的价值，它既可以被看做是愚钝、落后、国民病灶而成为讨伐对象，又可以作为纯净、安谧、诗性的梦里情怀，以及都市人灵魂的栖息之乡。对乡野的怀恋只是都市人的一种精神需要而不是现实需要。“对他们来说，乡野生活是可向往的而不是可到达的，是可欣赏的而不是可经验的。对乡村的怀念使他们有一种情感的完整，而对城市的固守则保证了人们生活的完整。这种‘叶公好龙’式的矛盾处境恰好是城市人正常而和谐的状态。”[①]

然而，对乡村的固有情感于当代中国来说不仅仅是一种文化惯性，他同时隐含着鲜明的政治情感。中国革命的取胜走的是“农村包围城市”的道路，遍布全国的农村根据地曾是中国革命走向胜利的保证，农村与革命有如母子般的亲缘关系。中国是传统的农业国家，中国革命与农村又有着天然的情感联系，这无论对政治家还是对文学家的心态都会产生久远而深刻的影响。城市作为现代文明的象征，也是资本主义成功的象征，大量的原始积累造就了城市的现代文明，光怪陆离的繁荣景象隐含着背后不能历数的残酷和血腥。因此，城市也是罪恶的象征，与淳朴明丽天然的乡村相比，它确实是肮脏的。面对这样的都市，中国现代诗人或作家，除了郭沫若曾面对大工业的滚滚黑烟以田园牧歌的激情一咏三叹之外，还极少发现有人对现代文明的负面效用予以由衷的赞颂。在更多的作品里，文学家历数城市的罪恶，城市成了一个十恶不赦的怪物。在刘呐鸥的《都市风景线》中，我们在赛马场、大旅馆、海滨浴场等生活场景中，目睹了城市资产阶级男女的荒淫和堕落，在郁达夫的小说中我们深切感受了城市给他造成的心理和情感伤害，他的苦闷与伤感至今仍可视为城市心态的经典；在沈从文的小说中，我们则读出了乡村移民身居城市的诸多挫折和挣扎，又不得不在精神上重返故里的无奈；在茅盾的小说中，我们则读到作家对城市无情的深刻揭示与感受。城市的罪恶在中国并不发达的城市中仍有触目惊心的弥漫。现代化带来了无可回避

---

① 毛克强：《面对欲望——当代城市的价值趋向》，载《人大复印资料》，1998(7)。

的负面效应，作家一反往日田园牧歌式的儒雅风姿，而代之以忧虑重重的批判，城市化的生存方式彻底改变了作家的文化心态。

中国当代文坛的审美形态亦是如此，并且更侧重从道德目标和政治立场出发对城市进行批判。20世纪50年代初期，作家萧也牧发表了第一篇"城市小说"——《我们夫妇之间》。这是一篇具有温和生活气息和个人趣味的小说，知识分子出身的男主人公表现了与战时小说很不相同的精神向往，他渴望生活充满情趣，并努力培育劳动人民出身的干部妻子张英也能像自己一样去体验生活情调。他们产生了矛盾。这种矛盾既是家庭的也是具有社会意味的。当然，最终男女主人公经过各自的调适重归于好。虽然，萧也牧相当谨慎地以丈夫的口吻叙述情节，注意检讨"我"的小资产阶级情调，并写出了妻子的新变化。但这仍遭到了批评。面对城市，一种道德化的立场被普遍采用。作家对城市的"物"与"欲"表现出了敏感的排拒，城市是"染缸"，城市的"香风"也是由"物"与"欲"来体现的。在都市小说的文本中，被否定的人物的统一特征是贪图享乐，意志薄弱，在"物"与"欲"面前丧失了应有的警觉和立场；而被肯定的人物则不改乡村纯朴的情感和生活方式，他们无私无欲，甚至没有私人性的生活。总之，我们可以看到，这一时期作家为了急于回应社会中心话语，在创作心态上充满了道德紧张感，人物、情节设置都是在既定的道德范式中选择的，这也正反映了作家对来自现实压力的恐惧。"(这样)一大批类似作品形成了一种被阉割的现代主义，因为尽管在这些作品中现代性及其出发的深刻焦虑被处处涉及，但都又被迅速地遮掩置换掉，都成了进一步肯定张扬传统价值的借口，'现代'在这个论述传统里没有也不可能成为一个真正的问题，而往往只是一个初具轮廓的背景，一个没有被体验但已被架空限定的历史理念。"①道德尺度也同样，现代化真正全面展开的时候，那些传统道德的力量恰恰又成了最激烈、最强劲的结构力量。由此可见，对城市欲望的文化批判是政治批判不可能取代的。作家对时代精神的迎合或表述，它的有限性已先在地蕴涵于政治功能的有限性之中。

真正以审美的方式来批判都市的写作，应该说是从20世纪80年代

① 周宪：《中国当代审美文化研究》，40页，北京，北京大学出版社，1997。

末开始的，生活在这个时代的中国人，突然发现身处了一个矛盾的怪圈：生活在现代都市中的人们尽管享有机械化、自动化、信息化之便利，但却比以往从事繁重体力劳动的人更加疲劳和紧张，而且精神之累更胜于肉体之累，同时现代都市生活的繁华热闹往往使人感觉到更加封闭和孤独。于是在大量的都市小说中，反都市写作成为一个重要的叙事形态。惯以敏锐的艺术感觉和先锋的创新意识独步文坛的剧作家沙叶新，在1985年写了一篇没有引起人们重视但却相当有分量的小说《有奖阅读小说：他和她》。这篇短小的作品以鲁科和女友佳佳在公园里的恋爱开始，把这一事件作为情节发展的主线，中间杂以香水、牙膏、眼镜的广告，极其自然地使其成为鲁科和佳佳在公园恋爱的链条上的一环。作者漫画化的表现手法，在让人觉得幽默滑稽之余，也不禁发人深省。制作世界的噪音无所不在，商品社会的触角无所不至，城市人身陷其中，已经到了逃无可逃、躲无可躲的地步了。鲁科和佳佳到公园为的是享受一下都市里难得的宁静和悠闲，没想到在这似乎应该是静谧的地方也充满了广告的喧嚷和制作世界的干扰。现代城市人的自然人性随着城市的进展，制作世界的发达，所能保存的日渐减少，与我们生活的地球也愈加隔膜。城市在地球上，城市人生活在城市里，但城市人经常觉得自己好像是生活在另一个地方。魏心宏的《我是城市人吗?》与其说是对自己是否是城市人进行质问，还不如说是对自己是否仍是地球人的反思。对生长在城市里的“我”来说，地球上的许多东西，如植物、气候等，在“我”眼里只剩下了一个空洞的概念，“我”不知道花的品种，“除了花之外我还有两样不分：方向和节气”。这种悲哀是众多城市人所无法回避的，然而这些就是城市人的特征。在制作世界的供养下，城市人的行动能力迅速地萎缩了，“我”学习修理马桶，可经过修理的马桶依然漏水；“我”学习木工，打造了一个碗橱，但刚把它挂在墙上，它就砰然跌落，碎成一堆。这就是一个城市人，也是一个“残废”的人。这样的“残废”还在不断增加。刘索拉《蓝天绿海》中的女青年蛮子和“我”就在坚决地对抗着这个不正常的城市世界。“我”对外在世界的恐惧与憎恨显露无遗：“至于那个磁带封面上的蓝天和绿海，经过复制后肯定会变得像宣传画。一想起在那张磁带封面上，我将穿着那件黄衣服冲着所有的人大笑，我觉得我很做作。同样一张相片摆在我的影集里，与摆在广告橱窗或登在什么出卖物品上，感觉不大一样。”本真的东西经过“制作”后成为商品，它自身的价值就已经丧失了，因为这是经过伪装的做作。城市人的真诚被裹挟，作为人的纯洁也被污染，他们所有的一切都处在光天化日之下，蛮子即是为了挽留那真实的“蓝天绿海”被城市冷酷无情地吞没了。“我”也和蛮子一样，坚持流浪演出，不向商品化模式化的所谓高雅艺术的演出形式低头，并因此感到“欣喜若狂”。在小说中，反抗城市对人的磨蚀，保持人的个性，以免成为“单面人”，成为城市和工业文明的牺牲品，似乎是城市人的一种宿命。

进入20世纪90年代“反都市”叙事已成为都市小说的重要表现形式，这主要表现在，一方面作家们着力揭示现代都市生活的“病态”特征，表达人们对于现代都市生活的厌烦、焦虑、疏离、拒斥之感，并通过大量孤绝的意象来呈现这种精神状态，在这方面陈染、林白的小说颇具代表性，在她们的小说中反复出现隧道、子宫、帐幕、浴缸的意象，例如在陈染的《私人生活》中，倪拗拗像鸟儿衔窝似的将床搬进了浴缸；在林白的《一个人的战争》中，多米将蚊帐当做自己的“诺亚方舟”，觉得唯有藏身其中，方能抵御恐慌和压抑之感而恢复内心的平静。在这里诸如浴缸、蚊帐之类意象只是表征着某种精神状态的文化符码，它所暗示的则是现代都市人的孤独、幽闭、忧郁、脆弱、谵妄、偏执等“病症”，像倪拗拗就对都市生活的喧嚣纷乱表示了极度的烦恼和厌弃：“这是一座缺乏封闭感的城市，我发现宽展幽长的街道并没有把分散在这个城市各个角落里的人群拉开距离，使之拥有相当的空间和心理距离……无论你在街上还是在家里，你的呼吸、你的默想、你的自语，都将成为众人皆知的呼喊……”①事实上，即便是作家陈染自己对于现代都市都有着强烈的陌生感：“长久以来，城市生活的景观在我心里始终有一种恍若隔世之感，我一直不认为它属于我，随着时光的流逝，我对于城市生活的感情日益淡漠。不知为什么，我的身体是那么的年轻，但我的心里却在很多时候像一个老人一样习惯于沉思默想，我觉得自己已经失去了生活的真谛。”②另一方面，作家们开始以逃离的方式反叛都市，或是逃向

---

① 陈染：《私人生活》，见《陈染文集3》，270页，南京，江苏文艺出版社，1996。

② 同上书，172页。

未经文明侵扰的原始之地，在现代都市之外的阔大时空中，弥补现代文明带来的精神空白，获得一种温暖亲切的归乡感。或是逃入个人的记忆中，用童年的美好图景来抵抗现代都市生活的实利性、商品化。就前者而言，最典型的例子就是张炜的小说《能不忆蜀葵》，作品显然是以现代都市作为对立背景展开的，并以一个理想主义式的人物对商品社会的逃离为主题。主人公淳于怀抱着艺术至上的生活态度，在这个消费化的社会里寻求一种超越性的精神信念，他从不向环境妥协，始终相信绝对观念的存在：至爱、至美、至纯、至真，才是他的生活。于是他不断渴求改变现状，其目的就是要达到他的乌托邦世界，在他的艰苦的寻找中，张乡的那片蜀葵就是他的梦想之地。还乡和怀乡既是他逃离都市的方式，也是他实现自身价值的方式，这种逃离也正是作者反抗现代社会、反抗现代商业主义异化的象征方式。就后者而言，回到童年是许多当代都市小说家用以叛离都市的另一种象征手法，尤其是“70年代生”的这批作家，由于自身审美经验的缺乏，他们往往将童年和回忆作为叙事的支撑来展开他们的故事。例如杨映川的小说《做只鸟吧》，主人公果果面对着消费社会的各种诱惑而守身如玉，是因为她始终保持着对自我和生活的童话般的眷恋。在这里，童话不只是一种生活的理念，更重要的是关于生活的想象，关于生活的审美观照。果果用这种方式对抗当今流行的商品社会的价值观，她不断地退回到个人的生活角落，退回到个人的记忆中，以期获得短暂的快乐。如果说张炜的创作是以审美主义的方式，以绝对观念化的方式来审视都市的话，那么在李佩甫的都市题材创作中，则多是以否定之力揭示都市中金钱、权利、欲望的丑与恶，作品包含着强烈的批判情绪。如他的两部近作《城市白皮书》和《城的灯》都是这样的作品，前者则是以冷峻的笔触、悲愤的情感传达出令人“震惊”的审美效果。作品以一个患病的都市少女的视角，观察了其离异双亲的两个家庭的悲剧，作品令人深感“震惊”之处，是少女被血淋淋地残杀，只留下一只眼睛“在树叶”中透视人间冷暖，而且作家的笔就如同一把手术刀，毫不留情地刺破城市中一个个毒瘤，那就是金钱、权利和情色之欲。这些欲望的堆积常常令人窒息，是因为他们已经日趋腐烂。文中有这样一段话：我知道如今绿叶广场是城市里唯一有阳光的地方，这里的阳光是完整的，这里的阳光还没有烂，其余的地方都已经烂了，其余的地方仅剩下一些阳光的碎片。由此可见，作家有着强烈的“反都市”情结，以至于作家认为自己唯一能做的事情就是“救救孩子”。

总之，都市作为一个复杂的存在，体现在当代都市小说中，会因作家审美选择的不同而表现出不同的侧面，但是当代都市审美文化中确实隐匿着精神危机，所以说，“反都市”的叙事策略既是当代都市书写的必然选择，也是作家积极思考现代性意义的必然结果。简而言之，在“反都市”的叙事形态中，对于功利主义的拒斥和对于审美之维的追求常常是并存的两个方面。

从都市小说的写作方式上，作家主要是通过“反讽”的话语形式来实现“反都市”的叙事效果的。反讽，原为希腊戏剧中的一种定型角色，即佯作无知者，总是在剧中说一些最后被证明为真理的傻话。在古典和中世纪的逻辑学里，这个词用来指这种角色常用的说话技巧，即口是心非。在现代文论中，新批评派将反讽作为一种根本的文学特异性，作为文学文本结构中的特有品质。“反讽”在本质上指的是“一个词、一个事件或一个人与其获取意义与生存的上下文(也称情境)发生了不符、背离或冲突”①。而在某种意义上，“反讽”也“集中代表了作家们融合梦幻与现实、想象与虚构、平庸与崇高等对峙性存在的尝试与努力”②。在都市小说中，作家以个体的焦虑与悲欢同时打量着这个日渐陌生的世界，常常不失时机地予以戏弄与嘲讽，构成反讽的方式主要有两种：

首先是言语层面的直接反讽。王朔的小说在一点正经没有的掩饰下，常常三言两语间将生活本身的戏剧性与荒诞性呈现出来。反讽是他一直坚持使用的武器，他所惯用的就是言语层面的直接反讽。“他把各式各样的‘文革’语汇、政治术语、领袖语录、民间俚语、广告用语等等揉为一炉，相互指涉，在语言的乌托邦中想象性地对等级制度进行摧毁，从而获得一种巨大的反讽效果。”③在王朔这里，“在对话中，词语不再被意识形态所充盈，相反，它的意识形态涵义被逐渐抽空，从而形成一种反讽式的滑稽效果”④。《顽主》中的“三T公司”在为所谓的作家

---

① 吴义勤：《中国当代新潮小说论》，106页，南京，江苏文艺出版社，1997。
② 同上书，130页。
③ 同上书，131页。
④ 蔡翔：《日常生活的诗情消解》，94、117页，上海，学林出版社，1994。

宝康颁奖之前，宝康问经理于观："你说过会儿我发言不能过多地谈自个吧？那样是不是显得太自满了？"而于观回答："花插着吧，谈自个的同时也谈谈人民的哺育、组织上的关心、社会的温暖等各种伸出来的手。"宝康将自己花钱买来的颁奖这么当回事，这本身就够滑稽，而从来都是玩世不恭的于观又说出那么一通积极上进的话来，这就更加让人忍俊不禁。朱文在叙事中往往将个人化的意象与反讽叙事相结合，从而造成更强烈的反讽效果。在《弟弟的演奏》中，类似的话散布于整个文本之中，比如："我们现在正生活在一个早泄之后坚强地坚持着企图再次勃起的伟大时代。""当时是深秋，空气像稀释以后的精液，灰白色的。""上自修的人稀稀拉拉，这个曾经辉煌的学府眼下患了精子稀少的毛病。"弥漫全文的性叙事将世界上有关的一切都纳入他的反讽场中，使它们在刹那间失去了庄严肃穆的面纱，脱下了高深莫测的伪装。朱文的小说由此获取了最为接近世界本真的叙事角度。在《我爱美元》里，有"我"的这么一段抒情："听我说，儿子，尊敬这玩意太不实惠了。我们都要向钱学习，向浪漫的美元学习，向坚挺的日元学习，向心平气和的瑞士法郎学习，学习它们那种绝不虚伪的实实在在的品质。"在这里，主人公似乎在为金钱大唱赞歌，而当我们细加体察，就会发现这种莫名其妙的赞歌其声嘶力竭处的讽刺意味。

其次是以人物关系的转换和身份变化造成的间接反讽。陈染的《潜性逸事》中，主人公雨子不能忍受丈夫的日益粗俗化从而打算与丈夫离婚，并将打算向自己心灵的"知音"李眉一一倾吐，而在最后，雨子终于发现要嫁给自己丈夫的正是自己一向奉为知己、并在心中暗暗崇拜着的、超凡脱俗的李眉。在人物关系的突转中，爱情与友谊的神话双双覆灭。朱文的小说《吃了一个苍蝇》与此异曲同工，其中的"我"是个单身男子，老同学李自不顾"我"的反对，热情地为"我"撰写征婚广告词，并且亲自导演了一出几千里外的女同学千里迢迢赶来相亲的闹剧。而"我"却并不想结婚，只是想偶尔和女人睡觉。而到最后，这个偶尔和"我"睡觉的有夫之妇真面目渐渐显露，竟然就是李自的老婆王晴。这种人物关系的跳跃与转换令人在啼笑皆非的同时也不知不觉地领略到其中深深的反讽意味。刁斗的小说《回家》中的"我"是个已婚男人，在小说的开始受到妻子柔情的召唤，下夜班之后准备回家，而随着文本的逐层深入，"我"

在回家的途中不断地被各种各样的琐事所纠缠，而时间却已经悄悄地发生了改变。当“我”终于回到家门口，距家只有咫尺之遥的时候，“我”受一个男子的托付，给他妻子打电话撒谎，而“我”则又眼看着这个男子给“我”妻子打去了一个情意绵绵的电话，然后意兴盎然地直奔“我”家而去。在这里，“我”时时刻刻惦记着要回去的“家”，对“我”而言已成为一个莫大的讽刺，一个笑也笑不出来的大笑话。

当代都市小说“反都市”叙事的形成有着特定的原因。从创作心态看，20 世纪 90 年代都市小说创作者从写作伊始即以一种决绝的姿态宣告放弃前几代作家所恪守的理想标旗，主动解除自己“知识精英”这一理想化的社会角色，撤离了自我作为意识形态中坚分子的生存区域。在他们身上看不到前几代作家引以为豪的“达则兼济天下，穷则独善其身”的传统精英意识，对于他们而言已没有什么抽象的理念值得去为之坚守，他们所强调的只是对个体生存当下境遇的关注，在世俗社会的物质诱惑面前他们屏息瞠目。“他们或许从来没有像今天这样感觉到金钱的巨大压力，也从没有像今天这样意识到自身的无足轻重。此前那种先知先觉的悲壮情怀，在商品流通中变得一钱不值。”①新都市作家对自身的物质欲望毫不掩饰，坦言“对于那些物质也很想得到”，于是在形上追求与形下焦虑的较量中后者占据了绝对上风，他们以主动追求的姿态从精神指向上断绝了与前代作家的联系，放弃终极关怀转向对生存现实的书写。但对于一个真正的作家，理想情怀是其不可或缺的审美内质，是人的生命完整性的必要组成成分。小说创作从发生学的意义上讲本身就是一种精神性的劳作，是指向人的精神和心灵存在的。米兰·昆德拉认为：“小说不研究现实，而是研究存在。存在并不是已经发生的，存在是人的可能的场所。”②这种对于“存在”的界定本质上即是确认了理想之于创作的重要性。新都市小说作家虽然在都市后现代语境中出现了“精神逃亡”，创作失去理想性，工具意识浓重，但是在作品中仍旧流露出对于精神内在可能性的探寻与关注。新都市文学代表作家何顿一方面为自己的写作角色定位为：“纯粹是要吃饭才写作，而且不但自己要吃饭，还

① 陈平原：《近百年精英文化的失落》，载《二十一世纪》，1996(6)。

② [捷]米兰·昆德拉：《小说的艺术》，42 页，北京，北京三联书店，1992。

要靠写作养一个今年要读小学一年级了的女儿，附带的还养老婆，因为老婆工资很低。”①另一方面却在作品中塑造出追求人性终极向往的充满理想的人物形象罗定、丑元元(《喜马拉雅山》)，邱华栋一面在《手上的星光》中借人物之口阐发自己并不高尚的写作动机：“也许我可以靠写作发财和挣得爱情，我终于决定写作。”一面在《城市战车》中又说：“可我决定摒弃那超越情感的欲望法则，我不想在欲望的海中挣扎了，我要浮出海面，我要找到新的情感原则，那是我得救的唯一道路。”同样的是晚生代作家，一方面在作品中表现出自身对于物质生活的迷恋，一方面却又对那些单纯的“欲望生物”嗤之以鼻。所以说在对待精神理想的问题上新都市作家既以自己的世俗化趋向与传统作家产生断裂，又难以完全放弃对于精神层面的追求，其欲弃还留的矛盾心理又使自我的内心也处于一种断裂的状态。

从文化语境看，20 世纪末中国进入都市时代，无法抗拒的全球化进程对中国社会进行了彻底改写，传统的以自然为本的农业文明景象不再，社会结构发生大的转变，在这个特定的转型期内，西方异质文化的入侵使得传统的政治、经济、文化三者之间的同质、整合关系被完全打破，呈现出空前的分裂状态，而且在他们自身内部也呈现分裂、多元、异质化倾向。多种经济成分的并存，多种政治因素的并存，多种价值文化取向的并存已经成为当今中国的一个突出特点，传统文化的历史进程因此遭到中断。此外作为创作主体的作家个体也处于多重断裂之中，创作走向个人化、边缘化。断裂的历史文化语境和主体状态使新都市小说作家不再具有传统作家在单一本族文化中所具有的身份同一性，个体身份产生分裂，成为民族身份与民间边缘身份的共在体。20 世纪 90 年代中国都市中多质并存的现实状况以及新都市作家个体身份的分裂导致了他们在精神层面上的文化认同危机，其表征就是创作失去了方向定位，在多种可能性之间摇摆不定。“人们经常用不知他们是谁来表达(认同危机)，但这个问题也可以视为他们的立场的彻底的动摇。他们缺少一种框架或视野，在其中事物能够获得一种稳定的意义。某些生活的可能性可以视为好的东西或者有意义的，另一些是坏的或不重要的，所有这些

① 何顿：《写作状态》，载《上海文学》，1996(2)。

可能性的意义是不确定的，易变的，或者未定的。”①新都市小说作家的认同危机可分为两个层面，其一是从民族层面来说的，源于中国传统文化遭受西方异质文化的冲击。常规来说个体一般是通过对于一个传统的自觉或自发的态度来确立自己的认同，而当他在各种文化传统的对立冲撞中无所适从的时候，就必然地陷入认同危机。停滞不前的中国传统文化在工业文明高度发达的都市渐有不合于时的无力之感，面对西方异质文化的入侵它无力反抗，不能回应咄咄逼人的西方文化的挑战。这个无法否认的事实使得作家对本民族传统文化充满失望感，认同危机由此产生。认同危机的另一个层面是，作家一方面断绝与官方主流文化的联系，对于个体感性文化主动追求；另一方面却又无法摆脱传统文化注重精神旨归的根深蒂固的影响，这是由文化消费主义观念导致的作家个体的精神价值危机。思想深处的文化认同危机使新都市作家在文化价值的选择上犹豫、彷徨，这种不确定性表现在作品中即是文本中多种文化因素、多种精神诉求并存，作品呈现出某种“反都市”的叙事形态。

第三节 都市女性叙事

第一人称的女性叙述是20世纪90年代都市小说审美形式变化中最值得注意的现象，它是“新状态”美学的一个重要支柱，也是“个人化”写作的审美形态。所谓个人化写作，实际是作家从原先的群体化的代言人方式中蜕变而来的，中国文学发展到今天，始终是以个性来代替个人的，当然在“左”的思潮发展最极端的年代里，个性这种文学最基本的生存依据也被封杀了。中国文学个人化写作未能得到发展，甚至被扼杀在襁褓之中，是与中国文化自身的先天条件有关，中国文化的重群体、轻个体的特性，使得中国文学在民族意识和国家观念上都有明显的忧患意识，但作为个体的存在，往往都会用一种隐晦、委婉的表达方式来替代。新文学的发展本来应是个人和个性发展的契机，但因为中国新文学是在特定的历史条件下产生的，民主、科学、自由这三者本应是启蒙的三要素，但由于国情的原因，民主和科学逐渐淡化了自由的力度，民族

① 汪晖：《汪晖自选集》，37～38页，南宁，广西师范大学出版社，1997。

的自由解放远远高于个人自由解放。抗战和内战的相继爆发，使文学的发展更加群体化更加非个人化。20世纪80年代的文学基本上是一个恢复个性、发展个性的阶段，但个性的真正发展在于个人的充分的发展。不用说50年代60年代个人化写作难以存在，即使在80年代那样的经济条件和文化条件下也难以出现真正的个人化写作。个人化写作只能出现在90年代，这主要是个体经验在整个社会取得了合法地位，也与自由作家的出现有关。而城市作为个体经济和自由作家适合的土壤，生长出这种个人化文学也是自然的事情。

作为个人化写作的重要一支——女性写作，虽然在中国的历史并不长，但却同都市有着密切的关联，从某种程度上说，都市文化孕育了女性文学，女性写作彰显了都市的存在。而且从现代性的审美角度来看，她们的个人化情感与历史记忆的表达，更能够展示对虚假的、充满乌托邦色彩的宏大叙事的消解；都市女性的个人化书写，更体现出对当下商业都市中个体生命本真意义的关注。事实上，在20世纪90年代不到十年的时间内，女性叙事经历了三次浪潮，这三次浪潮都没有脱离都市的文化背景：第一阶段，是那些在80年代就已经火红的作家的"第二春"的兴起，铁凝、王安忆、方方、池莉等人写作有了自觉的都市意识。铁凝的《无雨之城》、王安忆的《我爱彼尔》、方方的《定数》、池莉的《太阳出世》，都能找到城市生活的新的兴奋点，但他们对城市的介入依然是旁观的，依然是情感的零度。第二阶段在1994年前后，陈染、林白、张梅、徐坤等人以强烈的个人色彩写作都市，她们对都市的感受完全是个人经验和诗性的诉求。这股女性主义潮流一直持续到今天，还是社会和文学的热点。第三阶段是1997年后，另一股都市女性开始发端，并汇集成流，这就是一大批70年代出生的女作家开始出现在都市小说的舞台上，卫慧、棉棉、赵波、戴来的新生代的小说开始在一些刊物出现，《人民文学》《小说界》《山花》《作家》开始用专栏的形式来集中发表这些作家的作品，虽然这些作品的质量参差不齐，但他们的出现表示着一个新的信息，都市小说的创作又出现了新的更当下的写作方式。这里试以几位代表性作家为例来简单论述。陈染，在20世纪90年代兴起的女作家中，获得广泛认同是在90年代中后期，主要以《与往事干杯》《无处告别》《私人生活》等几部作品为代表，它们将女性的私人化写作特点做了充分的展现。陈染的小说以一个封闭的年轻女性为视角，将主人公的心理幽闭症表现得深切而真实，城市和白天一样在她的小说中是一个巨大的敌人，它的孤寂和沉郁都是城市的写照。林白与陈染的区别在于，它是以都市局外人的身份来展现都市的隔膜与冷酷，她并不是出生在城市之中，因而它的小说大量出现那个南方小镇的意向，但她个人的情感记忆和生命体验又因为都市的种种表象而变得那么脆弱和敏感。张梅的叙述则有一份老城叙述者的气质。她放弃了那种梦幻式的诗性独白，而用一种亲历者的态度进行叙述，可以说张梅的小说在女性作家中都市意识和都市色彩是最为自觉的，她的一部《随风飘荡的日子》把都市女性的飘浮感和游走感表现得十分到位。徐坤是一个特例，她以女性主义作家自居，但是在写作中却是以非女性的态度来展现城市之中知识分子众生心态的。也就是说徐坤喜欢盗用男性的方式来对男性话语进行解构。城市当中的知识分子是城市中最特异的一群，而徐坤则通过对这个群落的反讽性的解构，来满足她的女性理想。中篇小说《游行》是徐坤将女性意识、都市意识、知识分子意识结合得最好的小说。新生代的卫慧则善以诗意来展现语言的放纵和思想的放纵，她写得很“酷”，写了都市的伤痛和焦虑，但不是陈染、林白式的富有苦难的记忆，而是当下的、非意识形态的甚至是身体的，没有记忆的写作。棉棉由于自身经历的复杂，在写作中则有更多的资源和故事，她的小说不仅是表象化的城市，而是展现了另类人的生活方式，以一种非小说的方式，揭示城市的隐秘生活，并在她的具有旋律感的语言中，深化了都市的光怪陆离与沉重若失。

我们知道，在“五四”都市小说中，对女性特别是女性身体进行审美式观照与描绘的大多是男性作家，这便存在一个男性/女性，看/被看的二重命题。男性处在看的位置欣赏女性，女性被男性看与欣赏。若仅仅从这一点出发看待古代传统文本与现代文本，好像没有多大区别。其实，这区别是明显的，关键在于“看”的姿态。古代诗词中男性“看”女性用的是高高在上的强势眼光和男性中心的价值理念，那么这些文本中的女性形象都是为配合、适应男性的欣赏理念而设置、描绘的。甚至她们的容貌装束也得符合男性强权的欣赏心理。在“五四”这批都市小说中，男性作家笔下的女性是与男性在同一条水平线上“被看”，这便意味着女性已经是作为一个独立的个体出现。看与被看的二者都是独立的平等的

“人”，于是男性“看”的不再是他们要求与希冀的某种模型形象，而是鲜活的、焕发着个体全部特征的现代女性。而女性的“被看”也不再是一种含着取悦男性这种心理的行为，而是女性自身的特征在异性眼光中的展示。“看”与“被看”始终遵循的是平等、独立、相互尊重，并在这些前提下产生相互吸引与爱恋。可以这么说，“五四”都市小说中的这种“看”与“被看”的价值观念体现的正是现代文明的质素，甚至还可以联系到现代都市经济中的独立、平等、尊重、合作、双赢等原则。

沿着这样的思路，我们会发觉当代的女性作家透过当今城市这面镜子所显现的精神走向，对都市女性的灵魂的发现是优于男性作家的，她们也更能够正视自我在当下商业都市生存的困境以及在现代性语境下获得自由的可能。特别是进入 20 世纪 90 年代以来，众多女性写作是以都市为独有视角的写作，是她们在都市这个特定场景中对现实世界的感悟和思考，在她们的作品中，都市是背景，是实指，是内容，是形式，也是象征。不容置疑的事实是，当代女性写作展开于都市的现实境遇，是女人被抛入都市与女人寻找着城市的故事，在她们那里，都市不是被当做布景或前景而是话语呈现。首先，女性作家的创作始终与时代同步，她们充分发挥了女性内化视角的特长，细心描摹都市各色人物的心态，并从人物的内心世界透视广阔社会生活的变迁。女性作家们拥有一颗敏感而善解人意的心，这是她们与生俱来的质素。都市人在烦琐、忙碌生活中的种种苦恼、忧伤、快乐，她们都熟记在心，诉诸笔端时仿佛感同身受，因此，她们最善于用生活中的细节来反映时代的变化。当代都市社会是一个纷繁驳杂的世界，时代给予了女性走出家庭的机会却又意味深长地告诫她们：走出家庭是进步，可走向何处却还没有答案。女作家们一方面为女性社会地位的提高而感到欣喜，可另一方面又对女性意识重构的前景充满着失望与希望交织的情感。焦虑、茫然、宽容，这些正是当代女性都市心态的反映，同时，它也是社会生活的折射。都市社会女性的一个最普遍也是最深刻的焦虑就是做人还是做女人的困惑。本来，做女人应当属于做人的一种，女性如何做人也就等同于如何做一个女人，可问题在于即使在都市社会，做人与做女人也都在沿袭着男权文化背景下对她们的界定，而随着女性意识的再度觉醒，当代女性一方面认可了做人的定义，可另一方面又否定了做女人的所指，或者反之。这种有选择的拒绝/肯定使得女作家们不能建立起一个统一的创作观念，也导致了她们作品中人物的价值取向在做人与做女人之间徘徊不定：强调前者唯恐因为忽略女性的特质而使做人陷于空洞无物；侧重后者又面临着找回女性而失去做人的丰富内涵。尤其是在商品经济时代，男性不但要求女性成为传统意义上的女人，而且还给她们重新设定了一套更高的审美标准。“女人味”这个既模糊又具体的概念不仅为男性津津乐道，女性自身也接受了它的存在，于是“想一想，女人真是麻烦，做花瓶让人看不起，做女强人又没人爱，两者兼顾吧，就说你是依靠背景，牺牲色相”（张欣《绝非偶然》）。我们认为，女性这种焦虑的产生一方面是社会进步的反映，它表明女性早已不满足于足不出户的牢笼式的生活小圈子，也不再遵从于“无才便是德”的古训，她们能够投身社会，与男性分享工作和经济自主的权利；可另一方面，这也反映了当代都市中一个不容忽视的现实：女性与男性的竞争不是站在同一条起跑线上，男性做人与做男人指向同一目标，而对于女性来说，既兼顾传统角色的期待又面对当代社会的无情竞争确乎难上加难。值得注意的是，当代都市女性的这种两难与陆文婷（谌容《人到中年》）式的“事业—家庭”矛盾还有所不同，它不是来自于外在的冲突，而纯粹是一种来自于女性内心无法排解的困惑。如果说外在的矛盾尚能够通过外在的途径加以解决，那么这种内心的焦虑却将伴随都市女性生活的始终。当然，还有一部分女性作家从适应生活、憧憬未来的善良愿望出发，她们的都市小说体现了乐观向上、积极应变的人生态度，演绎着女性敦厚宽容的处世哲学。虽然当代都市女性面临着种种难题，但她们并没有为生活的沉重而叹息，相反，中国女性勤劳坚忍的优秀品德在竞争激烈的都市社会被赋予了新的内涵，她们对人生的温情也一如既往。池莉的小说《冷也好热也好活着就好》，仅从题目就可体会到一种对生活的包容。燕华和小包是公共汽车的司机和售票员，夏夜的武汉酷暑难当，凌晨4点，她们的汽车已经穿行在大街上接送第一批早行的乘客。“小声点伙计，武汉市就现在能睡会儿。”一句轻声的关照透出了女性的温情，蕴涵了她们对都市人生的体恤、关爱和理解。都市景象里有街灯如链的壮观，同样也有家长里短的琐细。平凡的日子里更需要这样的女性，虽然生活的艰辛让她们掩藏起了一些温存，可在她们的内心从来就不缺少对生活的热爱，每当遭遇艰难，她们会表现出超乎男性的镇定与大度。而在平常的日子里，她们就像生活中的暖色，也热烈，也沉静，也温和。

其次，女性作家偏重反映同类的生存状态，并在创作中表现出她们对都市社会理想女性的独特理解。女性的社会地位在提高，她们的价值观念、道德标准也都发生了巨大的变化，尤其是20世纪80年代以后许多新的思想涌入国门，社会对于女性以及女性对于自身的价值评判都不可与以往同日而语，而此时兴起的女性都市小说不但艺术地再现了女性在都市的生存状态，更主要的是它们都寄予了作家们对女性生活的思考和对女性理想人格的追求。80年代《方舟》里的怨妇(张洁《方舟》)在90年代的都市已经懂得了如何调整自己的心态(唐颖《丽人公寓》)。尽管严格地说新时期的都市小说还没有出现具有典型意义的女性形象，可我们从众多女性作家刻画的群像中已经不难归纳出她们心目中理想女性所应具备的基本素质：有头脑，有才干，有魅力，勇于投身社会，更善于适应社会，虽然在生活中也会遇到挫折，可她们从来不会放弃做自己主人的努力。耐人寻味的是同样刻画都市女性，男作家和女作家却表现出了他们对理想女性的不同理解。如果说新时期以来女作家们通过都市小说在进行着对自身理想人格的追求，那么，她们最可贵的发现便是女性在商品经济条件下对她们各种社会化角色的重新理解。现代都市培养出了她们的果敢干练，她们也以自己的行为努力修正着长久以来关于女人的定义。然而相比之下，在女性作家积极适应都市、描绘都市的同时，男性作家们对昔日社会的依恋却与日俱增，许多男作家在小说中都表现出一种对都市本能的排拒和内心潜藏的怨怒。贾平凹笔下有都市的颓废，王朔小说中有无情的调侃，邱华栋呈现的是进入大都市人们心灵的落差，何顿则侧重于商潮汹涌中小人物的命运浮沉，至于都市中理想的女性，他们都一致指向具有传统女性温良贤淑品格的那一类群体。从某种意义上说，他们是将都市中的男人和女人置于两套不同的评判体系之中：男人可以为了适应现代都市而作改变，女人则必须在时髦的衣衫下保有一份古典情怀。女性作家十分敏感地注意到了这一点。有些女作家在小说中宣告新兴的都市是女人之城(乔雪竹《女人之城》)，有些作家在作品中感叹都市里女人在求职与谋生上比男人条件更优越。但确实也有不少女作家警觉到在女性获得经济独立，变得更加自由、自主的同时，却依然受到由男性文化潜在支配的商业运作机制的引导和塑造——如果都市中的女性只能靠强调自身的性征才能获得自我发展的机遇，那么，这种发展本身也只能使她们重新返回到服务或受制于男性的境地之中。不少女性都市小说都表现了女作家们对这一问题的冷峻思考：独立自强的职业女性为何甘愿退为富豪的外室？养尊处优的有闲妇人又怎样在清醒的状态下自我放逐，有的甚至连青春和美貌也让它发挥了经济效益（张欣《仅有爱情是不能结婚的》）。不但如此，即使都市女性坚强到成功地兼顾社会责任和家庭义务，她们也会常常因身处传统与现代双重角色的重压而身心俱碎，并且从中产生出对都市社会给予她们“解放自我”机会的质疑。而所有这一切都构成了女性都市小说丰厚的生活底蕴，它既表现了女作家们通过都市小说追求自身理想人格的可贵，同时也再一次证明了这种探索的艰难。

这里我们以在最具都市意味的广州生活的女作家——张欣的创作为例，探析都市女性作家的写作风貌。虽然我们没有将张欣划归为“女性主义”作家，她也并不是个具有很大概括力的作家，她自己也一再地自谦“不深刻”，但她确乎是最早找到文学上的当下城市女人感觉的人之一，早在1988年，张欣便在创作谈《永远不说满意》中谈到，某些都市文学作品过多地注意到城市的浮光掠影，好像发生在都市当中的故事永远不会像反映农村生活的作品那么沉重和郁闷，其实“病态的都市恰恰隐藏着最复杂怪异、最不为人知的人物关系，隐藏着让人心酸和哀怨、感慨和心悸的插页，也有着与农村中易于暴露出来的一模一样万古不便的自私、势利、守旧和黯淡。只不过它的生活多了一层鲜釉罢了”①。1992年，张欣又在创作谈《记录生活而已》中说，都市真正的内核常常是火树银花地掩盖着的辛酸与悲苦，而最能揭示这辛酸和悲苦的，就是都市女性。“女性永远是文化、文艺的主角”，“是一种色彩，以各种各样的形式出现”。但张欣自有一副独特的笔墨，那就是重在揭示“女性误区”，即都市女性在事业与爱情的双重线索和爱情与友情的平行交织中面临的“困守还是出击”的选择。“出击需要勇气”，而“困守需要耐

① 张欣：《永远不说满意》，载《中篇小说选刊》，1986(3)。

力”。[1] 在其《爱又如何》《掘金时代》《岁月无敌》等作品中，她体验丰盈，观察入微，描摹女性生存竞争，世态冷暖，思索清高和贞操的价值以及幸福的含义，内涵甚丰。她把商业社会人际关系的奥妙揭示得比较充分，把当今文学中的城市感觉和城市生活艺术提到了一个新高度。她显然不是个多么老练的作家，可她总能提供一些关于女性新颖的东西。《岁月无敌》讲述了一个在都市的滔滔欲海中女性怎样保持清醒，保持自尊，保持美感的故事。母亲方佩与女儿千姿，属两代人，两种美。方佩作为20世纪50～60年代的歌唱家，饱历沧桑，个人生活也颇不幸，但她一直高度自尊地生活着，不阿世，不媚俗，守护着尊严和艺术，一生寂寞，内心丰富。在她自知不久于人世之际(这一点，小说最后才点破)唯一不放心女儿能否自理，便拿出全部积蓄，断然带女儿去广州闯世界，欲使之立身歌坛，有所作为。此举貌似处于名利考虑，其实内蕴着对女儿的磨炼考验。她这样的人，自然不全能应对今天，对时髦的东西她总保持着沉默，便与千姿时有矛盾。她要女儿坚持高品位的艺术，但为了生计，别说千姿，就连她自己也不得不到夜总会去唱唱通俗歌。千姿在女友嫉妒、同行暗算中一点点地成长着，母亲的人生智慧使她早熟。方佩说过，一切荣辱都会被时间淹没，岁月无敌，但她又说，锻炼抗拒诱惑的能力，坚持诚实正直的能力，自己双腿走路的能力，哪怕你不出名，没有钱，你也能健康愉快地生活。千姿大约不可能全部接受母亲的遗训，她也只能寻求适合她自己又适应时代的方式生活，但她毕竟部分地接受了，在烦嚣中尽可能地守住了自己。作者也许原本要让千姿做小说主角的，但进入写作后方佩变成了主角，这可能是因为，作为一个过时人物，方佩所坚持的精神价值在义利之中仍有她掩不住的光彩。显然张欣把握住了女性人物在计划经济与市场经济的落差中的悬浮状态和心灵困惑。她笔下的女性似乎很能适应现在的都市生活，她们在物质上活得还不错，但从深层看，他们的心灵充满着矛盾，徘徊无依，于是，张欣用善解人意的笔，关怀着女性在市场经济文化语境中的灵魂安顿问题，虽然不能解决问题，但毕竟展开了都市小说表现女性的新向度。再如徐寒池(张欣《致命的邂逅》)更可以作为经济商品社会竞争的磨

---

① 张梅：《区别于大众情感的情感》，载《作品》，1996(6)。

砺而逐渐成熟起来的女性的代表。一位超级市场的普通收银员由于邂逅证券公司的“红马甲”而开始了一段浪漫的爱情，但没过多久，男友就因挪用公款而锒铛入狱，未来的公公又一病不起，善良的徐寒池毅然承担起照顾老人和探望男友的重担，在繁忙的工作之余奔波于医院和监狱之间。按理男友应对她的忠贞有所回报，谁料想“红马甲”却与另一位富有的女记者结了婚，甩给她的只是几万元“辛苦费”。对这样的屈辱，她既没有将钱砸到情敌的脸上逞一时之快，也没有怨天尤人到处讨要公道，而是默默地收起钱，用它做学费走进了财经大学的课堂，并终凭着不懈的努力完成学业，跨入证券公司的大门，从那个最让她伤心的地方开始了自己新的人生。在张欣其他以都市女性为主人公的小说中，姐妹情谊是她们在日渐残酷的现实中唯一一片间或遮风避雨的天地，唯一一份可以永远信赖、相濡以沫的依偎。姐妹之情可以超越爱情，亦可以超越你死我活、风云变幻的商战。似乎在她的笔下，都市是性别创伤、是抗议、是忧郁，于是，在大都市的感情沙漠和钢筋水泥的丛林中，姐妹情感成了唯一的屏障与庇护，和充满欲望、功利心、以自我为中心的男性相对照的，是真诚、无私、患难与共的女性伴侣，如《无雪的冬季》中的夏媛蓓与宋菲，《永远的徘徊》中的林子与忆蝉，《爱又如何》中的可馨与爱宛。最具代表性的是《首席》中的飘雪和梦烟，她们的关系经历了“亲——疏——亲”的过程：同江祖扬的三角恋和由此产生的误解，使她们由密友变成路人，作为竞争对手，她们又长期在商战中狭路相逢，但心智和情爱追求的默契却使她们始终在意识深处同病相怜。当商战和初恋情节一同沉入“这个世界上还有什么是可以留住的困惑时，她们再次为友谊举起了酒杯：Cheers!”这无疑是用友情抚慰爱的伤口，分享风雨人生的誓言。当然，用友情来突破误区并不能让疲惫的心释然，执著于自我的选择也只能达成精神上的些许安慰而不是解脱。救助的局限性深化和加重了失落的悲哀，这恐怕是都市女性误区的死结所在。可见都市女性书写已经成为当代都市小说创作的重要内容，而且她们的叙事所体现出的审美意味和审美情感更加都市化，更富有现代都市情绪。具体看来，20 世纪 90 年代以来都市女性书写多体现以下几种现代都市女性的审美情趣：

纯情而忧伤的情绪。都市作为爱情发生的背景，同时也是作用于爱情的物质因素，必然对爱情这种情感类型的存在状态产生深刻影响，城市文明对爱情异化已经成为不争的事实。一部分女作家的都市小说以纯情的方式演绎都市爱情，产生了一种有关都市爱情的纯情书写。正是在城市文明程度日渐提高，城市人与人之间关系物化的背景下，基于时代原因和地域文化的差异，才出现了守望爱情乌托邦的纯情写作。同时，这种写作倾向还与女性的情感特质密不可分，作品表现出的情感特质便有其独特性。张欣和张抗抗等一部分女作家在对情爱的书写中有一个共同点：那就是源于生命内在的需求，其对爱情的追求是超越道德伦理和现代物欲文明的。她们用自己的生命理想塑造了一个个守望爱情的都市女性。这些女性与20世纪20年代的娜拉不同，她们受惠于90年代开放的政治经济，经济自立，这就成了她们寻找爱情的支持和凭借，某种程度上实现了生命的自主，她们敢于正视自己的欲望，更看重涌动的生命内部的激情。她们情感上敢爱敢恨而且专情，或传统或现代，她们同样珍惜或追求纯真情感在生命中至高无上的位置。张欣的小说《城市爱情》叙写城市中几个年轻人之间的情爱纠葛。无论是林默兰和李小山之间透明而诗意的爱情，还是冷平对默兰的一腔痴情，以及岳影儿对冷平一厢情愿的奉献。他们之间的情感或两情相悦的心有灵犀，或一厢情愿的娇蛮无理，都是那么明快、单纯、诗意且温馨。这爱与名利、金钱无关，但这爱却实实在在占据或支撑他们的生命。他们对爱情的追求超越了现代物欲文明，直抵情感的内核，在某种程度上，显示出一种抗争现实的决心和勇气。如果说《城市爱情》的情感纠葛还稍显稚气，那么，90年代末张抗抗的《情爱画廊》则试图回归人体的古典精神，深具古典唯美主义的意味。别具意味的是她把男女主人公圈定在成年人的范围内，演绎的是恩格斯所说的“没有爱情的婚姻是不道德的”的论断，更具深意的还在于身份的限定：周由是画家，水虹是大学美学教师，一个是寻找美表现美，一个本身就是美的化身。艺术家作为纯情的、唯美的指代，成为90年代情爱叙事的一个症候，由此可见一斑。从作家的立意本身可窥见其爱情的诗意的唯美的本质。纯真的情爱也随之达到了“灵肉合一”的最高生命境界。浪漫和诗意主要体现在她们的爱情已超越了道德伦理规范，而切入了爱情内里。水虹对爱情的选择正说明了这一点，她与女儿都深爱周由，从母亲的角度看，她原应该回避、舍弃这份情感。然而，她更看重来自生命本体的需要，敢于抛却母女的这层血缘亲情，为寻找真爱，毅然抛夫舍女，在不近情理中更显示出对爱情的执著。此时，爱情在亲情、伦理道德之上，这也是其诗意价值所在。如果说，林默兰和岳影儿为爱的执著是因为年轻的感性和不成熟的激情，那么周由和秦水虹的恋情则是理性与必然的选择。周由阅人无数，秦水虹有 30 多年的阅历，大学教师的理性。两人都义无反顾为爱、为美而战。童话并不总是梦幻，只要肯付出真诚和理性，每个人都可以获得爱的权利和位置。而另一方面，都市的重重物质诱惑使人们疲于奔命，人情关系日益冷漠。对都市人来说爱有时又是奢侈的高消费，对爱情人们有时也失去了应有的真诚。正像戴来的小说《对面有人》中安天与许展本不相识，只是因为寂寞才走到一起度过足球世锦赛的一段时间，然后从肉体到内心都毫无瓜葛地分手。出于生理或功利的目的在一起，只有感官享受而没有心灵交融注定了这样的爱情是一帖加剧痛苦的毒药，如此循环往复，只能将人们推向更加痛苦的情感黑洞。许多都市女性小说对都市畸形的情感表现方式有着新一代人特有的理解和宽容，她们不对此作义正词严的道德评判，而留下空白让读者自己去思考。以戴来的《对面有人》为例，女作家深深隐匿到人物身后，采用零度情感叙事，在冰冷的叙述语言下面女主人公左奔右突地寻找生命的缺口，她沮丧、脆弱，这种无助和绝望使文本具有一种令人窒息的氛围。再如《自首》中无能又懦弱的关洋，妻子屡屡背叛他而他却只敢怒不敢言。在妻子被杀后，关洋不能面对失去精神支柱的现实，竟然臆想是自己杀掉了她，整日处于疯狂崩溃的状态。对这样的可怜虫，女作家毫不犹豫地用笔将他们打入生活的深渊，冷静得近乎残忍。这种叙事冷到了极点，但事实上，女作家却并非夸张地显现生活的残忍，她只是尽量冷静地描画出她所看到并理解的现代都市世界：一个烦恼重重的精神世界，以及烦恼后面挥之不去的忧伤。张梅也是一位在广州成长起来的女性都市作家，张梅的特性在于她切身的都市体验和独有的艺术形式。她的视角是散点的而不是焦点的透视方法，她的作品所表现的不是批判和诅咒，也不是占有之后的卑微的满足。她的作品适合于瞬息变化、混乱无序的都市，同时她的作品还能将都市的一切充满欲望的事物虚化，交织到市民心灵变化的过程之中，在这样一种都市文化语言的背后，一座都市的忧郁像灰色的雾一样弥漫着。张梅无疑有着地道的都市情感方式和生活方式。在其早期的一篇叫《殊途同归》的作品里，一群身份不明的人躲在烟雾缭绕的小酒店里密谋着、争斗着，他们喝酒、吟诗、争女人，在作品后半部写到了都市的文化和市民的力量、精神的颓废和欲望的膨胀如何像一场雨一样将他们的激情熄灭。小说最后的结局是，那些热情的青年无论以何种方式，都告别了叛逆似的都市情绪，走进了真正的现代商业都市。张梅后来的小说依然是在写都市：其小说的大多数场景也都在广州，但基调有了很大的变化。她常常以一种独特的笔调写到广州的茶楼和小点心、酒店和菜的名字、花市和花的品种、时装店和名牌服装、老城的骑楼和街道、大排档、夜总会、保龄球、桑拿浴……她渐渐地放弃了抒情而学会了叙事，并开始冷静沉着地讲述都市的故事，因为她清楚地知道在商品化的大都市里缺少的不是激情，她甚至不惜用忧郁、虚无和厌倦来压制那盲目的激情。这种选择的无奈，或许正是她的作品中忧郁的根源。充满欲望的、混乱不堪的都市里的人，常常表现出一种特有的才智和贪婪，但是，这一切都可能被一次通货膨胀、一件意外的小事淹没，唯有随之而来的冷漠，像瘟疫一样弥漫着，挥之不去，激情熄灭了的都市人，对一切都熟视无睹，天桥上的乞丐、夜总会的小姐、凶杀、车祸……于是，这个一心渴望着现代化的都市生活的时代，变得连一点儿"震惊"体验也没有了，剩下的只是冷漠、无聊和厌倦。正是都市的这种品质，成了张梅那忧郁的小说的背景。她在一篇叫《区别于大众情感的情感》的创作谈中提到："我的精神状态一直是虚无的，有人说我是散淡，其实更准确地来说是虚无。我有一段时间很希望能像卡夫卡或巴赫金那样地生活，但自知没有他们的旷世才华，像他们那样生活会十分的孤独。而人生每时每刻，世俗的狂欢节夜以继日地在你身边举行，你又如何去抵触这些诱惑呢？而且当你愈来愈无法抗拒地成熟时，你能遇到和产生的激情就愈来愈少……你又因为激情的破灭而感到无奈……而一旦回归现实，我就发现写起小说来更得心应手。你在去掉幻想的激情之后，世界正以它的本来面目向你招手。形形色色的人生和欲望以各种形式表现在你面前，当你深入进去，你会感到温暖和生动。"①在《老城幻事》中，她不只

① 张欣：《女性误区》，载《中篇小说选刊》，1994(2)。

是纪实性地写写广州人的饮茶，而是写出了他们的灵魂。在饮茶的态度上，我们可以看出一种古老的民俗如何暗暗地抵御现代文明的侵蚀。饮茶中隐含了这座古老城市人的全部激情。他们也因此而没有让商品交换异化成冷漠的都市动物。张梅还写到了老城区的人对不断失去的骑楼、青石铺成的街道、花市的迷恋之情；也写到了防盗网、房产证等现代文明的产物，如何通过商业的途径积淀到他们心里经验之中的。心灵的重负对都市居民的压抑，是远远超过环境污染的。在《爱猫及人》《没有鲜花的恋人》等许多篇章里，她侧重表达了都市的瘟疫——冷漠，这个典型的现代都市的主题。而这些小说中的人物多是些青年暴发户，不是那些有着狂热的饮茶习惯的老市民。这无疑加强了张梅小说的忧郁气质以及对都市浪漫的审美否定。

复古怀旧的情绪。正如戴锦华在《想象的怀旧》一文中写到的那样："90年代的中国都市悄然涌动着一种浓重的怀旧情调。"[①]这种怀旧情调也不可避免地弥漫在女作家们90年代创作的都市小说中，并成为她们小说中一抹挥之不去的光影。的确，在这个急剧铺开的都市化的行程中，瞬息之间，一些东西就成了永远的过去。然而，有些记忆却是很难从人们的脑海中彻底抹去的，而且不仅很难抹去，反而还会随着时代的巨大变迁变得更加清晰起来。当摩天大楼、酒吧、霓虹灯等显著的都市意象一一耸立在面前，当物质的富足开始变为现实的时候，人们急切地渴盼在自己的想象空间里注入一些精神的质素，这就是对一种体面、优雅、文明、悠闲的文化氛围的追求。女作家们的怀旧，便是在这个意义上填补了这个社会对中产阶级文化构造的一种需求。在中国的都市中，由于上海在中国近现代史上的特殊地位，她曾产生过比较典型的西式中产阶级及其生活方式，也曾经培育过一种比较优雅、守礼、闲适的文化氛围，因而旧上海中产阶级优裕奢华的生活场景和优雅的文化教养，毫无疑问地成为今日都市人追忆缅怀的焦点。而这也无疑给了上海女作家一个充分展示才情的写作新天地。在这些女作家中，王安忆的都市小说是最具代表性的。在《死生契阔，与之相悦》一文中，她就借对旧

---

① 戴锦华：《隐形书写——90年代中国文化研究》，107页，南京，江苏人民出版社，1999。

上海遗民言行举止的描绘而撩开了以往中产阶级生活的面纱："他们的日常生活紧闭在一扇扇阔大而厚重的门扉后头，莫测高深……这些木质沉重的门窗，隔音良好的墙壁，幽暗的走廊，顶楼，墙角，以及寂静无声，使他们很像一种幽居的动物——鼹鼠……这些亮丽的男女，走过淮海路，似乎是去赶赴上个世纪的约。他们穿着很'飞'，这是人们对摩登的俗称，还是对颓废的俗称。他们出入的场所均是昂贵的，华丽的，风雅的。他们穿扮得很讲究，头上抹着发蜡，皮鞋铿亮，裤缝笔直，女的化着鲜艳的晚妆，风度优雅。"[①]或许，也正因为王安忆在对旧上海中产阶级贵族生活的细致观察中发现了旧上海的万种风情，于是她倾注心力谱写了一曲以一个女人一生的命运来感怀一座都市的《长恨歌》。在《长恨歌》中，当王琦瑶从她用青春和美貌换来的爱丽丝公寓中走出来；从李主任显赫耀眼而又悄无声息的帷幕里走出来；从未穿红嫁衣却又温情脉脉深情款款的"婚姻"中走出来，她就不再是那个娇羞的、乖巧的弄堂的女儿王琦瑶了。但是尽管时间流逝冲散了繁华，打破了其本来以为会花好月圆，长聚不散的梦，可那段传奇的经历，那散发着历史气息的古木衣柜，那渗透着往昔红颜的衣香鬓影，却时时唤起王琦瑶对如歌岁月的怀想，并使其处处流连过去的影子，因而虽然时间将她带入一个讲究思想行为大一统的时代，可她的心却仍然留在上一个时代，她的笑颜戚容里，挥之不去的仍是上一个时代的色与光；她的衣着服饰、举手投足，甚至低眉敛目间传递的也仍是上一个时代的风韵与美学趣味，她的身上也因此一直透着一股不寻常的韵味。当然，也正因为这股不寻常韵味的存在，王琦瑶苍凉的故事基调才能滋生出一些刻骨铭心的温情和暖意，而王琦瑶本人也才可能成为旧上海中产阶级文化的代言人。与王安忆的纸上构造不同，另一位上海女作家陈丹燕则用一幅幅发黄的"老照片"更为直感地为读者重现了被封存多年的中产阶级的生活场景。从1998年到2000年，陈丹燕连续推出了《上海的风花雪月》《上海的金枝玉叶》和《上海的红颜遗事》三部作品。在这些作品尤其是后两部作品中，陈丹燕记述了两个出生于中产阶级家庭有着高贵血统的女性真实的人生故事。《上海的金枝玉叶》的女人公也即中产阶级心目中的偶像郭婉莹

---

① 王安忆：《寻找上海》，36～40页，上海，学林出版社，2001。

(戴西)，是老上海著名的永安公司郭氏家族的四小姐，曾经锦衣玉食的她经历了丧偶、受辱挨打直至一贫如洗的坎坷命运。但数十年的磨难并没有使她心怀怨恨；相反，她依然美丽、优雅、乐观，保持着中产阶级的自尊和骄傲。《上海的红颜遗事》的主人公姚姚，经历了比戴西还要悲惨的人生境遇，她先后亲历了母亲以及情人不堪羞辱而自杀的场景，而且最后自己在马路上也被突如其来的汽车轧扁。然而，就是在这样一个悲惨的故事里，读者仍然从小说的字里行间感受到了文本外的一些信息：生长在上海中产阶级家庭的心理优越感，淮海路上浓浓的林荫、修剪得十分平整的法国公园的草坪、精美的大洋房、罗曼·罗兰的小说——这些豪华的都市意象与主人公高贵优雅的气质一同深深地镌刻在了读者的心里。也正因为这种挥之不去的感受，使得读者不由自主地由对主人公悲剧命运的同情转移为对中产阶级安逸、稳定和幸福生活的认同。事实上，在张欣的创作中我们也可感受到一份怀旧情绪，只是她的小说更多的是对新中国成立后出现的“新贵”们生活方式的认同。虽然新中国成立之后，在新体制下公民们似乎都站在了同一条线上，但由于分工的不同，旧贵族生存的依据被铲除的同时，新的贵族(那个年代的)其实也自然而然地诞生了。张欣小说《岁月无敌》中的方佩便是其中之一。在小说中张欣毫不掩饰对笔下人物血统和出身的彰显，并对女主人公曾经的服饰进行一番刻意渲染，鞋子是法国名牌圣罗兰，衣服则是旧上海服务于影后胡蝶、宋氏三姐妹这类名门淑女的蔡姓师傅的手工。除了方佩之外，张欣在其他作品中也不时地复现出这些新的贵族们的身影。比如《仅有情爱是不能结婚的》中遵义的父亲是新中国的武官，母亲是当年教会学校的校花。《爱又如何》中可馨的爸爸 1941 年参加革命，并对可馨的丈夫沈伟父母小业主的身份有所不满，等等。如果说，这种阶级差别在新中国成立后的几十年里，在“人人平等”的理论下还只是一种无意识的表现的话，那么到了当下，随着经济的发展，这种差别则日益明晰化了，也正因此，当下的读者对张欣小说中这些新中国成立后出现的贵族们曾有过的优越生活及高贵特质，也产生了一种认同感。由此可见，无论是王安忆、陈丹燕，还是张欣她们在文本中所复现出的这种中产阶级式的文化景观，实际上都牵动着我们这个时代读者的想象，并且也满足着先富的人们对自身短暂历史的一种想象性的补偿和延伸。这是一种社会心理，也是社会在悄然地产生一种阶级分化的事实之后，新贵阶层的一种精神上的需求。正是因为20世纪90年代新兴的阶级急需延续一段可使自己炫耀的历史，女作家们对中产阶级文化的喜好与偏爱也便找到了在这个消费时代的卖点。她们90年代都市小说中的中产阶级话语，毫无疑问地满足了都市新贵们在取得一定的财富后对一种身份的想象。

但是当代都市女性写作也存在一些问题：

身体写作。消费潮流的涌动煽起了人们对都市经验及身体细节的窥视欲。某种意义上对日常经验的书写决定了写作只能以"躯体"或"感知"的叙事形式，才能将人类的都市意识、情绪及荒诞的生存态势呈现得淋漓尽致，这就是新都市小说的现代叙事意味。从这一视角来说，都市叙事就是一种基于日常经验之上的敞开了的身体叙事，它以自在、自由的躯体写作姿态呈现了新都市语境下都市人的新的美学追求。对身体欲望的渴求成为都市生活与都市叙事的主宰。这些特点尤其表现在女性作家身上，她们从来都是都市中的亮点，在新都市小说中表现得更为疯狂与超前，从而直接构成了新都市小说的主流。比如陈染《私人生活》和林白的《一个人的战争》，比如卫慧的《上海宝贝》、棉棉的《糖》、徐坤的《春人的一十一个夜晚》、丁丽英《时钟里的女人》、戴来的《我们都是有病的人》，等等。在这些文本中，对"自我"与"身体叙事"的同一化和实在化为女性写作设置了一个封闭领地：女性作家在现实存在的巨大的虚无境遇中，拥有一个超现实的存在——她的身体。这是她唯一的真实，这种真实使90年代都市女性写作处于女性化和个人化(私人化)的境遇。正如法国著名女性批评的代表人物所指出的那样，女性写作是一种欲望，它的意义在于，一方面写作使女性重视自己的身体，而她们的身体需要被聆听；另一方面，女性的发言能重建自己的话语系统，并进入一直以压抑她们而存在的历史。自我躯体的对象化写作以陈染、林白等为代表，她们对于纯粹女性个人经历和隐秘精神世界的描绘对于都市文坛来说确实具有不可重复和不可替代的意义。陈染坦言："作为一个女作家，我的立场，我的出发点，我对男性的看法，肯定都是女性的。"而将自身或女性的躯体进行对象化写作也确乎是女性书写冲破男性话语藩篱的一个突破口。阅读林白《致命的飞翔》，徐小斌《双鱼星座》，陈染《与往事干杯》，蒋子丹《桑烟为谁升起》等作品，她们私语或独语的方式让读者先是惊诧于这种表达的独特继而认同这是专属于女性的写作姿态，这种方法客观上使得她们的创作成为男性话语谱系的一个例外。正如我们在前文所论述的那样，以自我躯体为对象的写作实质上是以描述女性个人经历和体验为主的广义的都市小说。如果说一般意义上的女性都市小说不得不采用既成的都市话语，那么，自我躯体的对象化写作就是作为建构女性都市小说话语谱系的一种方式而存在的。女性个人化叙事的核心是对男性化叙事的反叛，抗拒男性叙事对女性权利的欲望化书写，从而把自我躯体由被动的欲望对象改写为主动的欲望主体。这种对身体姿态的劝谕、书写恰恰使她们成为自我欲望的主体。应该说，这种对身体姿态的书写使女性作家获得了某种相对的自由与舒畅，她们对身体的青春记忆表达了时间记忆的另一处存在，但是，女性个人化叙事的危机在于它所包含的非历史化欲望，它企图实现一种在男性对面的超历史的独立，即“进入潜意义的栖居之地，以便届时从自我挣脱，走向他人。但从最终结局来看，这种目的已被实在化为自恋的工具及自我囚禁的牢房”①。当然，这种身体叙事隐藏了欲望化的生活方式和文化选择，让我们目睹了生活、世界和个人在这个时代一同沉沦的感性景观。以身体为叙事重心的都市女性小说具有爱恨交织的审美风格，其原因即来自这类小说既有批判性又有媚俗性。都市女性小说身体叙事的媚俗性表现在其审美不充分性，这主要源自金钱哲学和消费主义的双重挤压。肤浅的趣味性、平庸的享乐性和简化的复制性是都市女性小说中身体叙事在今后的发展中要努力避免的三个方面。当代社会语境中艺术的媚俗性是不可避免的，但这不是逃避意义追寻的借口与理由。

时尚写作。时尚写作成为女作家表现都市诱惑的专利。20 世纪 90 年代女性都市小说中就存在着这样一类女性形象，她们热衷于时尚的追逐，不断地用时尚装扮自己的形象。她们有女性主体意识的自觉。但在对时尚形象的确认时，她们更在乎自我的认同感。她们在时尚的幻象中，寻找自我的家园，在与他者的区分中确认自己的价值，然而，正如拉康的“镜像阶段理论”所揭示的那样，个体在借助于他者构筑自我形象

① 肖鹰：《九十年代中国文学：全球化与自我认同》，载《文学评论》，2000(2)。

的同时，也是对自我形象的背离和异化①。因此，她们往往在时尚的镜像中迷失自我，张梅的小说《小宝的裙子》中的小宝就是一个为追逐时尚而几近癫狂的女性。她想要得到一条标价为700元的性感流行吊带连衣裙想得都快要疯了。无论是走在大街上，还是回到家里，她脑子里除了吊带裙，还是吊带裙。她整日沉浸于自己穿上吊带裙，配上波比衣、厚布鞋的时尚模样，以至于茶饭不思，神情恍惚。当渴望得到她身体的男人答应给她买的时候，她顿时变得神采奕奕容光焕发。小说颇有意味的是，当男人出去为她买衣物的时候，小宝正在看一篇关于女权主义的文章。"读了以后，她就想，到底是裙子重要还是女权主义重要?"小宝明明知道拥有这些时尚物品是要付出代价的，但这一刻的满足感还是压倒了一切。有时同处于一个都市，由于社会阶层的高低不同，也会造成低阶层的人以高阶层的生活为镜，并以此去寻找自己的身份认同。朱文颖《高跟鞋》中的两个生活在上海城市底层的女性安弟和王小蕊，为了获得上海这个商业社会的身份认同，为了尽早与身后的巨型商厦，弧形的向上提升的城市、街道，匆忙而面无表情的人群，甜腻如名品般的空气协调起来，她们自甘成为珠宝商王建军和暴发户老魏的"后花园"，王小蕊后来甚至成为一个房产商人的"二奶"。但是，对这类女性来说，"物质"不再困扰她们的时候，人生一些更为尖锐的问题反而切近了。她们有更长的日子要去面对身处的环境和自己的心情。安弟、王小蕊在拥有了足够多的物质之后，都蓦然发现，城市的变化永远要比她们的变化来得快，她们不仅跟不上城市所掀起的一个比一个猛烈的物质潮头，反而留下了一大堆心灵问题得不到解决。可见，物质实现了她们的欲望，也腾空了她们的内心，而没有了内心的体认，镜中自我不过是一种虚无的幻象，在幻象与真我的对视中，精神不断受到折磨、煎熬，带来的是永无休止的疲惫感。让·波得里亚在《消费社会》一书中预言："今后将会有一个世界性的疲劳问题，就像现在有世界性饥饿问题一样。"他把这种疲劳称为"后工业社会集体症候"，是"世纪新病候"，原因是"消费的主人们疲劳了"②。安弟和王小蕊们无疑是患上了这种"世纪新病"。此外，

① 方生：《后结构主义文论》，25页，济南，山东教育出版社，1999。

② [法]让·波德里亚：《消费社会》，207～208页，南京，南京大学出版社，2001。

“时尚写作不仅以时尚为内容，更进一步把写作作为时尚，以惊世骇俗的笔调写惊世骇俗的生活方式以惊世骇俗”①。对于卫慧、棉棉、周洁茹、魏微等女作家，写作或许已经与所谓的“现实关怀”“人文关怀”无关，而是成为塑造个人性格、展现私人隐秘的一种手段。她们的创作往往采取准自传体，以第一人称貌似真实地讲述个人经历、经验，或虽采用第二人称，但仍努力将人物的体验与作家形象重叠。她们的小说总是伴随着她们前卫时尚的照片发表，竭力配合某些人“窥视”与“想象”的癖好。这种主动展示的行为已发展成为媒体与作者本人的双重需要。媒体颇为煽情地不断向我们灌输极强的商业成分。同时，这种理念反过来也影响着它的作者，使她们不自觉地要凸显都市“新新”女性与之前辈作家的不同，并刻意把这种很个人化的另类人生推向极端。“这就产生了一个悖论：一方面，因其作品带有鲜明的标志而引人注目；另一方面，又潜伏着拒绝人们惯常的大众情怀、‘人文精神’的危险。”②她们既没有张洁、王安忆们对社会问题执著细致的反思，也没有陈染、林白们面对自我意识复杂微妙的体认，更多的只是一种流畅而浅显的迎合时尚的情绪表达，这样，在貌似疯狂的后面难免给人留下一种缺乏深度的平面化感觉。她们的确是“都市化”的一族，有着自己对世界的理解与生命的活力，但如果不能处理好个人与公共空间、内视角与外视角、自恋与自强等诸多关系问题，她们很可能被大众传媒以男性窥视的视点的商业操作所利用，女性文学将被作为巨大的市场资源开发利用，造成虚假繁荣，使女性文学沦为供大众娱乐的消遣物。它最多也只能是多元文化格局中的一元，即使它能够在某一时期大行其道，也终会被时代所放逐。真正的文学将永远属于那些在喧哗之外默默地坚守着、洞察一切，并在陈旧、平庸的混乱中寻找到一条从容的启示之路的人。③

第四节　青春书写与网络叙事

言说青春不是“80后”的特权，但“80后”言说青春无疑是中国文学

① 王纪人：《个人化、私人化、时尚化》，载《文艺理论研究》，2001(2)。
② 同上。
③ 徐志伟：《在迂回与进入之间》，载《文艺评论》，2002(5)。

历史上最华丽的青春。“80 后”这一代人的生活、情感与内心特征与其他时代有很大的不同。尽管用“青春书写”来概括“80 后”写作有些偏颇，但从受众度来看，青春小说占据较大空间，从韩寒、郭敬明小说等上百万册的发行，签名售书的造势，都表明青春小说受到青睐。“80 后”的读者群主要是广大的学生(尤其是中小学生)，繁重的学习压力，与家长和老师的严重代沟，社会的纷杂诱惑，使他们不知所措，在现实与理想的落差之中，他们需要自己的偶像，这种偶像应该存在于他们自己之中。因此同样也是学生的郭敬明、张悦然等写作者，成了这些青春迷惘，忧伤孩子的代言人。《梦里花落知多少》展现当代学生的友情、爱情的矛盾与纷争，故事曲折多变，语言纯美忧伤。张悦然对旧情怀、老故事情有独钟，她笔下虚构的是华丽而狂妄的爱情，敏感而神秘，道出当代大学生内心的忧郁与迷惘、憧憬与无望的心态。由于没有太多的历史记忆，加上简单流水线式的生活(从六岁上学一直到二十好几的校园生活)，“80 后”写作只能写自己唯一有过的生活经验——学生时代生活，《三重门》里林雨翔的高中生活，《梦里花落知多少》里大学生生活的甜蜜与忧伤，《红 X》里一个偏执狂在大学的边缘化生活，《草样年华》里邱飞的“不务正业”，晃晃悠悠的生活态度，都是他们青春岁月点点滴滴的写照。青春年华，朦胧爱情，淡淡忧伤，是这类青春小说的一个共同特征。

“80 后”文学作为“青春化写作”“校园写作”“网络写作”，一开始就与都市年轻人群密不可分，尽管中国农村人口数量庞大，但网络的普及空间主要集中分布在大城市的青年人群，不断扩大的城乡差别，使进入 21 世纪后的网络成为都市文化的最为重要的空间之一，“80”后生人既生长于其间又反过来发展这一文化空间，“80”后写手的文学描写对象的活动场景主要也是都市。这当然与“80”后生人成长的时代有关，20 世纪 80 年代中期以后，尤其是 20 世纪 90 年代至 21 世纪初，是中国大都市快速发展期，以北京、上海、广州、深圳、天津、武汉、南京、杭州、成都、重庆等为代表的中国内地城市不但迅速地拉大了与乡村的差距，而且扩大了与中小城市之间的区别，况且这一区别既在外表——城市规模等，更于内在——都市文化精神等多个方面凸显出来。

如果说“80 后”生人的父辈兄长面对的是“都市里的乡村”，那么这代年轻人却是真正面对与国际接轨的现代都市，假如说前辈们还在都市回望乡村的话，那么，“80后”生人则完全是城市里成人的一代，没有从前的记忆，乡村经验空白，国际化都市的生活是他们成长的资源与依据。与青春化、都市化相关联的是时尚化、物质化，这种产生于都市的大众流行文化典型，从一开始就深刻地影响着“80后”生人所在的网络空间，因此为长辈所陌生乃至排斥的小资方式、小资情调甚至成为一种旗帜，遍布网络。看遍“80后”写手，除李傻傻是一个例外，绝大部分写手与读者都是时尚中人。韩寒生活于大都市上海，如今是一个时尚的赛车手；春树是北京大院的子弟，辍学后出入于如今都市最时髦的群落之一，朋克圈子；郭敬明在上海读大学，来自四川城市，有一个在生意上成功的母亲；张悦然在新加坡留学，有当教授的父亲；周嘉宁是典型的上海姑娘，从青葱的少年时代到走进复旦，所有的生活经验都来自上海滩；擅长描写都市情爱和心理细节的苏德，也是上海大都市里成长的女孩。“实力派五虎将”中除李傻傻是农村出身外，其余四位多是以城市生活，就读的学校，大都市的空间，中产阶级的消费，小布尔乔亚的情调，潮起潮落的时尚，共同构成他们文学写作的想象空间。这是一个合乎逻辑的发展，都市化、物质化因此成为启于网络的“80后”文学最为醒目也最表浅的特征之一。

因为“80后”作家绝大部分成长在都市，“80后”的成长过程，正是中国内地城市迅速成长的过程，两者的轨迹恰好是吻合的，人与城市共同经历了“青春发育期”感同身受的“80后”，具有其他时代作家完全不同的生活经验。他们身在其中，恰如游动在城市中的一条自由的鱼。这条鱼不是外来的，而是生长在城市，活在现代城市钢筋水泥的丛林之中。“这是一座被现代工业遗弃的城市，那里只有废弃的工厂和不冒烟的烟囱，满地是生了锈的大大小小的螺丝钉，有一群青年男女在废城中寻找爱情：大大方方却让人觉得鬼鬼祟祟，真真切切却让人觉得恍恍惚惚。”这段充满个性的文字出自大学生周嘉宁的幻异长篇小说《陶城里的武士四四》。春树的《北京娃娃》这部自传体小说则描述了作者春树在都市里从14岁到17岁之间坎坷的情感经历和令人心痛的生活经历。作者以早熟而敏感的笔法描写了在北京这个大城市里作为新人类的一代人在理想、情感、社会、家庭、欲望、成人世界之间的奔突、呼告甚至绝望的历程，作品中渗透着作者对都市的理解。韩寒《三重门》主人公林雨翔生活在都市，他的一切行动就是要向父母、社会印证城市教育制度除了能出既定人才之外，还会扼杀人才于摇篮中。张悦然在全新半自传体小说《长达半天的欢乐》里，表达了对喧嚣城市的迷幻以及对空漠的人海的感叹。《长达半天的欢乐》道出了新生代在当代的大都市中不为人知的忧郁和暗地里的战栗……中国社会科学院文学所研究员白烨则认为：新的作者群体“80后”，大都有着城市出身和生活的背景，他们是与都市同时“长大”的一代，都市生活已经浸润到他们的细胞与血脉，他们将写作视为一种生活方式。“如果说传统的现实主义作家，以一个烟灰缸就可以虚构一个精彩故事，那么‘80后’的写手们则仅凭一个语词就可以建构一个想象的世界。”“80后”作家显然拥有对现代城市完全进入的天然优势，在“80后”文学的成长叙事中，都市的钢筋、混凝土、居住的楼阁造就出了这一代人心灵的封闭；在他们的成长叙事的作品中自我解读了都市的性与爱，同时他们的生活有着都市的色彩。在“病孩子”网站的首页写着这样的话：“我们病了，寄居在腐烂且安逸的城市之中。彼此孤独，却心心相印。”这两句话概括了造成青春书写相似个性的时代影响：即由边缘向城市靠拢的生活轨迹与自怜、自恋的创作情绪。进入20世纪90年代，许多年轻人为了寻求梦想而从祖国边陲及华中、西北地区辗转至北京、上海，许多青春写手同在此列。他们当中如春树、郭敬明虽生在华中，却已被视为北京、上海青年文化的表率；蒋峰也在小说《维以不永伤》的序章中坦言他的作品是在三个不同的城市完成的，因此每个章节都沾染着那个城市的气息。陌生的环境、繁盛的经济活动与错综复杂的文化符号，对一个外乡的客人不可能是完全友好的。想要容身其中必须有所付出。如李傻傻的长篇小说《红X》里的“城市”，塞满了贪婪、混沌、物欲横流。它诱使着主人公榨取他人情感、乱伦、偷窃，最后在不断出逃中失去了自我。替代边缘化身份的方法，便是体现出对城市文化、生活的非凡的熟稔。张悦然的短篇《这些那些》正是一个流浪者对异域的诠释：城市以无数具体的细节与记忆形成对照，它的每一个角落都被赋予了特定的象征意味。主人公对它而言，始终是一个外人，因为所有的象征性之中唯独不包括“安定”。城市“作为怀旧的对象出现了，它同时也是一种忧郁的失落的源泉，一座座冷峻的、孤傲的、打上阶级符号的城堡。它既是一个阴谋的网络，却又固执地认为自己天真无邪”①。这本是为王安忆量身定做的品评，对于许多“80 后”作品同样适用。颜歌的《落尽繁华》便是一例，主人公作为上海歌伶将城市幻想对感官的麻醉表达得淋漓尽致，格式化的抒情难掩文化审美的苍白。但不管怎么说，“城市”的价值取向依旧是这个时代的宠儿。它的时尚与奢华以及层出不穷的情绪图腾足以勾起醉心享乐的年轻读者的好奇。因此，能否将对现代都市生活的个人经验转换为一种更具典型性、普遍性和深刻性的文学体验，既成为青春写手的机会，也成为他们是否能够取得更大创作成就的标准。

“80 后”们出生的时代正是中国在各种力量的推动下建构一种市场化和商业化逻辑的时代，中国经济的飞速发展为“80 后”们提供了丰富的物质基础和追求较高层次物质生活的可能。“80 后”们这种生活境遇使他们在对物质的态度上与前辈分道扬镳。他们对传统文人那种鄙弃金钱的“君子安贫乐道”的传统道德采取了背离的态度，毫不掩饰地表现出追求物质享受的姿态。“80 后写作”的代表彭扬在接受记者采访时毫不讳言：“作为‘80 后’有很多优势，和老一辈的作家有很大不同，因为‘80 后’一出生就生活在一个市场经济的社会中，所以更早地懂得经济生活的游戏规则。”②而张悦然的《你来检阅我的忧伤了吗》已有多幅类似明星的华美照片，这种对于华丽“包装”的青睐，无疑正是遵循“经济生活的游戏规则”的现身说法。这种对物质毫不掩饰的接受态度，似乎与“70 后”作家“我爱美元”有类似之处，但实际上二者有着不同的精神倾向。“70 后”作家面临的是长期被压抑的物质欲望的大解放，这使得“70 后”的作品中大都流露对物质的非正常追求。他们往日生活的贫乏和暗淡，使他们把对物质的关注当成了他们日常生活的重心。他们把“物质消费”误设为自己在新时代中的历史使命，从而颠倒了物我的正常关系，使自己的躯体沦落为各种物质精彩亮相的场所。在他们的作品里，人成了“大麻”“酒精”“名牌服装”下的一道影子。与“70 后”们使自己消失在物质中不

---

① 张旭东：《批评的踪迹》，310 页，北京，三联书店，2003。

② 冯丹、顾耀峰：《“80 后”彭扬又要出新书》，载《江南时报》，2004-09-08。

同，“80后写作”们则在物质面前表现出了高度的判断力和理智。他们出生于改革开放之初，和经济发展可谓是同步成长，他们对物质的关注已不再着眼于物质本身的实用价值所带来的财富价值上，而更多的是看到了物质背后的审美价值。我们看到他们在作品中多选择一些精巧和精美的物质细节，诸如咖啡、气球、陶瓷、五颜六色的发卡……“80后”们力图向我们展示的并不是作为财富象征的物质，而是旨在通过对物质本身审美价值的凸显来印证作为主体的“我”自身拥有的美好和诗意。物质细节在他们的笔下张口说话，成了自我延伸的场所。这一点非常契合本雅明在《资本主义时代的抒情诗人》中谈到的现代人的特征。即使春树在《北京娃娃》中不止一次发出过感叹：“我讨厌自己没看过他说的电影，我没有衣服没有鞋，没有气质。”“我哭泣，因为约会没有新裤子和鞋。”但这里衣、裤、鞋等对她而言，绝不是只有御寒蔽体的实用价值，春树显然是着眼于它们在剥离商品价值后的审美价值。当物质的审美价值得以展现的时候，“我”的审美世界才会在一瞬间洞开。关于这一点，张旭东在他给本雅明的《资本主义时代的抒情诗人》所作的序中谈道：“在本雅明看来，由于资本主义的高度发展，城市生活的整一化以及机械复制对人的感觉、记忆和下意识的侵占和控制，人为了保存一点点自我经验的内容，不得不日益从公共空间缩回到内部世界，把‘外部世界’还原为‘内部世界’，在居室里，一花一木，装饰收藏无不是这种‘内在’愿望的表达。人的灵魂只有在这片由自己布置起来，带着手的印记，充满了气息的回味的空间才能得到安静，并保持住一个自我的形象。可以说，居室是失去的世界的小小补偿。”①这也正是“80后”们在物质生活意义上的现代化日益临近，消费空间的膨胀对“自我”的挤压逐渐成为他们所面临的现实景况时，不约而同自行选定的进行自我防护的主要手段之一。那些经过他们精心挑选的物质细节，从精美的服饰到华而不实的生活用品再到甚至毫无实用价值的装饰品，无一例外地成了替作者彰显自我而会说话的物质群落。它们都将带着“我”个人的气息，作为“我”自我经验内容的保存者来帮助“我”抵抗外界庞大的物质体系对自我的侵蚀。张悦然在其短篇

① [德]瓦尔特·本雅明：《资本主义时代的抒情诗人》，179页，南昌，江西人民出版社，2005。

小说《淘之陨》中对“我”和梵小高合力制作的陶不厌其烦地反复描摹：“它纯圆，胖的发喘，只有一个指甲大的心形瓶口，我要求它有单薄的罐壁。”而在张悦然的其他作品里通常出现的“美丽的发卡”“橘黄色的伞”等物品又都以其色泽鲜丽、耀眼夺目，在体现出作者个人审美追求的同时也展现出了张悦然的自我设计：优秀美好，能从人群中走出来。

当前的青春书写好像天然是属于反叛的。著名评论家洪治纲指出：“这群人已不仅仅是在童话中长大的，还有卡通、网络、机器人等喂养的功劳，所以，他们一出手就显示出写作的超验特性，动不动就反常识、反经验、反规则，因为他们的思维原本就没有历史沉疴的羁绊。”反叛是写手们这个年龄赋予他们的特权，反叛是他们的天性，是他们的追求，更是他们的本质。或许，我们这个时代，我们这个民族，就是循规蹈矩的人太多了，才导致了我们在很多方面表现平庸。现在，校园文学笔下的叛逆者出现了，反叛者耀眼的光芒横空划过文学的天宇，刺痛了一些保守者的眼睛，一些人就大呼“文坛的秩序发生紊乱”。他们来不及仔细品评这块新式蛋糕，就迫不及待地横加指责。可是，这却获得了广大读者的认可和接受。读者们按照自己的趣味，自己的感受，来接受这种反叛。在当前的以反叛为主旨的写作中，韩寒和春树无疑是最为突出的两位。《三重门》是韩寒的成名作，该小说基本上就是以反叛大获名声的。小说大体上以林雨翔的初中和高中生活为线索，展示了“他”成长世界的颓废和无奈，粉碎了孩子们梦想中的美好明丽的世界——我们的教育和学校，是一部少年书写的“围城”，充满了反叛意味：

> (林父)这个人好书如命，可惜只是爱书，而不是爱读书。家里藏了好几千册书，只作炫耀用，平时很少翻阅……天天死令林雨翔读书，而且是读好书。《红楼梦》里女人太多，怕儿子过早对女人起研究兴趣，所以列为禁书；所幸《水浒传》里有一百零五个男人，占据绝对优势，就算有女人出现也成不了气候，故没被禁掉，但里面的对话要删除一些内容，如“鸟”就不能出现……给8岁的儿子讲解象征主义创作……(林母)在完成了一个女人最崇高的使命后，老天赏给她搓麻将的才华，她每天晚出早归搓麻将。

林母没有工夫给家人做饭，老公、儿子成天吃泡面。中考在即，为了显示母性的温暖，忍痛割爱，放弃一夜麻将，特地和儿子谈心，放松其压力。为了显示其关心之真挚，还花要搓好几圈麻将才能挣回来的钱，买增长智力和记忆力的假药逼迫儿子吃。家里情况尚且不佳，那学校呢？先看老师的教学。学校重理轻文，语文老师们跳槽，都去做秘书了，找了一个只会写点散文的马德保来候补，他能做的就是把教学参考书的内容抄到黑板上，学生再转抄到笔记本上。基本是生搬硬套，填鸭式的教学。文学社作为学生课外活动的重要形式，第一个辅导老师只会到处游山玩水，讲自己的旅游观感；第二个则是大讲文学原理和技巧，还有美学知识，学生们纷纷退社。马老师还热衷江湖行骗的作文竞赛，凭一纸空文为自己脸上贴金，这种人居然可以升迁去县城教高中。学校教育是如此令人失望，那作为课堂教学有益补充的家教呢？林雨翔的亲身经历也撕破了这层温情脉脉的面纱，这也不过是投机取巧分子用来赚钱的蒙骗手段。林雨翔的初中尚不令人满意，那么高中的情况又如何呢？林家通过关系，以体育特招生的名义花钱让儿子进了市重点——市南三中，以为情况会有好转。不料只是换了一个地方，教育不过是换汤不换药，仍旧是专断粗暴的校长、矫揉造作的教导主任、自我感觉良好的班主任，有虚荣心强、报复心强的钱荣，有见异思迁、卖弄风情的姚书琴等之类的同学，而文学社、广播站和电视台则是学生们出风头、拉帮结派的名利场，深陷其中的林雨翔不得不深感“他人即地狱”的萨特式真理。

可以说，作家用调侃和幽默的笔调把当前家庭教育、中学教育体制、学校的人文环境和氛围做了最为彻底的否定和辛辣的讽刺。

当然，这种反叛式的情绪在李傻傻、郭敬明、春树等人的笔下是很普遍的，限于篇幅不一一展开。叛逆是青春的外衣，青少年的青春性就其表现来说，就是追求新奇，爱好冒险，对任何成规、体制，特别是有碍于他们对自由心灵宣泄和张扬的一切限制都会成为他们匕首投枪的靶子，他们是破坏的主力军团，他们是创造的希望之花。为着创造而来的破坏不免是偏执的、片面的，甚至有全盘否定和虚无的危险，但是，在这叛逆的呐喊声里，我们毕竟听到了新生的力量，看到了进步的曙光。等他们长大些，再长大些的时候，时光会自然淘汰掉叛逆里的偏执成分、片面因素和虚无的情绪，剩余的是可贵的沉稳的创建。所以，没有青少年的叛逆阶段，很难说会达到圆满的人生和谐。正是从这个意义上来说，韩寒等人是“80后”这一代叛逆者的先驱，他们用自己的文字，用自己的行为发出了这一代人的呐喊，其意义非同小可，在未来的某个时刻我们可能会听到这一历史的回音。

一般说来，反叛的背后会有一个对立的价值观念和信仰追求，可是在韩寒和春树的作品里很难找到这种反叛的动力。一旦作品中的人物失去了精神信仰作为动力支持，人物的行为失却了合法性，就会在没有航标的河流上自我放逐，于是人和世界的关系松弛下来，若即若离，飘忽不定，个体的心灵状态空心化，飘忽起来，失重了。《三重门》里的林雨翔虽然在乌烟瘴气的环境里变得失去方向感，处处有些颓废的表现，但是他还在消极地配合学校、家庭和这里的人们，起码内心还有对女生Susan的美好爱情的憧憬。但是，到了《像少年啦飞驰》，人物则是较彻底走向颓废。虽然在这部小说里，韩寒还是一如既往地对教育体制和教育状况进行了揶揄和讽刺，但是对人物内心和生活状况做了颓废状态的书写。“我”的童年趣事是和铁牛、书君们这群坏蛋在学武功、打群架、入流氓团伙、预谋杀人中度过的。“我”所在的高中则是一所很卑鄙的学校，歌咏比赛成了情歌大汇展，政治课上谈恋爱是“讨论政治问题”。我的大学呢？这所师范院校更是一塌糊涂的地方：

> 女的看见男的都表现出一副性饥渴的样子，而男的看见长成那样的女的都表现出一副性无能的样子，操场上长期空无一人，树林里倒是常常可以遇到几人……有上了三年课还不知道教室在什么地方的，有一年之内当了三次爹的，有成天叼一支烟在学校观察各色美女的，有上中文系两年还没有弄明白莎士比亚和伊丽莎白原来是两个人的，等等。
>
> 所有的内容总结起来只有两个字，无聊。在我念书的时候，我觉得生活是多么的无聊，但是在若干年后，我再想起的时候，却有些惆怅，当然同时还是觉得无聊……所有读过书的人那个时代的我们都知道是否真的纯真，其实我们中的有大部分的人肮脏卑鄙无耻下流好色贪心懒惰自私恶毒下贱愚蠢幼稚滥情空虚无所事事自以为是没事找事。

在春树的小说《北京娃娃》里，这种颓废的情绪也是很明显的。主人公“我”是北京一个职业中专的学生，我对学校的刻板、僵化的准军事化管理规章制度和肤浅、陈旧和无聊的教学内容很是反感，但又不愿跟它正面发生冲突，“我”只能把自己的头发染成绿绿的，穿奇怪的服饰，以各种各样的理由请假去见自己的网友，去酒吧听摇滚。而“我”的朋友们都是些流浪艺术家，李旗、B5、A26、果冻石均，等等。这些人在一块除了欣赏和交流自己情有独钟的艺术外，就是听摇滚、喝酒和做爱。似乎在当前的校园小说中很少涉及性的，春树则是例外。不过，在春树的笔下，性不是女权主义作家用来表达反抗男性中心主义的工具。在他们看来，性就是性本身，它和意识形态无关，和消费主义也无关，它就是一种存在的体验，生命驿站的一个音符而已，是很内在和本能化的。小说这样写“我”怎样糊里糊涂的和网友李旗第一次做爱的感受：

我是真的心里很空虚。那件事绝对是我生命里的大事情。但是现在却没有人能听我的倾诉，它像炸弹一样压在我心中，一不小心会引爆生活……我的心沉甸甸的，一种控制不住的东西在操纵着我的头脑，李的名字硬生生地挤到我的世界里来，我的大脑因此变得像一块杂草丛生的土地，我被扎得很痒很疼，这一切来得太突然，我还不适应。我有一种一直在担心着什么的冲动，尽管周围正在发生着事件，但就是不能集中精力，而心中一直放不下那件事。它随时都在牵制我，心理充满乱糟糟的幻想。越想越糟，我怕初三时兰草带给我的触景生情，精神恍惚，那时就连一瓶洗发水也能让我想起他来，留给我的印象最深的是犹如吸毒般的感觉。

女孩子的第一次是很宝贵的，“我”毫无心理准备就献给了一个陌生人，本能化地产生了如上所描写的恐惧、恍惚的情绪反映。但是，恐惧期马上就过去了，“我”一切归于平静，这表现在第三次我和李旗上床时情况发生了逆转：“那个夜晚，我和李旗没有再做爱。非但没有做爱，连碰一碰都没有再碰，各自缩在床的两侧，我们相互厌恶，对彼此都没有了兴致……我怎么失去了热爱他的兴趣了呢？我怎么一点都没有恋爱他的感觉了呢？真是怪了，怪了。”无爱之性，虽然也能激发很真切的生命和情感体验，但是它毕竟是感情肥皂泡沫，很快就会空无。在短短两周时间内，与其说“我”是对李旗厌倦了，不如说是对自己厌倦了。他们就是生活在没有爱，没有激情，没有感觉的日子里。其实，爱是一种能力，一种飞扬起生命的发动机，没有了爱，生命就会沉沦，生活就毫无意义，自己也就落拓为“多余人”。李旗就是我们时代和社会中无爱的人。他会很随便与“我”和自己的女友做爱。“我”问他：“你爱我吗？”他毫不犹豫地说：“不爱。”然后又加了一句：“我谁也不爱。”是的，李旗们谁都不爱，包括他自己(不爱他人的人是不会爱自我的)。他们就这样有一天没一天地活着，没有目标，更谈不上方向。难怪美国的《时代周刊》称塑造他们的写手们为“中国的垮掉的一代”①。

在这一代垮掉人的生活日志里，没有大麻、海洛因、摇头丸，没有摇滚，没有群居，没有性泛滥，有的是抽烟、酗酒、开飞车、打架、成天无所事事游手好闲。他们是中国的一代垮掉者，没有什么社会强行涂抹上去的政治色彩，他们是他们自己，外部的世界怎样和他们有什么关系呢，他们应该对它尽点什么责任好呢，这不是他们要思考的问题。不想自己的行为为什么，他们只要感到他们在活着，有时需要发泄过剩的精力，有时要在别人尖叫的恐惧中得到一点点快感，有时自己会讨厌自己，把自己往死里整。他们的生命或许就是一株植物，活着而已。如果要说情绪的话，“无聊”，“没劲”，“靠感觉”，“就那么回事”，“活着就好”，这样的词可以贴近他们。

那么在这样的一副颓废的生存状态和情绪世界里，他们的存在有没有某种合理的内核呢？我以为，颓废不是一个贬义词，而是走向自由的另一种形式。它既是对传统社会道德和价值观念的大胆反叛，对压抑人性的社会现实的一种消极反抗，同时还预示着一种积极的文化精神——此时此地，人们有权选择自己的生存方式。这种生存方式也体现了人本精神。每个人都有自己的路，问题是怎样走，走到哪儿？颓废者的回答是：“生活把我带到哪里，我就走到哪里。”

当然，对生活抱以乐观和进取的人自然会对颓废者是不屑一顾的。进取者和颓废者真的是两个世界的人吗，或者他们是生活在一个世界的敌对双方吗？进取者和颓废者是共在的，彼此难解难分的，既然如此，进取者何以自称是进取者，把颓废者的名号扔给颓废者呢？谁给了他们

① 2004年2月2日美国《时代周刊》亚洲版的封面刊登春树和韩寒等人的照片，并著文将他们称为“中国的垮掉的一代”。

权力呢？很显然，是他们自己。我们知道，“我在”是以“他在”为前提的，颓废者是进取者的“他我”，没有了颓废者这个内在的对立物，恐怕进取者要自行灭亡。这，就是颓废者存在的哲学。在某种程度上讲，反叛和颓废是青春书写审视生活的两极，反叛是一种激进的青春式的“破坏”和创造，而颓废则是在另一方面进行被动、消极甚至绝望的“自弃”和“病态”的抗争，他们带来了青春书写的特质意味。

孤独和忧郁是当下青春写手笔下出现频率最高的字眼和意象，特别是主人公几乎总是独来独往的：形单影薄的一个人走在熙熙攘攘的校园里，孤零零一个人躺在草坪上看落日，一个人彷徨在大街上，一个人到大家都不知道的地方流浪或隐居。偶尔和朋友在一块也就是默默无言地听带子，欣赏最新的 CD 片等。孤独成了他们这代人的生命形态的写照。是的，80 年代人天生是孤独的，他们没有兄弟姐妹，他们是在爷爷奶奶的怀抱中，在学校枯燥教材的灌输下，在家里电视频道和耳塞里音乐的陪伴下长大的。这就注定造就了一代人刻骨铭心的孤独和忧郁。这些青春写手很自然地把他们独有的孤独化在文字里，不仅成为小说的情绪，也是它的内容。正如玉女张悦然在评价郭敬明的小说时说：“他把终年养育他的孤寂种植成一片茂密的森林。”

出生在 1980 年后的年轻人体现出与前辈截然不同的青春诉求。他们的青春是在大量电影、动漫、音乐和其他大量复制的文化产品包裹下度过的。他们的童年时代很短，而由少年向成人的过渡期却十分漫长。在这段时间里，他们尽情吸收了西方文化精神的影响，以及成人世界的种种诱惑。因为孤独、自由，以及资源的充足，他们很容易掉入一个以技术工业支持文化，娱乐全面泛滥的世界。自 20 世纪倡导计划生育以来，这项基本国策对中国社会结构产生的影响目前已初见端倪，但是对中国社会以及个人的文化心理结构的改变至今尚未得到关注。到目前为止，我们已经清楚地看到这一代人与前代的某些性格差异，他们大都心灵孤独、脆弱，不喜欢集体生活，缺少兄弟姐妹的关怀与容忍，因此自私、孤僻，容易受伤。

青春书写在表现孤独时，往往以几种模式呈现出来：(1)直接摹写的孤单主人公的孤寂生活和心理。他们独来独往，走在一个人的天空，偶尔会有很好的朋友，但要么是外表热闹，内心彼此隔着厚厚的墙，他们就在自饮孤独，孤芳自赏。如郭敬明的《一梦三四年》、小饭的《我的秃头老师》就是走的这一路书写。作为很多青春写手模仿对象的《挪威的森林》为他们的独赏提供了理论支持：

人，人生，在本质上是孤独的，无奈的。所以需要与人交往，以求相互理解。然而相互理解果真是可能的吗？不，不可能，宿命式的不可能！寻求理解的努力是徒劳的。那么，何苦非要努力不可呢？为什么就不能转变一下态度呢？既然怎么争取理解都枉费心机，那么不再努力就是了。这样也可以活得蛮好嘛，换言之，与其勉强通过与人交往消灭孤独，化解无奈，不如退回来把玩孤独，把玩无奈。

(2)为了克服孤独的恐惧，他们不断地去付出自己的情感。这种情感付出可以称为“单向情感消费”。所谓单向情感消费是避免人与人之间平等、双向的交流的单面感情支出方式。之所以说是消费，是因为行为者在做这些事情时都是付出，通过付出获得内心的满足，而不是通过交流来获得满足。在这些人的眼中，所有的事情都是在为自己做，而不是在为别人做，自己内心深处的快乐与安详才是最有价值的东西。对他们来说，物质的享受可以不要，事业的成功可以放弃，心仪的恋人可以分手，但是唯一不能舍弃的就是同龄人的友谊，比自己生命更可贵的友谊。自然，这种单向情感消费的基底是与生俱来的孤独。身处异国他乡的颜叙默默无闻地给“我”寄来最新的摇滚乐唱片(《天亮说晚安》)、阿K几年来悄无声息地为运动的“我”送水解渴(《一梦三四年》)、文婧会骂“抢走”自己男友的林岚：“你从小就喜欢和我抢东西，我哪次都让你，这次我也让你。”给予就是获得，在这一代人的情感视野里，爱情这一类情感已经让位给了兄妹情感，对秩序，对理性，对理念统统pass的语境中，唯独对爱情保持了圣洁的想象和叙述，如《大话西游》《三重门》等。可是，在郭敬明看来，这种圣洁的感情不是不重要，却没有兄弟姐妹的位置来得重。或许，爱情可以获得，失去了可以重来。可是这代人有兄弟姐妹的感情吗，压根儿就不曾来过，谈何复得呢？所以，在郭敬明、周嘉宁、张悦然等的笔下，对友情的珍视已放在第一位了，这就是一代人的情感趋向和情感处理方式，因孤独而来的情感演绎。

(3)对自己孤独存在原因的寻找。这类小说就直接涉及当下的单亲家庭和丁克家庭现状。由于父母爱情和婚姻的不幸，直接导致下一代人的成长状态：长期缺乏父爱或母爱，受到周围世界的蔑视和嘲弄，使得他们不得不把自己放飞的心灵自闭起来，在孤独的心灵里，他们渴望了解造成自己独来独往情态的原因，迫使他们去寻找那个神秘的父亲或母亲或第三者等，只有这样才能明白自己何以作为“被抛”的存在。周嘉宁的《夏天在倒塌》、邓刚的《干一件大事》等对此有深刻的描写。

反叛、颓废和孤独这三大意象构成了当下青春写作的基本景观，这三个基本意象有着深刻的内在联系和不可分离的交融性，它们共同打造了当下一代人中的另类形象。

那么，什么是“80后”生人的精神风貌呢？我们可以从网络作为切入点。20年前就有一句话颇为流行：新一代是“看电视长大的一代”。此结论从发达国家传入国内，被学术界接受，并为媒体津津乐道。套用此话，当下的“80后”一代则是“玩网络长大的一代”。据2005年7月21日的中国互联网信息中心（CNNIC)《第16次中国互联网络发展状况统计报告》显示，截至2005年6月30日，我国上网用户总数为1.03亿人，半年增加900万人，和上年同期相比增长18.4%。其中宽带上网的人数增长迅速，达到5300万人，增长率为23.8%，这也是宽带用户首次超过拨号上网用户人数。我国网民数和宽带上网人数均仅次于美国，位居世界第二。这一正式的权威信息除了数字外，其实还从宽带上网人数首超拨号上网人数这一信息中，透露出稳定、长时间上网人数的剧增的情况。宽带上网者主要集中在大城市，而且主要是年轻人。各大网站历次的统计数字均表明：18～25岁的年龄段是中国网民的中坚力量，也是最大数量的上网群体。因此，网络化也就顺理成章地成为“80后”青春书写的又一个特征。年轻人写，年轻人读，构成一个“自己写，写自己，自己读，读自己”的文学生产与消费空间，其中供求关系一目了然。

“80后”一代独生子女孤独的生存境遇使他们尤其渴望交流与倾诉，而网络文学所允诺的平等和自由以及所带来的这种虚拟化的空间为他们提供了一个畅所欲言的理想之处。网络对文学的影响是深刻的，网络文学作为数字化时代颇具影响力的一种叙事方式，已经无以选择地给裹挟进现代消费文化大潮。写作成为一种随心所欲的形式，成为日常生活的一部分，它的语言也不需要服从于某种既定的规范，写作者还可以充分地自我虚拟化，甚至建立一种新的自我认同、自我定位。自然青春写手发表作品只需将作品上传至某个网站，他们的作品就已经成功发表。这就为青春书写提供了一种在现实社会中难以形成的平等、开放、自由的创作环境。在这种环境中青春写手在精神世界和审美观念上得以最大限度地接近文学的本性——崇尚自由，追求自由。无论是在创作的理念、动机、题材、体裁方面，还是在表现手法、语言技巧方面，都可以无所顾忌，畅所欲言。文学创作在网络世界里不再是少数精英的专利或特权，而是置身于民间，成为一种日常写作的方式，甚至带有游戏、调侃、戏谑的意味。在网络上，青春写手自己的网站和论坛，如“苹果树中文原创网”“80后论坛”“新公民论坛”“黑锅论坛”等都较有影响。其中的“苹果树论坛”，以刘一寒、张佳玮、李萌等人为代表的一群“80后”写作者把它办得有声有色。“黑锅论坛”则是由小饭、张悦然、苏德、周嘉宁、卢德坤等写手“经营”的。这“是一个同龄人做起来的论坛”，他们的“短篇小说基本上都是在第一时间发在那里”，“然后等待各自的击赏或评论”。以上这些网站和论坛不仅迅速汇聚了大量青春写手，还吸引了数量更为广泛的青春文学读者，他们与网络不遗余力地亲密接触，在其中书写，在其中游戏，也努力在其中成名。无论是韩寒、春树、郭敬明，还是李傻傻、蒋峰，无不是现在网上受到热捧，暴得大名，获得各种桂冠，然后顺利地转向纸质媒体，逐步地转入主流传播和市场。苏德说过：“网络是大部分‘80年代后写作者’目前赖以生存的发表平台。”①同样的观点，李傻傻也表达过：“如果说我以前对写作只是有兴趣的话，那么我在网上发表的《我最难忘的一双女人的手》等文章得到好评则给了我很大的鼓励，让我对写作达到了痴迷的地步。”在还未获得传统的纸质传媒的认可之前，网络保证了“80后”写作者们的创作热情和自信，为他们提供了被别人认可的最大限度的可能性。

由此看来，“80后”青春书写的网络文体特征主要表现在：(1)即时快捷，文体变幻。与其说网络是一个文学创作的空间，不如说它首先是一个交往的空间。许多人在网上写作，不一定冲着文学去，常常是一个

① 苏德：《苏德发言稿》，见“萌芽论坛”。

话题，即兴创作，形成一种“共时性”的响应。他不一定有完整的构思，而是受到某一网友的刺激，当下反应，驱动创作。因此，从传统意义上说，网络上的许多作品，甚至是以文学为召唤的网络文学作品，更大部分地属于“泛文学文本”，它们是较传统纸介媒体的文学更松散随意的作品。传统文学界限比较分明的小说、散文、诗歌、戏剧四大家族的文体界限似被铲平或淡化，一种相互渗透、互为融合、你中有我、我中有你的“四不像”文体在网络的写作空间里大行其道，确如万花筒式变幻多端，此消彼长。因为写手们并不在意其作品的归属，版主们也无须考虑编辑门类。原因简单，一是当下即兴，一是快速反应。(2)宣泄式、口语化。有人说，网络是社会心理的集散地，此言甚为有理，尤其是针对青年网民而言，网络是他们青春宣泄的主要出口。不少关于当下青年心理苦闷的调查表明，找父母说话，看心理医生，寻求书籍帮助比例都比较低，大多数人的方式是“闷在心里”或向同龄人倾诉，网络常常是他们的首选。在国内的网民中，青年网民占85%以上。如前所述，“80后”这个年龄段的城市网民有不少人属于独生子女，沉重的学业，明显的代沟，剧变的社会，转型的文化，青春期的苦恼，成长的迷茫，都给他们带来了无限的“郁闷”，上网于是成了生活的一个重要的部分。在宣泄中寻求心理平衡，在交往中寻求朋友认同，是“80后”生人上网的主要动机，他们也因此成为网络生活的主角。浏览网上作品，一个有趣的现象十分明显，年轻写手们言语风格与他们在学校学习过程所接受和使用的言语风格反差极大！同样的意思，不但有完全不同的言说模式，更有天壤之别的言语方式，这种方式最大的特点就是口语化，即使是文学性强的作品，口语的表述也占据了作品的主要篇幅。青年写手们显然在寻找他们共同认可的一种言语方式，并在有意和无意中创造了属于他们自己的，“圈子里人”的新兴网络沟通语言。这种受到认可的网络语言，不但充分体现了自由共享的网络精神，而且由于其“青年特点”形成一种对传统父辈文化模式的“叛逆”和反抗，同时也对网络文学作品的文体特征形成有着深刻影响。(3)互动式与零碎化。网络写作的原始动机是属于互动式的，它同传统文学创作的月下苦吟，内心独白不同，具有“交互式共享”的特点，就是不止一个人，而是一群人在“手谈”一个话题，互动式、交互式，不断地交流，不断地变换视角是网络文学作品的文体特征。被誉为“网上第一部畅销小说”，台湾青年作家蔡智恒的《第一次亲密接触》颇具代表性。作品描写的一出网恋悲剧，从网络上的邂逅，咖啡厅见面，同看电影《泰坦尼克号》，到女主人公消失，思念，所有情节和场面描写都是在一种口语化的互动中进行的。排版也是典型的分段空格，比起传统纸媒作品，更加简洁灵动，但同时也显现出“零碎化”的趋势。总体结构容易松散，抒情泛滥以致故事的“河床”都无法确定。网络文学的一批作品由于互动式、宣泄式、口语化、即时性，难免成为快餐消费型的作品，似乎也是正常的。网络以其“海量”见长，也就有着相同的匹配：无尽的网络垃圾，其文体特征也可归结为零碎、散漫、随意。

总之，与传统的文学写作方式相比，由于网络的开放性、交互性和虚拟性，它给我们提供的是一个相对来说比较自由的写作空间，网络写作不用考虑发表和出版的问题，更不用考虑销量，只要具备一定的网络知识和写作技能，你就可以进行网上写作。这在一定程度上冲击了原有的文学生产机制，使一批被纸质空间拒之门外的作家和作品有了生存的空间。同时，网络空间的交互性和虚拟性也给传统的文学表达方式和写作方式带来了冲击。对于都市小说来说，网络本身带来的就是一种全新的都市生活方式和存在方式，当网络小说自身也将网民的生活作为写作题材时，它带来的就不仅是题材领域的创新，同时也开辟出新都市小说的另外一重生存空间。另外，当在线式的写作和交流成为一种可能，口语以及与网络相关的诸多表达符号的出现，也使网络小说对传统小说文体造成巨大冲击(如前述)。到后来，当图片、声音等都被纳入网络文之中，“超文本”也就诞生了。这使都市小说从题材、文体以至文本样式都与之前的小说不同。都市小说的许多作家都有网络写作的背景，如邱华栋、李冯、李大为等就于1999年联合创作了网上接龙小说《网上跑过斑点狗》，在此之前，邱华栋等还建立了网上文学社“浪点潮”，李修文、李洱还创办网络文学期刊《左边卫》等。网络为都市小说的发展提供了一种可能的成长背景。对于“70年代人”和“80后作家”来说，他们大多都是从网上脱颖而出的。网络对传统文学机制的冲击为一批批年轻作家提供了一个自由表达的空间，传播学意义上的“守门人”的隐退，使他们的创作自由和个性自由得到充分的释放和宣泄，这使一种新质的文学的出现成为可能。都市小说的青春特质不能不说是得益于网络这种新的生产方式。可以说“70年代人”和“80后作家”就是在这种情况下经由电子媒介进入印刷媒介而跻身文坛的一角。另外，种种文学期刊和图书电子版在网上的问世则扩大了新都市小说的读者群。

如果我们从更广泛的网络创作来看当下都市文化语境下网络叙事的审美特质，我们发现，网络叙事由于没有硬性的规定，各种样式和风格也全凭作者自出心裁，因此网络文学拥有了传统文学不可比拟的生气与活力、另类的构思和鲜明的生活气息。这样就给普通读者提供了一个走进文学殿堂的广阔空间。在这种平民化的创作和欣赏中，创作者只是体验“我言故我在”的生存快感，而读者也无须去思索作品中有何微言大义，阅读就是感受文字带给你的感觉。网络作者常以谐趣幽默、充满个性、明白如话的语言，以明快的节奏和一目了然的结构来建构文本作品。大多数读者希望在有限的时间里，宣泄情绪，放松身心，获得一种令自己愉悦的审美快感。于是，在线浏览这种无负担、无压力的轻松阅读便给他们提供了许多快活的审美体验。网络叙事用率真、感性、碎片式的声音消解着审美领域中既有的话语权威，带给进入这个虚拟审美空间的人们最简单的快感式审美体验。迄今为止，还没有任何一个世界能像网络世界一样，让人这么生动真实地显现着，并给人的显现提供了这么自由广阔的空间。人们在这样的空间里，运用文字、图像、声音，空前自由、充分地表达着自己，并创造出了多媒体、超文本等新的艺术形式。在网络的星空上，人们可以毫无拘束地发泄自己的真实情绪，淋漓尽致地表达和抒写自身。当然，网络文学的自由不仅表现在平民化的题材上，还体现在它的怪诞体裁上。不论是文体杂糅的作品，还是独出机杼的片段，都是网络写手出自本真的生命体验。最为难能可贵的是，在网络生存状态中，人的灵魂和活力都在不自觉地、全然地、赤裸裸地、无衰减地表达出来。然而正是在这种自娱娱人的游戏中，一种接近于揭开、擦拭本心的世界出现了，心灵开启，生命还原，那些毫无技法的文字里，流动着的是一股股真诚、质朴的清泉，传达的是一种生命本真的审美内涵。在网络上，只有真正能打动读者的作品才能让读者完整地读下去，这既是对阅读本身的过滤，也是对作品的过滤。而这种过滤恰恰体现了一种自由，这种自由的创作和阅读是一种非强迫性的生命显现过程，在这个充满生气的世界里，作家和读者的心灵都显现出一种敞开的状态，也只有在这种袒露心怀的本真状态下，双方才能进行一场真正的美的体验和生命体验。当然网络叙事多表现出来的是低迷颓伤的审美取向，追求绝对的感觉而漠视生活真实原貌。这种审美取向使读者感受到的是伤感、失落、悲哀以及对世界和人生的怀疑、彷徨。这种心理上的诱导以及暗示的负面效应是网络文学为公众所指责的原因之一。但是无论如何网络文学异于传统文学的审美特性赋予了它个性化的审美价值和意义。网络文学对内心的表达更为直接率真，毫无矫情做作之态，虽然技法不及传统文学纯熟，深度也欠挖掘，但它体现出的那种自由蓬勃的朝气和生命力，能让我们把文学真正当成一种愉快而自由的美的欣赏和生命的体验。网络叙事作为一种新生事物有着可贵的生命力，作为一种文学形式，它的出现丰富和弥补了电子时代的文学领域。至于它的审美缺陷，还需要网络写手的修正与努力，更需要加以时日与足够的宽容。

第五章
中国当代都市小说的审美困境

当代都市小说在市场经济的刺激下，在大众审美文化的浸染下，更多地彰显着感性审美的魅力是不可避免的，但如果这种感性审美的倾向是极度通俗化的、高度商品化的、日益实用化的，崇尚流行性的，一味迎合感性现代性及现代消费主义浪潮，成为物质享乐的助力，这样的都市小说的审美倾向就令人忧虑了。当然，我们也看到了在当代都市小说中凝聚的超感性审美现代性质素，其本质上是一种反对世俗现代性、反抗技术异化的自由审美精神，在上面的有关章节里我们做了简要的评述。在这一章，我们将针对当代都市小说中存在的审美困境进行分析，以期能够促进当代都市小说的发展。

第一节　审美经验的困乏

在我们面对的轰轰隆隆展开着的都市化的进程中，先进的科技、丰富的物质、发达的工商业与其对人们行为和心灵的影响混合并存，新旧文化、观念、思想在激烈地交汇碰撞，都市人的生存空间比其他任何生存空间都显得更为繁杂多彩。特别是形象各异的都市人群的出现，他们既是能敏锐接受新观念、新品质的人，又是更易遭受物化、异化的人。具有复杂心态、多重性格的都市人群，对于渴望新形象的文学来说，实在是一种幸运。遗憾的是，我们到目前为止，还没有看到多少能把握这种机遇而去探究、生发的作品。我们曾经估计，社会的转型，必将带到文学的转型，包括广东在内的沿海地区的都市化既然有不可阻挡的发展趋势，那么都市文学就不能不上升到主导地位。都市题材的文学之所以未能使人满意，很大程度上在于作家在涉猎题材时还停留于都市生活的表层形态上。20世纪80年代初中期的都市题材作品，尽管能给人一股清新的气息，但所书写的人物大抵西装革履，手提公文包和“大哥大”行走匆匆，满嘴“实践”“改革”等新观念。刘西鸿的《你不能改变我》、张梅的《殊途同归》等作品面世后，都市小说在表现都市题材方面明显地深入了一个层次；但无论就单个作品而言还是将这一段的作品综合起来考察，读者都没有感到这些小说能广泛地接触都市里风云集汇的政界、商界、企业界、金融界，以及证券市场、文化娱乐市场等。更重要的是，目前从事都市题材创作的作家们，似乎还缺乏力量将都市生活中的各个领域作为一个整体来把握，探究其中深藏着的内在联系。这样的一种内在联系，自然远比我们曾经历验过的建立在自然经济基础上的社会关系复杂得多，也远比一般教科书所阐明的更为深刻与微妙。毫无疑问，当我们的文学离开了对现代都市生活中的各种社会关系的深刻揭示，便无法塑造出崭新的现代都市人的形象，繁荣都市文学创作也变成了一句空话。我们发现，如今从事都市题材文学创作的作家，大都依然沉浮于“别人的都市”的情结当中，从而使都市文学固有的揭露性与批判性带上了酸溜溜的感情色彩，并且局限到了一个狭窄的方位上，颇为严重地影响了对都市生活的深入体验与观照。不过，我们或许可以加以谅解，因为事实上到目前为止，许多作家的审美情趣是在现有的文化背景中形成的，都市生活迟迟难以进入他们的审美意识，即使是被复杂多样、光怪陆离的都市景观诱惑到城市来，他们的心态也是浮游不定、变动不居的，时时萌生出逃避的意念。这倒使我们有这样一个假想：都市文学将同新世纪作家联系在一起，因为他们诞生于刚刚开始发育的经济都市，并伴随着社会的现代化、都市化过程的成长，因为他们自由生长在都市，种种喧嚣嘈杂早已司空见惯，再加上传统的文化意识和传统的人文心态对他们的冲击远不如今天的作家巨大，所以他们能以宁静的心态和犀利的目光去透视都市的纷繁景象，并穿越飘浮在都市表层的雾霭，挖掘出最深层的都市人的生存本相，把生命作为生活的全面体现者进行多方面的探究。简而言之，时下的都市文学创作，要求作家深入到都市人的种种人生角色中去做深刻的体验，在这体验中力求意识到现代都市生活是作为一个整体的存在而存在的，并设法对其进行多方位的深入考察，对其内在规律及走向进行高屋建瓴的把握。

面对人类社会的现代化、都市化过程，目前我们的都市小说还没有出现卡夫卡、萨特与加缪式的尖锐的深刻：他们拒绝生命的异化，虽然困顿于精神的荒凉，然而痛苦的心灵却是指向遥远的人类前程的；他们对人类的宗教般的挚爱演变为寂寥的歌吟，荒诞的艺术形式下涌现出对现状的愤怒和不满，让我们在具体的生存过程中看见了人类应有的和不应有的一切。然而当下我们的都市小说，更多的是这样的作品：在城市的围墙中，寻找一小片绿草地，就是一种对“精神家园”的寻觅了。毫无疑问，这“精神家园”与我们面前浩浩荡荡展开着的都市生活相比，与卡夫卡们的痛苦相比，是一片何等狭窄的天地呀！因此我们不能仅仅将都市小说看做是“都市的”文学，以期在题材上和“乡土的”文学相对应，而应更多地把它理解为现代都市意识观照下的文学，以期在文化的指谓上与建立在自然经济基础上的传统意识观照下的文学相区别。这里所说的都市意识应包含两种含义：一是对时下的现代化、都市化进程作多样的深刻的认识与整体的把握，以直逼都市的灵魂；二是以世界性的都市发展作为参照建立我们自己的都市理想及与此相关的现代人之观念体系、美学体系。在这其中，现实原则与理想原则是辩证的对立统一关系：前者是后者的基础，否则空谈“现代理性”“审美现代性”等也无助于都市小说的发展；后者则为前者的指导，否则我们便无以进行对现实的批判以及自我批判，从而不断地调节和完善自己的审美观照体系。

以 20 世纪 80 年代的市井小说为例，邓友梅笔下的人物似乎没有其笔下的传统市井习俗更令人难忘，冯骥才的《三寸金莲》和《神鞭》等小说在形式上是运用了一些现代手法，如将纹样图纸引入叙事，运用大段无标点的长句等，但是小说的总体风格和审美情趣毫无疑问仍是传统的。这一方面是因为新时期初期的市井小说家在思想观念上与所要批判的对象有一种血缘的亲和力，这就使得批判成为对自身传统文化构成的批判，造成了批评的软弱和批判与欣赏并存；另一方面，这一时期的市井小说家又缺乏足够明晰的用做批判参照系的现代意识，不能把批判对象始终置于现代意识的观照之下，使得批判成为无参照系的盲目过程。正是由于这两方面的原因，我们虽然不难在小脚上看到人性的扭曲，在勾画中看到文化的没落，但还是会在精纯的传统技艺面前击节不已，以至于有时竟会忘却了批判。此外我们也会发现，这一时期的市井小说中的人格理想仍是崇尚刻苦耐劳、柔韧厚重、慈爱善良的积极一面，对于都市人的机智敏变和独立竞争、蓬勃奋进的意识多少有些排挤。这种拘泥保守、折中妥协的人格理想同市井小说的艺术格调、风物旧俗的审美情趣无疑是一致的。事实上，这一时期的市井小说恰好反映了它与它的母体——建筑在农业社会的审美风尚之上的审美意识的千丝万缕的联系，恰好暴露了作家们以传统观念系统作为宗旨的文化构成与当代都市生活的诸多背离和不协调。他们以热情的肯定态度对待传统文化，并从意识深层的传统观念中获得审美的愉悦，这样一来，他们自然就会无视当代生活中的种种变化以及存在于其中的未来性、现代性因素。

而以大都市著称的上海在20世纪80年代的都市小说创作上，也面临着同样的问题。无疑，对于上海特殊的文化性质，上海作家自有其独特的认识，特别是力求写出“上海味”的王安忆和程乃珊等，在这一时期有不少作品表现出了上海独特的文化形态。但是，这些作品往往反映的是人们在封闭环境里形成的一种阻碍人的现代化的心理积淀和文化积淀，而非开放的先进的意识。例如程乃珊的《蓝屋》中的二公子，在一笔完全可以合情合理合法地继承的遗产面前，却表现得战战兢兢、矛盾而软弱，因为他认定有了钱就必然丧失钱以外的一切，这似乎是典型的财富恐惧症，只有对自身精神力量丧失了全部自信的人，才会把金钱使人格堕落的可能性放大到如此可怕的地步，事实上，这种如同宗教自虐症的心理，在作家的创作中是被用做道德批判的武器的。从这个层面上说，部分上海作家的创作理念和创作情感也是以传统的观念系统作为其主要的审美支架的，而且这种文化构成使得作家们对上海这样有着较多非传统文化因素的城市的生活内容产生了一定的排斥力和异己感。总之，处在新时期初的都市小说，还无法真正代表现代都市人的基本愿望和基本利益、审美精神和审美感情，而城市的现代意识在这一时期的作品中虽然不是毫无踪迹，但却远未成为支撑创作的核心和主导。1985

年以后，刘索拉、陈建功、陈村、王朔等人的作品才开始具有完全都市意义上的审美现代性质素。

进入20世纪90年代，都市小说的审美现代性质素虽然建立起来了，却缺少开拓与深入，因为这一时期的都市小说家们所复现的现实，几乎都不曾越出个人日常经验范围。比如，在都市小说文本中曾接二连三出现以艺术家、诗人、硕士、大学生这类人物及其生活为表现对象的作品，像徐坤的《先锋》《梵歌》，山村的《最后的艺术家》，鲁羊的《黄金夜色》《紊乱的火焰》，邱华栋的《把我捆住》等，这些作品的写作未必是出于对这个阶层的特殊兴趣，而是这群作家们想以此带动他们的小说对整个社会和时代的表现和思考，显而易见，这也是很牵强的举措。都市小说作家普遍缺乏足够的生活阅历，缺乏对个人日常经验之外的外部世界的认识。以使他们不可能像狄更斯那样描写流浪儿，不可能像巴尔扎克那样描写银行家，也不可能像德莱塞那样描写城市平民。他们对此倒很坦然，他们不接受作家必须深入生活才有生活的说法。如述平曾说："我不是一个有着丰富阅历的体验型的写作者，我依靠的是想象和思考，我所表现出来的现实只存在于我的头脑之中，如果它不幸与所谓的现实生活挂上了钩，那只能说明一个最简单的事实，这就是说：我和我的作品都是现实的一部分。"[①]都市小说已走过数个年头，都市小说家们没能拿出在深度和力度跟在城市文明浸淫日久的西方作家相媲美的作品，他们缺乏深度的平面化写作只是记录下了现代都市发展进程中的一些浮光掠影，缺乏创作主体的思想与精神的提升。他们对现实的临摹与复制造成都市小说的类型化倾向。为此，切实需要作家们深入生活加强体验，提高自己思想认识，概括能力。用学者陈晓明的话说就是："构建新的认识论图式。"这种新的认识论图式就是要促进文学叙事对"现在"的复杂本质的有力把握，对当代变动的中国现实有深厚的理解，在多边作用的关系中来辩证理解我们置身于其中的现实。既看到现在，又看到历史和未来。以期创造出厚重的，有意味的，有力量的都市小说。

---

① 述平：《我和我的作品都是现实的一部分》，见《生命的摆渡——中国当代作家访谈录》，72页，深圳，海天出版社，1998。

第二节 审美理想的缺失

如前所述，当下的一些作家对都市的理解很大程度上流于“表面化”“平面化”，热衷于写出“浮世绘”般色彩绚丽、但意寓苍白的作品。这从一个方面也说明了作家审美理想的缺失。他们可能推崇的就是市民阶层的审美文化，并将其作为自身创作的基本指向。这里就存在着一个问题，市民阶层往往将精神、彼岸看成一个完全虚无缥缈的东西，对理想、价值的追求也相对淡漠，世俗的、物质的此岸从来没有如此被看重过，精神、彼岸被放逐，剩下的是一个变幻不定的世俗的此岸的世界。这种审美文化的沉积决定了一部分都市小说家迷醉于都市的繁华表面，高楼大厦、灯红酒绿，如此一来，深刻和理想成了明日黄花，审美价值甚至成了一种虚无。诚然，城市作为政治、经济、文化中心的地位使其等级秩序和贫富分化日益显著，从平均主义盛行到悬殊的贫富差距，中国仅用了短短的十几年时间，面对贫穷，中国的传统文化游刃有余，然而面对财富，却捉襟见肘。城市人在物质空间上毗邻而居却缺乏亲密的邻里关系，世态的冷漠制造出四处蔓延的孤独和忧郁。这样的生存空间逼使作家对高度紧张的精神状态做出应急反应，作为这种反应的结晶的小说尤其是都市小说就不能不携带着一种应急性和临时性。这样使欲望性文本大行其道。为了宣泄因为没有找到发泄的目标而淤积在体内的能量，小说家们借助文本建构来获得快感，以展示出生活的丰富性，但作家往往将本能注入躯壳，将力比多的作用阐扬得高于一切。例如，朱文笔下的主人公为了打发难熬的时间，常常不分时间不分场合对象地与女人上床。韩东的《障碍》传递了爱与性欲此消彼长的欲念，爱在性的趋势下只好狼狈逃窜。由于把现实世界搁置起来并转向想入非非的世界有助于减轻心理压力，因此，感性生活在都市小说中被极度地膨胀起来，作家对感性肉体的关注将在现代文化中久居主导地位的理性灵魂挤到了暗角。林白毫不遮掩地叙说：“在这个时代里我们丧失家园，肉体就是我们的家园。”①这种都市小说中对欲望的偏嗜常被视为对压抑和禁欲的反

---

① 王干主编：《城市　女性》，2页，北京，文化艺术出版社，2003。

抗，但其中逃避感情和乞灵于技术的倾向显示了精神世界、审美理想的某种匮乏。因为对肉欲的过分宣扬势必形成新的欲望枷锁，那就是通过纵身肉体来麻醉自己，这样，逃避冒充成了解放，倒退伪装成了进步。通过付诸行动以避免内省的折磨，这是 20 世纪 90 年代都市小说作家沉迷欲海的借口和心理动因，毕竟放纵自己能够获得的满足，远远超越探寻意义而产生的痛苦和焦虑。以肉体排斥精神和家园所造成的后果是肉体和灵魂的双重委顿。欲望的膨胀表面上似乎是对人的一种夸大，是个性的一种张扬，但结果却使人对欲望形成一种奴隶式的依附性，被客体化为欲望的容器。

都市小说在审美价值层面上以一种调和主义、折中主义、相对主义的趋向模糊了必要的审美价值判断，以亦此亦彼的多值逻辑判断作为主要依据。特别是在文化积淀较深的作家身上，这种情况更为多见。因为这类作家常常面对乡村与都市、现实与理想、传统与现代、东方与西方的多重矛盾冲突，这些冲突也常常将他们推入越陷越深的矛盾旋涡。贾平凹在从《废都》到《白夜》《土门》中，对都市社会的轻浮、堕落、文化崩溃显然是心存戒备的，但在作家的主体情思中又难以掩饰由衷的感伤和灰色，既忧虑又无奈，既反感又同情，既厌恶又带有着一种说不清的认同感，他的这种多义性和模糊感加强了审美价值指向的浑蒙状态。也就是说，作家自身的主体意识就充满了迷狂和混沌，成了一个无(非)中心的无魂的主体，那么投射到作品中，就导致了 20 世纪 90 年代都市小说的人物失去统一性，虚无主义侵入人物的灵魂和骨髓，所有曾经辉煌一时的信念都土崩瓦解，人因丧失意义指向而恢复到直接的生存状态，将苟活视为生命真谛。再如，朱文的作品中对父亲、理想、爱情、崇高这些神圣的字眼充满了本能的反感，以恶作剧的形式对之进行肆意的嘲弄、调侃和反讽，他曾写道：“啊，爱情，你真像一泡屎。”但这并不是说作家的主体也已走入精神的废墟，也并不是作家只追求审丑，但多少显示了作家因茫然和颓唐引发的沉痛。许多都市小说家拥有足够的写作才华，但他们选择了自我放逐，放弃了作家应有的人文关怀。他们要么不去表现这个变革时代极富意蕴、充满矛盾的现实生活，而是在历史叙事中藏匿其身；要么即使描绘当代生活，却缺乏一个小说家应有的精神激情和对人的关切之心。不少作品所表现的价值思考，基本上是在同一精神层面上滑行；对生活的感悟，对生活的评判准则，基本上是原有的认识平面上的东西。另外还有关于人性、生命、死亡、爱情、欲望等的书写所体现的价值思考中，很难发出对一定历史文化层面的穿透之光。这些作品或许会在艺术方式、叙述智慧等方面给予人以阅读的愉悦，但却难以在精神上带给人震撼和新的启示。这恐怕正是近年来以小说为代表的文学失去“轰动效应”的最深层的原因，无疑也是我们这个世纪交替时期未能产生有深远影响小说的重要原因之一。就都市小说来说，作者们把世俗中丑恶、琐碎、无聊、无奈的世纪末绝望情绪都刻画得淋漓尽致。某些作品中大量的代表欲望、本能与享乐的一种反规范倾向，无情地将人们曾经坚守的理性规范冲泻到千里之外，在获得短暂的自由快感之后，陷入了更深的绝望的虚无主义当中，从而加剧社会结构的紧张与恶化。

尽管都市小说家的生存空间受到影视、报刊的挤压，但它能进入人物隐蔽的精神世界，在对都市人的心灵观照方面有独特的价值，小说不怕写世俗，关键怕流于世俗。流于世俗的现代都市小说家恰恰是自己缺乏一种对理想与人生目标的向往和追求精神。正如福克纳所说：“人有灵魂，有能够怜悯、牺牲和耐劳的精神。诗人和作家的职责就在于写出这些东西。他的特殊的光荣就是振奋人心，提醒人们集聚勇气、荣辱、希望、自豪、同情、怜悯之心和牺牲精神，这些都是人类昔日的荣耀。”[①]20 世纪 90 年代的中国都市小说在多元兼存的混沌发展中显示的无序、浮躁的时代背景下，呈现给我们的是不成熟和未完成的转变。有强烈社会责任感的小说家总试图通过自身的思考为身处生存危机的人寻找出路，帮助人类正确认识人性善恶的两面性，以悲天悯人的人类情怀，与探索对灵魂堕落的拯救之路联系起来，在揭示人自身的人性弱点时，进入人认识自我的深度，引导人类思考以人性的善来征服人性的恶，消除人类面对自身人性之恶习的无能为力。都市小说的生命力就在于关涉人类精神生活的历史和社会责任。我们渴望都市小说家能始终将对人的精神处境、人性完善的审美关注与自己的小说创作融合在一起，并且上升到人类理性的高度加以表达，对当代人的生存状态、生存方

---

① 福克纳：《在接受诺贝尔文学奖时的演说》，见王宁主编：《诺贝尔文学奖获奖作家谈创作》，191 页，北京，北京大学出版社，1987。

式、生存中的失落与固守进行追问和思索，以认真、虔诚、本色、深情的小说创作来负担起小说无法推卸的责任。

第三节　审美形式的单一

我们知道，20 世纪以来信息技术的突飞猛进不仅使生产信息化，而且使工作信息化和生活信息化。驳杂信息的狂轰滥炸和城市中个体的自闭性生存使得表象不断膨胀和不断更替，而这些表象与生命个体缺乏一种精神联系，它的强制性输送还严重地麻醉了个体精神体验的敏感性与穿透力。现实的不断跳荡使具有相对稳定性的本质和意义无从追索，只能在表象的激流中呈现本质和意义的假象。20 世纪 90 年代都市小说创作就充满了对表象、信息的迷恋与依赖。邱华栋在长篇小说《城市战车》的《代后记》中就说："在一个传媒时代里，小说应该是什么样子的？我认为，更多的信息已是好小说的重要特征。信息量一定要大，否则一部分小说将很快被信息垃圾淹没。"①然而，生活表象的堆积使小说成为信息交流的游戏，这反而加速了它的淹没过程。因为表象化叙事对信息的堆砌容易给受众带来一种"心理超载"，使得受众没有能力去处理那些接踵而来的感知和认识信息。为了保存自己的心理能量，受众和每种信息仅仅保持表面的和短时的关系，而且要尽量避免那些无关紧要的信息的干扰。这样，相互消解的表象就成了对真实和意义的遮蔽，它注定无法在受众心中留下痕迹。表象化叙事中的每一种表象似乎都残留着意义的碎片，但这些碎片则在相互挤压和叠加中灰飞烟灭了。所以都市小说往往留给读者的就是都市的表象、经验或者人物精神、情感、心理的碎片，我们往往无法用深度审美和心灵力量来阐释都市小说。

与表象叙事结伴而行的是拼贴手法的大行其道。20 世纪 90 年代的都市小说不同程度地调用了拼贴手法，邱华栋、丁天的不少作品都脱胎于晚报新闻和市井流言，朱文的《弟弟的演奏》尽管极力以切身体验凝合 80 年代末期以来南京的以至中国的重大事件，但拼贴的印痕依然有迹

---

① 邱华栋：《城市战车》，286 页，北京，作家出版社，1997。

可循。再如张欣、池莉、何顿等人的部分作品同样经不起仔细推敲，拼贴的痕迹流露出主体仓皇失措的内在迷惑。棉棉更是在《一个矫揉造作的晚上》中借诅咒的口说出了自己的小说理念："艺术就是东捅捅西蹭蹭添点乱才好，重要的是创作者本身得时刻保持兴高采烈的状态。"她的作品确实较好地贯彻了这一意图。拼贴手法常常将一些缺乏联系的表象强制性地捏合在一起。各类碎片原封不动，不经艺术加工就拼贴进文本，这使物还原为物，每种表象都俨然支撑起一种主题，这种割据局面呈现的复杂情形使意义的传递散射成网状结构，使文本显得凌乱无序、松散重复。所谓的意义也只能是各种碎片暂时的交汇和粘结。这样的结果是，90 年代的都市小说呈现出一种令人叹为观止的奇观化效果，声色犬马的场景和光怪陆离的诱惑令人目不暇接。然而在这种审美形式的困境下彰显的是作家对于历史、现实作深入思考的拒绝或遗忘，用雅各比的话说："社会健忘症是商品社会的精神性商品。"①这句话有力地揭示了商品社会对人们的记忆系统的抑制和损害。从这个角度上讲，超越、创新也就成了一句空话。

当下都市小说的另一个重要问题就是自我重复。这里的自我重复是指相同的叙事成分在不同作品中的机械重复。特别是在 20 世纪 90 年代以来的都市小说中，细节重复成为最为普遍的现象，结果使得作品的意义不断地流逝和损耗。以邱华栋为例，《闯入者》和《夜晚的诺言》都对摸得大奖的奇遇玩味再三，《手上的星光》中杨哭捧红廖静如的伎俩也是《新美人》中"我"捧红热檀的策略的翻版，《眼睛的盛宴》和《公关人》对假面舞会的渲染则大同小异。林白的自传性长篇《一个人的战争》和《瓶中之水》《青苔或火车的叙事》等中篇的不少细节都出现重复甚至雷同。而何顿的作品在人物关系、故事细节、叙述语调和结构关系上都同出一源，《告别自己》中的雷铁、《喜马拉雅山》中的"我"、《生活无罪》中的"我"和一系列作品中的人物都是辞去中学教职后转入商海的突围者。丁天的《流》以《饲养在城市的我们》中的一个人物刘军为主角，细节与情节的重复无可避免。周洁茹的小说几乎都围绕着两个年轻女性的微妙关系

① [加拿大]本·阿格尔：《西方马克思主义概论》，277 页，北京，中国人民大学出版社，1999。

展开叙述，而《我们干点什么吧》《点灯说话》《飞》《抒情时代》等大体诉说着相同的人和事。棉棉的《啦啦啦》和《每个好孩子都有糖吃》讲述的都是“我”和“赛宁”疯狂放纵的故事，而且《每个好孩子都有糖吃》和《一个矫揉造作的晚上》的最后一节一字不差。这种普遍的自我重复同当前流行的经验化写作不无关系。我们知道经验化写作大都采取第一人称叙述，作品有很强的自白性，作者、叙述者和主人公的互文性极为明晰。“自己的故事”因为鲜活的生命体验具有着率真、质朴的魅力，但一旦这种资源走向枯竭，因经验的匮乏而导致的捉襟见肘便应运而生，自我重复就势必成为无奈的归途。此外，20 世纪 90 年代日常叙事的风行取消了艺术同生活的距离，艺术与生活的界限变得暧昧不清。阿格妮丝·赫勒在《日常生活》中认为，重复性实践和重复性思维在日常生活中发挥着重要作用，过度地沉溺于日常生活，容易导致“在需要创造性思维的情形中，我们常常试图以重复性思维侥幸过关或勉强应付”①。这意味着日常叙事本身就蕴涵着自我重复的隐患。当都市小说家们将日常生活的表象推向极致的时候，他们的贫乏也就无法逃脱了。也就是说他们的想象力已接近了“零度”。“重复相同的情节，重复到令人生厌的地步，让情节像走马灯似的循环，这个方法我认为也不是技巧的问题，而是想象的问题。因为这样无限地反复使作者和读者都产生一种厌倦和宽慰糅杂一起的感觉，而这正说明了想象的特点。时间如线团似的缠绕，首尾相接，这肯定什么也不能生成，只能生出虚无，由虚无又生出恶心。”②想象的匮乏使作家在叙述“别人的故事”时陷入深刻的隔膜感，使文本成为驳杂的信息的生硬堆砌，同时也使得拼贴手法更加技术化、程序化。最后，我们也要看到商品社会的金钱至上也往往迷惑了都市小说家的眼睛，为了生存也可能是为了金钱的写作动机成为自我重复最直接的内趋力。何顿在一篇创作谈《写作状态》中说：“如果写小说养活不了自己，我只怕又得去干别的了。我还是做好了转向的准备，我觉得自己对生活的适应能力还是很强……其实我算个什么作家呢？我纯粹是个靠小说卖钱而维持生计的人……我只是感到写小说居然也能让我活下来且还做到

---

① ［匈］阿格妮斯·赫勒：《日常生活》，140 页，重庆，重庆出版社，1990。

② ［法］米歇尔·蒙苏韦：《论“新小说”中的想象》，见柳鸣九：《新小说派研究》，544 页，北京，中国社会科学出版社，1986。

了养家糊口而由衷地感到好玩。”①当文学被视为“挣钱与成名”的工具时，想象的腾跃、诗性的飞扬自然要让位于写作的功利性，而自我重复的写作形式则是最易于达到功利的目的了。

总之，都市小说家忽略复杂多变的艺术形式是一个较普遍的现象，正如有的评论家所说是一种浅层次的“现在主义”的描绘，作品很难达到应有的深度、高度、力度，这也是当前都市小说创作的一个危机所在。出现这种情况的原因，首先是都市小说家缺乏敏锐的先锋探索意识，20世纪90年代的文学转型使得原本的先锋作家在都市现实面前深感无力，逃离现在的惯性又使得他们难以重新融入现实，而当下从事都市小说创作的又多是一些新生代或更年轻的作家，尽管有的作家在艺术上已相当成熟，如陈染、徐坤、韩东、邱华栋等作家，但是还有很多作家的艺术功力和先锋探索意识不强，在表现复杂的生存境遇时显得力不从心。其次，是都市小说作家局限于由个人的视点出发去理解社会与时代，以自己独特的方式来表达对现实的态度和情感，开始了对现实经验直接移入文本的书写，在都市小说的文本中，文学与现实是相等的，文学是对现实的仿真。其间，知识分子精英意识的进一步受挫和商品经济对主流意识形态的猛烈冲击，使文学的社会功能更加弱化，文学丧失了80年代那种对社会的巨大的影响力，作家自身的审美能动性在知识分子边缘化的境遇中也开始退化。因此，都市小说群体以个人经验为基础，把现实的直接经验引入小说，文学变成了对现实的仿真或曰戏仿，小说叙事同现实一样。个人叙事的仿真化状态表明：文学传统意义上的审美能动性在减弱，文学不再以高昂的姿态去对待现实，文学叙事同现实存在处于同一个平面上；更为关键的是，现实本身已经符号化了，没有一个以物质形态存在的脱离了符号化体系的纯客体的现实世界，现实以符号的形式存在。都市小说作家尽管书写了现实，但却难以创造现实的想象关系。由于90年代社会商业化程度的加剧，不仅引发了各类表层矛盾，同时曲折地导致了更为深刻的存在的意义危机。新时期以来某种有关现代性的乌托邦想象被迫中断，一系列有关政治、经济、文化等问题被置之一旁，面对如此的现实形势，都市小说作家不应该仅仅停留在文学对现实的仿

① 何顿：《写作状态》，载《上海文学》，1996(2)。

真叙事上，文学应介入现实，对时代进行更为深刻的思考。如何走出都市小说审美形式的困境无疑是一代作家所要思考的问题。

第四节　审美语境的制约

语境作为一种外在于作家的存在，对作家是一种极大的制约力量，同样作为作家描写的对象的都市，它的生存状态、它的特性无疑对作家的创作也起到一定程度的制约作用，从而成为研究都市小说创作的一个不可忽视的对象。如果我们可以用一个字来概括当下的都市的话，那就是“变”。市场经济的确催生了都市的活力，使都市每时每刻都在发生着令人难以想象、无法预料的变化。城市在无节制地膨胀着，昨天的郊区今天就成了市区，而明天更远的郊区有可能顷刻间变成城市。一座座高楼大厦还来不及看一眼的时候便冒出来，各种各样的流行风顷刻间会吹遍城市的每一个大街小巷，但第二天很可能再也没有人提起。城市从来没有像现在这样变幻莫测过，它仿佛是戏台上的“变脸”，当你刚想看清他的面目时，城市一甩头，另一副面孔又已赫然出现，无穷无尽。城市的“变”使得城市格外的无序，充满了无穷无尽的未知数，使得人们无从捉摸把握。城市正是在这种“变”中塑造自己，完成着自己，它每一刻都在吸纳着一些新质，抛弃着一些旧的东西。城市在不以人的意志为转移地向它的目标奔走着，只有它自己知道自己的目的地在何方。

这种迅速“变化中”的都市给作家认识把握都市带来了极大的难度。也许作家今天认为是都市灵魂的东西，明天可能已成为了明日黄花。这种认识上的困难是导致许多都市小说肤浅粗糙，着力于都市声色变幻的表面形态的一个主要原因，无疑制约着作品可能达到的深度与高度。但是，这样是不是说都市的“变”使得都市本身已没有了本质，没有了灵魂的深度呢？显然不是这样的，都市的“变”在某种意义上来说，却恰恰是都市本质展开、显现的一个过程。任何复杂事物，它的本质属性的展开都需要一个漫长的过程，在这一过程中，它可能呈现出千百种面貌，但无论如何变，这种变都受着其本质的制约，我们以为都市的本质就是其现代化的过程，如何认识都市的现代化，在都市快速变化中深入其腹地，或许是作家能否写出深刻的都市小说的一个关键。

除了都市本身的易变性制约了都市小说作家的创作，应该说都市人的特异性也极大地影响着作家们的创作。毋庸置疑，都市的灵魂，都市的精髓需要通过都市人去体现。但是，现代都市人日益符号化、平面化的趋势无疑为塑造深刻复杂的人物形象带来一定的难度。现代工业化文明逐步使人落入异化的荒谬境地已是不争的事实，而且随着都市化的加速，都市人的异化也日益鲜明突出。现代商业社会的激烈竞争、生存的本能驱使着人们在激烈的抗争中疲于奔命，无暇顾及于自己的灵魂，日益逃离精神的王国，沉迷于感官的刺激与享受。人们被环境和欲望驱使着，蜕变成没有深度的单面人、平面人、符号人。或许在都市化的进程中，人的平面化、符号化是一个不可逆转的趋势，这一趋势无疑在很大的程度上制约着作家的思维向度与审美向度。作家要创造出深刻复杂的人物形象，必须要在现实层面上突破、超越，向人性更深处挺进，在具体形象的超越上展现人类的整体处境，从而体现出作者的向深性追求，这或许是都市小说的出路所在。

如果我们再把眼光放到都市的文化层面，我们会发现当下的特殊审美文化背景对都市小说的制约也是显而易见的。首先，西方文化的入侵在中国改革开放之后是势如破竹的，而中国的都市化过程，正是中国对西方的物质文化和技术层面的事物乐于接受的结果，而涉及精神层面的东西，则往往显得比较踌躇，甚至内在地加以抵制。我们知道，技术是为了实现对客观世界征服的手段或工具，它本身并不具有本体论的地位。从许多方面来看，技术的工具理性和审美的表现理性相对立。它固有的非自然、强制性的和对普遍的追求，构成了技术自身的自律性。这种自律性和审美表现理性的自律是抵触的，因为审美追求的是个性、自由和超功利性。面对这样的审美文化矛盾，都市小说家们有可能陷入审美判断的误区，或过于推崇物质、工具、技术理性的意义，或猛烈抨击所谓西方的现代文化理念，或囿于中国传统的艺术精神中，缺少了必需的时代感和试验性。也就是说，在短时期内，作家们很难形成一个完整的、和谐的、深邃的文化心态来从容面对当下的都市文化格局，并对其做以更内在的、独到的挖掘和展现。其次，从全球化的角度来看，西方文化的优势地位和霸权态势，往往会促使中国当代都市作家的本土、民族文化意识的觉醒，但这是一个复杂的过程，而且常常陷入两难的境地。第一个困境，就是语言的困境，因为在引进西方的文化同时，也自然而然地采用了西方的话语形式，所以，当他们抗拒西方话语时，却又不得不依赖于这种话语。这一点我们在新生代作家表现都市意识时，体会最为深刻，有时他们的作品看似在批判都市的符号化、世俗化、表浅化，但是他们对于都市所显示出来的现代气息、物质氛围、自由意识却又充满了留恋和赞叹，也就是说他们往往是在用现代精神的一面来指责现代精神的另一面。第二个困境是指我们的民族文化在对西方文化进行反抗时的合法依据常常是一种文化的相对主义。即西方文化并不是一个全球普遍适用的文化，但是，当我们的作家们为自己的文化寻找合法化根据时，却陷入同样的怪圈，他们想批判的东西却又成为他们要加以捍卫的东西。这一困境体现在都市小说上，有两种表现：(1)当下的都市小说在寻找和发现都市的现代意识上有了长足的进步，但是对于都市中的中国传统却缺少开掘与思考；(2)一部分都市小说又固守着传统意识和精神理念来观照现代都市文明，非此即彼的文化判断成为当下都市小说最常见的表现方式。最后是大众传媒的发展和大众文化的兴起。20世纪 90 年代以来中国社会的一大变化便是大众传媒的空前兴盛。报纸、杂志、广播、电视、网络等媒体的空前兴盛。报纸、杂志、广播、电视、网络等媒体已经对公众形成席卷和包围之势，甚至连手机也参与了对公众生活的干预和“掠夺”，传媒时代确实已经到来。与此相应，中国社会也进入“媒体权力”时代，大众传媒不仅通过制造“拟态环境”制约人的认识和行为，而且通过这种制约作用反过来影响客观的现实环境。具体来说，当我们每天都生活在报纸、杂志、广播、电视以及网络所制造的信息环境里时，“拟态环境的环境化”问题便随之而生，大众传媒通过制造时尚、塑造国民意识等方式建构起我们对现实世界的想象和判断，逐渐地，我们会觉得现实世界就是传媒为我们所建构的世界。20 世纪 90 年代以来的大众传媒也陆续为大众制造了一系列的幻象，形形色色的广告在跨国资本的包装下的登场，大众传媒对新富阶层的情有独钟，都让我们以为中国已经进入消费时代，中产阶级已经成为中国社会的主要阶层。大众传媒的这种意识形态作用使消费作为一种时尚进入都市生活，大众的欲望被调动起来的同时，由街道、大幅广告牌、摩天大楼、豪华轿车，以及各种高档消费场所如商场、酒吧、休闲会所所构成的都市意象不仅调动起了作家的都市意识，而且也成为他们把握都市生活的一个重要元素。这些都市意象不仅是都市小说文本叙述的有机构成部分，也是构成都市小说都市想象的重要内核。与此同时，大众文化也随着文化的全球化、市场经济的发展以及中国社会的转型而兴起。对于大众文化在当代社会中扮演的角色，金元浦认为："不管大众文化是恶魔还是福音，它都是20世纪'冷战'结束后人类重大的历史事件，它的存在改变了我们的生活。它与这一阶段人类最重大的变革，如经济全球化、意识形态变革、媒体革命、高科技与互联网、新经济浪潮、当代世界文化产业的发展，都有着千丝万缕的联系。它的存在是构成当代社会体系与生活实践甚至制度框架的重要方面。我们不能熟视无睹或视而不见。"①的确，由于大众文化本身与大工业生产密切相关，因此，大众文化具有一种赤裸裸的商品性，它也不打算掩盖自己和资本的关系——通过能够大批量生产的文化产品的消费，它不但想多赚钱，还要像其他商品生产一样，以实现利润最大化为根本目标。这样，文化和经济的界限便被打破，畅销小说、商业电影、电视剧、广告、通俗歌曲、休闲报刊、营利性体育比赛以及各种"青春秀"等都以大众文化的形式介入公众生活。都市叙事总是离不开欲望的书写，大众文化唤起的恰恰是人们的欲望。广告、品牌等打着成功和幸福的名义唤起了人们的物欲，商业电影、休闲报刊唤起的则是人们对躯体的格外重视，躯体解放的同时，身体的欲望也被调动出来。除了欲望书写之外，20世纪90年代如日中天的大众文化也使部分新都市小说具有了某些大众文化的素质，比如情节模式的雷同化，作家价值判断的日常生活化等。当然，这与作家对经济因素的考虑密不可分。总之，在世界性文化背景下，都市小说成为最能体现中西文化冲突和碰撞的领地，其原因就在于中国当代的都市小说是都市现代化的必然结果，同时也是审美文化现代化的结果。

① 金元浦：《重新审视大众文化》，6页，北京，中国社会科学出版社，2000。

结语

对于中国文学来说，都市小说对于整个文学的拓展首先表现在对于文学现代性空间的拓展上，文学的现代性是文学在以工业化、城市化为标志的现代化过程中所呈现出来的必然特性。现代性的审美风尚、话语、意识、理念，现代的物质景观、生活内容、生活方式是现代化的必然产物，是现代性的具体体现，它随着现代化的进程而不断地更新着自己的内容，拓展着自己的疆域，并赋予自己时代的文学以崭新的面貌。因此，文学的现代性在某种程度上意味着它的当代性，它是现代化进程的折光与反映。都市小说将目光投向当下中国急剧变化的都市生活，都市的每一个新动向，从物质景观的巨变到精神世界的潮流涌动，都会得到精确的描绘。文学是时代的风雨表，都市文学更是现代化的敏感神经，现代化促使都市的一切迅速更迭，新景观、新技术、新产品、新思想、新观念已令人难以想象的速度出现，并迅速落伍，各领风骚三五天，由此形成了都市审美风尚的时尚性。唯新是从成为人们的普遍心理，中产阶级的奢侈豪华、时装的炫目与华丽，网络爱情的风靡无不体现着这种审美的时尚性，它是现代化的具体而生动的表征，而都市文学对于当下城市生活的直接切入，对于现代化、都市化的同步叙述，对于这种审美时尚性的直接演绎，使得都市文学具有高度的现代性，中国文学现代性的空间也因此得到了极大的拓展，都市文学在20世纪90年代的强劲崛起，已经改变了整个中国文坛的面貌，形成都市文学、乡土文学对立的文学格局。在21世纪，随着都市化进程的进一步加剧，这种对立的文学格局有可能更向都市一级倾斜。在当代中国，伴随着都市化兴起而出现的市民生活，对于都市审美风尚的流向、都市文学空间的拓展具有重大影响。如前所述，市民社会在20世纪80年代中期开始萌芽，并在90年代随着市场经济的正式确立而强劲崛起，成为都市社会构成的主体，从而成为当代都市小说最为主要的接受群体、消费群体。市民社会以实利原则为核心，以世俗快乐为其追求的目标，由此导致都市审美风尚向消费型的世俗化模式转换。这种消费型、世俗化的审美，当然有其表浅的一面，例如它所要求的不是对于灵魂的质问，心灵的震颤与悸动，不是对于生命深度的追寻，它所追求的只是强烈的感官刺激，仅仅满足于浅层次的精神需求。但事实上，这种审美还内在地存在着多元化的审美取向，它不具排他性，各种审美价值取向可以和谐共存，没有任何一种审美风尚能够凌驾于其他审美风尚之上而居于绝对统治地位。在这里，个人完全有选择的自由，它体现出市民社会所具有的自由的本质特性。因此，个人选择的自由对于市民社会多元化的审美价值取向的形成具有极端重要的作用，进一步说，多元化的审美追求业已成为当代中国市民社会的审美价值取向。都市小说则直接将自己的目光对准当代市民社会，进行广泛的扫描，市民各阶层的审美意识、爱好、风尚无不得到全面而深刻的展示，这在“新生代”作家群、“70年代生”作家的创作上都有着突出的体现。似乎可以说，只有都市文学才能对市民社会的生活做出较充分的展示。

此外，不容置疑的是网络极大拓展了作家的视野，更直接导致新型的都市文学——网络文学的出现。无论在何种层面上，网络文学都是一种具有绝对意义的都市文学，无论是作者、读者，还是它所描绘的生活，都完全属于都市世界。当前网络文学还只是刚刚起步，网络文学的总体水平并不高。但网络文学的现实意义并不在于它所取得的文学成就，而在于为都市文学提供了一个新的生存空间，一种新型的完全不同于书本的阅读审美感受。网络本身所具有的虚拟性，使得网络文学在审美风格上也必然呈现出某种虚拟性。在网络文学里，想象性的空间更为巨大，电脑屏幕空间的有限性，决定了呈现于我们面前的，永远只能是作品中的一页，它无法为我们提供一个共识性存在的文本整体，文本是在页面的滚动中存在的。因此，巨大的文本内容以及边写边上网而未能完成的文本内容，由于无法共时性地呈现于我们面前，从而完全成为一种想象性的存在，具有极强的虚拟性，由此所带来的审美感受，也呈现出与阅读书本完全不同的特性。正是这种极其强烈的审美虚拟性，巨大的想象性的空间的存在，使得网络文学具有极其巨大的魅力。想象性是文学的根本特性，而网络文学使文学的这种特性得以强化，文学，特别是都市文学，也因此步入了一个崭新的阶段。